LLOGARI TË MBYLLURA

LLOGARI T EMBYLLURA
FATI I VIRGJERISE
KAMABAN QE S'DIHEJ PER KE BININ
AKTORJA NË DHOMËN NGJITUR

ILIR MAGJISTARI

LLOGARI TË MBYLLURA

- tregime -

Printed and distributed by

RLBOOKS

2020

RLBOOKS
RL Books
is part of "Revista Letrare"
www.revistaletrare.com
info@revistaletrare.com

ISBN
978-9928-044-07-5

Printed and distributed by
RLBOOKS

Cover design by Dritan Kiçi
Cover image: Luke-Stackpoole, Unsplash

RUSKA

- Ruskaaa!...

Thërriste ndonjëri kur ishim fëmijë dhe ne linim lojën për të parë atë... Rusen e bukur, gruan e inxhinjerit kimist që kishte bërë shkollën në Bashkimin Sovjetik. Andej e kishte sjellë edhe ruskën. Si them... "E kishte sjellë që andej", a thua ishte ndonjë kotele Ruska. Po në fakt një kotele e mrekullueshme ishte edhe për fëmijët.

U dashuruan atje dhe ajo erdhi pas të dashurit që u bë burri i saj i mirë. Duheshin marrëzisht, rrinin gjithnjë bashkë, të kapur dorë për dorë. Vetëm se duhet të heshtnin, të rrinin urtë. Ndryshe...

Ishin të dy kaq të bukur, kaq të mirë... E ngaqë shpesh ndjenin edhe adhurimin tonë, na përkëdhelnin kokat e djersitura nga loja, po për të thënë... Ah, asnjë fjalë s'ua dëgjuam ndonjëherë. As zërin. Edhe me të rriturit s'para flisnin e ne nuk e kuptonim psenë, nuk e arsyetonim dot. Ndalonin e na shihnin kur loznim. Vetë nuk bënë kurrë fëmijë. Sikur prisnin të ndryshonte diçka. Po duheshin, duheshin pa masë...

Më pas mbaj mend që morën një djalë nga shtëpia e fëmijës. Po ne ishim rritur e nuk rastisëm të loznim me të. Kishin filluar të dukeshin të lodhur, ndonëse kujdeseshin shumë për djalin, a thua dashuria e tyre ndarë më tresh do ta engjëllizonte edhe atë.

Dhe ja, tani vonë, fare vonë, një pasdite fundvere shoh një çift të bardhë ulur në stolat e parkut me të madh të qytetit që kishte nisur të kuqëlonte nga gjethet e thata.

- Ruska... - pëshpërita me gjysmë mall e gjysmë emocion, siç bëja për njerëz që i adhuroja.

Ishin si dy statuja të bardha vënë për të zbukuruar lulishten, ashtu siç vetëm ata mund ta bënin. Rrinin dorë për dorë. Më mallëngjeu ai qëndrim shumëvjeçar. O Zot, sa të plakur dukeshin tani!

Sa fisnikë!

Ruska kishte syze të errëta e me ç'dukej nuk shihte më. Inxhinjeri me syze xhami të trashë, sikur i pëshpëriste ende fjalë dashurie, se ajo e dëgjonte me aq ëndje. Pa dashur këmbët më çuan drejt tyre. Po, vërtet. Ai mbante në duar një libër dhe i lexonte Ruskës... Po, po... Ishin vargje dashurie. Në të djathtë të burrit ishte një goxha vazo me lule të freskëta, me një karton ku qe shkruar çmimi i tyre. E nën to një arkëz që tregonte ku duheshin hedhur të hollat.

- Sa kushtojnë? - pyeti dikush.

- Nuk janë tonat, mor djalë. - u përgjigj burri pa mbaruar fjalën ai që pyeti.

U afrova, mora dy karafilë dhe hodha në arkëz aq

të holla sa thuhej në karton... Dhe pashë librin në dorën e burrit. Oh, e kishte mbrapsh ndërsa vazhdonte t'i recitonte përmendësh Ruskës poezi dashurie... Ajo vazhdonte t'i përkëdhelte duart e rrudhura.

Ua lashë lulet dhe u ktheva të iki për ku isha nisur. Pas më ndoqën psherëtima habie dhe falënderimi. Dy të verbër i mbante në jetë dashuria për njëri - tjetrin.

Pas disa metrash njoha djalin e tyre të adoptuar. Ishte rritur goxha. Me hap të madh shkoi drejt tyre, i ngriti me një farë delikatese. Tinëz mori lulet dhe arkëzën e i futi në makinën e parkuar aty përballë. Pleqtë më shumë se për dore si dikur, mbaheshin te dashuria për njëri-tjetrin. I verbëri i vërtetë m'u duk ai që kishin rritur...

Ecja dhe ktheja kokën për të parë dy engjëj harruar lulishtes. Fqinjin e dikurshëm dhe atë...

Ruskën e tij të bukur.

Rronin ende për të mos lënë vetëm njëri-tjetrin.

24.08.2010

MBRËMJE PASIONI

- Të vij apo do vish?
- ....
- Jam plot sonte.
- ...
- Ndjenjë, dëshirë për ty, qenien më të bukur që dua.
- ...
- Folmë, mos më lër kështu, vetëm...
- S'di ç'të them...
- Atë që ndjen... Atë që duhet!
- S'di... Dilema të pafundme më tërheqin krahësh, shpirtit. Më bëjnë copë dhe prapë më pëlqen kjo mizori. Më pëlqen të copëtohem në miljona pjesë të kuqe. Nuk di çtë them. Edhe të të lë vetëm nuk dua.
- Po nisem atëherë...
- Prit edhe pak, mbase...

Ecja i paduruar për tek ty. Rrugës flisja çmendurisht, të tregoja ëndërrat që përjetoja prej kohësh.

Ramë në krahët e njëri-tjetrit. Ishe e ftohtë kra-

hasuar me mua. Po sytë të ndrinin. Shiheshim gjatë...
Të prekja krahët, qafën, buzët... Qeshje përkëdhe-
lisht. Nga statujë guri, nise të bëheshe njeri i mishtë
që ndjen e përkthen impulse...

Iu afrova fytyrës që vezullonte dhe ndjeva frymë-
marrjen. Sa e ëmbël më dukej! Afrohesha për të mos
humbur asnjë rrymëz ajri që vinte nga thellësia jote.

Shtrëngoheshim trup me trup. Të ndjeja gjer në
palcë... Të rrethoja belin me duar, të shtrëngoja te
vetja e të ndjeja gjoksin tek forcohej e merrte formë.
Ato figura gjeometrike, ato kone që kanë shembur
perandorë e jo mua, një ushtar në shërbim të ndje-
njës më njerëzore.

Falënderoja zotin që të kishte bërë ashtu për të
qenë imja. Më përqafoje fort, ëmbëlsisht. Por doja
buzët, burimin e mjaltit tënd.

Të kapa flokët, ngjitëm buzët që digjeshin përvë-
lushëm plot vrull e padurim. Ah, çasti kur u hap ai
burim i ëmbël kënaqësie! Thithja pa pushim mjaltin
tënd, ndjeja gjuhët të shijonin çdo cep të përmbytur
me ëmbëlsi.

- Mos më çmend. Përse ma bën këtë sonte? - pë-
shpërisje në padurim

- Sepse të dua, të dëshiroj pa fund!

Blu ishte fustani, jo aq dekolte. Por s'di si u zgje-
rua për duart e mia... Një "oh" dëshirash të erdhi nga
thellësitë e kurmit të derdhur për mua.

- Ç'bën, ku po më çon kështu?

- Shshttt! - të vura dorën mbi buzët e nxehta dhe
ula kokën mbi thithat e kuqe..

Ah, sa mjaltë rridhte prej tyre!

T'u var koka pas, ma shtrëngoje timen në gjoksin që hovte.

- Mos fol, të lutem!... Është heshtje e bukur, flasin trupat. Mos m'i tremb dëshirat...

T'i ula duart nën bel e drithërove mrekullisht. Të ngjishja te vetja të më ndjeje format që ndryshonin ritmikisht dhe të jepnin impulse. Pranoje gjithçka, gjithë shkëmbimin e epsheve ndjellacake të parajsës.

- Si je?

- Gati për të kaluar në një tempull tjetër...

S'di si ishin liruar veshjet... Prekja kudo lëkurën tënde, puthja kudo. Kudo... Duart, buzët, gishtërinjtë ishin bërë tentakula pishtarësh të ndezur që pushtonin e ndiznin trupin tënd. E kthyer në një masë shampanje lagur qenies së nxehtë, provoja aroma e shije që kurrë s'i kisha provuar.

Çast më çast ishim dy krehëra sedrash përkëdhelëse që me dhëmbët e brishtë hynin tek njëri - tjetri për të qenë njësh.

- Më prek... Kam nevojë... - të pëshpërita në vesh.

T'i ndjeva buzët në qafë, në gjoks. T'i ndjeva duart të më preknin në gjithë mashkullsinë time, të më çonin në atë botë ëndërrash thurur prej kohësh.

Mes kofshëve të bardha e të lëmuara ndjeja kërkesat e tua... Kisha hyrë mes tyre si në një thesar plot smeralde e diamantë që kundërmonin aroma joshëse.

- Merrmë në prehër, pushtomë!... Ndjemi drithmat e shpirtit e trupit! Më pulson çdo ind, çdo qelizë... S'di ç'po ndodh. T'i lutemi zotit të mos mbarojë kurrë kjo gjendje...

S'di në sa pjesëza jam ndarë, secila prej tyre ka zemër që trokte më vete, ndjej e dëshiroj sipër ekstazën tënde. Oh... Çfarë orkestre! Dua peshë mbi vete... Dua ritmin tënd ta ndjej gjer në dhimbje. Mos lër gjë pa prekur brenda dhe jashtë trupit tim! Nuk di më kush jam... Zot, ndihmomë të kuptoj kush jam, ku jam, ç'kërkoj nga ty...

Dhe prekja pa rreshtur kudo e nuk ngopesha. Relievet e tua, gjer në petale të mrekullueshme trëndafili ngjyrosur si për të më thithur, për të më bërë pjesë të bukurisë së tyre, aromës që jep jetë. Ndihesha i përqafuar nga këmbët e tua... Ngjyrime pa fund stinësh ndjeja të ndërroheshin tek unë... Të mora në prehër e kapërthimi ndodhi aq natyrshëm.

- Shshshttt... Më ler të shijoj gjithçka tënden... Zot, çfarë tërmet zemrash!

- Ndihu e lirë, kërkomë çfarë do. Jepmë ritmin tënd.

Rënkimet bëheshin poezi shpirti. Derdhja dëshirat e bardha mbi ty... Dëshira të nxehta. Spazma ndijimesh binin si kambana në një festë.

- Sonte dua të përzihem e lahem me llavën e epshit tënd... Që tani është imi. Eja, të ndihemi mes lëngjesh si në zanafillë, në mitrën e dashurisë të rilindim së bashku...

Ndjeja dëshirë dhe padurim për të rilindur sërish atë gjendje.

- Më ler pak kështu në heshtje... - the dhe më vure kokën mbi gjoksin ende pa qetësuar së hovuri.

E lagur në shi yjesh ajo natë nuk gjente qetësi...

- Kotelja ime e ëmbël! - të thashë në vesh.

- Shshtt... Ndjehem mirë, qetë. Më solle jetën që më mungonte...

Trupat e lakuriqtë ndriçonin kënaqësive.

Dikush mund t'i dallonte së largu...

Punë e madhe! Le të zilepsej!

Le të mësojnë të bëjnë dashuri me shpirt!

07.08.2016

TË PRES
TË VISH

Me këmbët që më merren pak, dal nga pijetorja. Dhe eci. Eci ngadalë për në shtëpi. Jo vetëm... Takohem me ty. Më humbet për një çast e... Sërish të gjej.

Ti më vjen pas, ndërsa hija ime e paemër zgjatet. Zgjatet para e duke u përkundur tallet me dehjen e lëkundjen time, më përqesh e pastaj sërish detyrohet të eci me mua bashkë. Hahaha... Ecim të tre, unë, ti dhe hija ime. Po hija jote? Hahaha! Ti nuk ke hije.

Fishkëllej shëmtuar një melodi me ndërprerje dhe bëj sikur recitoj "Rubairat"* Nëse do më dëgjonte K'hajami, do ma përvishte me shpulla e do më thoshte:

"- Jo edhe kaq, or pijanik, se tani as puth dot".

Më vjen të qesh pak, por kam turp nga ty. Kam frikë se më tall ndaj... Hahaha! Qesh me vete pa të thënë pse.

Ti më shoqëron lehtë-lehtë, sikur më ruan mos

---

* kryevepra e poetit pers Omar Khajam, përkthyer në shqip nga Fan Noli

bie këtu apo atje. Më vjen pas e më pëlqen të përkë-
dhelem nën këtë nanurisje që më komandon këm-
bët... Ngjis një nga një shkallët e shtëpisë. Ndjej se
te parmaku ku mbahem të prek ty. Por nuk dua të
të lëndoj dhe butë-butë e me kujdes sforcohem të
ngjis shkallët. Ti prapë pas meje. Më ke mbështjellë
e përqafuar të tërin, aq sa jam zbardhur fare e më
duket se duhet të kem frikë nga vetja. Por ti nuk ke
frikë dhe më vjen pas me besnikëri.

Në heshtje futem në dhomën e gjumit. Ti... Edhe
atje. Buzëqesh. Sesi më duket. Kam pak turp të të
zhvishem para syve. Hahaha! Edhe ti qesh me turpin
tim. Me ndrojtje hap njërin kanat të dollapit të rro-
bave dhe zhvishem pas tij.

Ti je mbi çarçafët e bardhë. E mrekullueshme,
lozonjare. Të vij, ndjej përkëdheli e përqafime të pa-
fundme... Të ndjej në gjithë trupin tim, nanurisemi.
Më kujtohet telefoni. Zgjas dorën, e mbyll për të shi-
juar pa ndërprerje shtratin. Jemi të dy. Shihemi sy
më sy, nuk flasim. Por ndihemi të njëri-tjetrit.

Më duket se diku në fytyrë ndesha tek revijëzo-
hej një buzëqeshje pak ironike për dehjen time. Me-
gjithatë vazhdon përkëdheljet dhe për mua gjithçka
është ashtu siç duhet. Tek lodrojnë me ty, çarçafët
tejzbardhin.

E kështu gjumëzohem në parajsë. Nuk di çkam
bërë, por gjithë natën jam ndjerë si në përralla. Kur
zgjohem ndaj mëngjesi, ti nuk je më me mua. Ke ikur
pa zhurmë, por jo fshehtas, për të mos më zgjuar mua
ndoshta.

Dëshpërohem një çast, buzëqesh, e shoh që mbi çarçafët e bardhë nuk je më. Rrezet e diellit aty janë...

Dal për kafe.

* * *

Mikja ime, sa mall kam për ty! U bë kohë e gjatë që nuk jemi parë. Nëpër damarë ka nisur të më lëvizë ankth e merak. Sepse herët e fundit që të pashë, dita - ditës holloheshe, dobësoheshe e, nuk e di, kur dilja nga taverna ishe e zbehtë e nuk kuptoja, më mbaje ti apo të mbaja unë.

Ku mund të jesh vallë?

Mos ia ke mbathur në anën tjetër të botës e më ke lënë fillikat?

Duhet ta dija unë këtë?

Ndoshta!

Kur dal nga taverna nuk ka kush më pret më, nuk ka kush më heq udhën që duket e fortë nën këmbët që më lëkunden.

Po ti mos ki merak, mikja ime, jam mirë e udhën për në shtëpi e gjej... E gjej vetë.

Me çarçafët nuk ka kush luan më. Më ke lënë vetëm. Përpëlitem në shtrat mbrëmjeve të errëta pa ty. Sa herë zgjohem natën e ti nuk je! Shoh orën. O zot, edhe sa do të agojë? Në shtrat, thellë në shpirt e ndjej boshllëkun që ke lënë. Nuk gjej qetësi duke pritur deri në agim. Por ti... Ah, ti nuk dukesh kund.

Ditën harrohem pas punëve, muzave. Nuk e ndjej mungesën tënde siç e ndjej natën. Kjo histori ka kohë që ndodh, mbase që kur kam lindur. Por mbrëmjet pa ty i kam të vështira, mezi pres të vish dhe më ka marrë malli sa s'thuhet për ledhatimet e përqafimet. Po fundja, pse ta fsheh? Nuk di kujt t'i hapem për brengat e mia. Vetëm ty, e heshtura ime, mund të t'i tregoj. Dhe në kutinë ku jetoj, të shoh vetëm për vete e jam i sigurtë se aty, ti vetëm mua më do. Eja, mikja ime, eja! Më këputi malli për ty të tërën, e bardha, e bukura ime...

Kur të vish do të ta lexoj këtë letër, ashtu si edhe të tjerat që kam shkruar për ty. Mbase më kupton e nuk qesh me mua. Kalo mirë e mirë, të vish e lehtë, e bukur!

* * *

Ti erdhe.

Ashtu siç të prisja, e bukur, e bardhë, e qeshur. Qëllova në aeroport atë mbrëmje dhe gjoksi më gufoi tek pashë dukjen tënde madhështore. Si askush tjetër, vërtet. Të prisja me mall e ti vije e bukur, plot dritë. Kishe filluar të merrje përsëri shëndet, të plotësoje konturet e tua më të mira. Nga buzëqeshja merrja emocion, sidomos sepse ajo buzëqeshje qe për mua.

E ndjeja se më ndrinte fytyra. Nuk flisja fare. Ti jo e jo. Vetëm shiheshim. Asgjë nuk kisha pirë atë mbrëmje. As alkool, as ujë, as aspirinë. Hahaha! Por vetja më dukej i zhveshur. Vetëm tymosja. Me rrathët e tymit më dukej se sajoja fytyrën tënde. Strukesha në përqafimet plot mall, përkëdhelesha si fëmijë, aq sa po më vinte turp nga vetja.

Nanuriseshim duke u parë sy më sy. Kuptova se do ikje shpejt. Shumë shpejt. Dhe e dija që nuk mund të të ndaloja. Atëherë mendova që mund ta kalonim në bregdet mbrëmjen e mbetur. Ktheva timonin. Ti buzëqeshje. Edhe ti përkëdheleshe. Hahaha!

E ja, mbërritëm në det. I madh, i bukur, madhështi që na tërheq të dyve.

Ti vare kokën mbi ujë. Në pasqyrim fytyra të fliste më bukur. Unë tymosja në ëndërrime pa fund me ty përballë. Sa më kishe munguar!

Po si do bëja, nëse ti nuk do ishe?

Hahaha! Si të gjithë, mikja ime...

Shihja si iu afrove detit e nise të zhyteshe pa zhurmë. Po ikje, po thyheshe në mijëra copa valëve të errëta. Vetëm ti ndriçoje.

U zhvesha, u zhyta në ujin e ngrohtë të këtij deti vere. Bëra të të arrija me not, ndonëse e dija që s'të kapja dot dhe trishtueshëm u ktheva.

Po ikje sërish, kësaj radhe nga deti.

Qesha pak, të përshëndeta me dorë, ndërsa ti më pëshpërite takimin për nesër në të njëjtën orë.

- Për sonte, mjaft - mjaft! - the.

Dhe u zhduke.

- Vërtet mjaft... - përsërita duke qeshur me racionimin që bëre vetiu - Duhet lënë diçka për nesër, pasnesër... Kemi lënë një jetë të tërë pas dhe kemi një jetë të tërë përpara. Me ty, hënë e bukur që zgjove netët e mia të trishta, netët që nuk i kaloja dot vetëm.

Tani sërish do t'iu kthehem pijetoreve. Do pi verë

i çmallur pak me ty, duke pritur të nesërmen që sigu-
risht do të zbardhë e bukur, ndonëse pa ty dhe do pres
muzgun akoma më të bukur me ty.
Të pres, hëna ime!...
gusht - shtator, 2009

LYPSARI

Nuk di për të sajtën herë alarmi i telefonit përpiqet të më zgjojë dhe mua më është mbushur mendja që e ka gabim. E di mirë që nuk i mbylla grilat mbrëmë e duhej të kishte pak dritë, nëse vërtet duhet të zgjohem. Po mesa duket paska gdhirë ditë e zymtë. Mposht tërheqjen e shtratit e bëhem gati për takimin që kam lënë sot.

Vërtet, vërtet duhet të shpejtoj.

Sapo dal, ndjej litarë shiu të pambarimtë, si të normuar, që lehtësojë qiellin dhe rëndojnë tokën. Më duhet të eci me këmbë, vendi i takimit nuk ka parkim. Edhe taksitë rastisin të gjitha të zëna.

Ndaj sa të pres, më mirë eci.

Marr rrugët e qullura, shkëmbehem me njerëz secili në punën e nxitimin e vet duke u mbrojtur nga çadrat e njëri-tjetrit që kullojnë. Në trotuare, heshtjen e trishtimit që derdhin ditë të tilla e thyen pllaquritja e pllakave që lëvizin nën këmbë kalimtarësh e të bëjnë qull e pis dhe sharjet nën hundë duke shkundur këmbët. Eh, sa mbrapsh më duket nganjëherë qyteti! Pa të keq, por vetëm shajnë këta njerëz të mirë. Ç'të bëjnë tjetër. Sapo hapet koha gji-

thçka harrohet, edhe inati me pllakat e trotuarëve të
saposhtruar.

Nxitoj rrugës. Semaforët nuk ndriçojnë në asnjë-
rën nga ngjyrat, ndërsa turma e njerëzve që duan
të kalojnë rrugën rritet. Asnjë nga shoferët e maki-
nave xhamaveshur me avull nuk i lë radhë turmës
së çadrave kërpudha. Një zonjë rreth të dyzetave gu-
xon, zbret trotuarin dhe u bën shenjë makinave t'i
lënë radhë. I përgjigjen me pocaqisjen spektakolare
të një makine që shkel në pellgun para saj... Si të mos
mjaftonte goma e parë, pas të qindës së sekondës,
na edhe goma e pasme! Nuk kuptoj, është lot inati,
shiu apo uji i pellgut, ai curril që i derdhet nga balli,
bashkohet me currilin e hundës dhe përfundon në
mjekrën e hollë e pak të zgjatur të zonjës. Dikujt i
vjen keq, dikush shan, dikush hedh romuze. Por tani
zonja vërtet po qan pak me delikatesë, se ashtu siç u
katandis nuk ka ku shkon dhe nxitimi nuk i bën më
punë.

Shoferi tjetër ndalon dhe turma lëviz njëherësh.
Makinat e ndaluara pas tij nisin t'iu bien borieve me
padurim.

Nxitoj. Përsëri nxitoj...

Më duket se dikush zgjat këmbën si për të nda-
luar hapin tim. Ndaloj, kthej kokën. Shoh një njeri.
Qull kokë e këmbë. Dhe pis. Ulur mbi parmakun e
mermertë të vitrinës së një dyqani. Pranë ka dy qen.
Lagur e pis si i zoti. Pranë heshtjes së tyre një kapelë
me ca monedha sikur pret ngushëllime për gjendjen
dhe u tregon bamirësve seç duhet të bëjnë...

Ndjej keqardhje. Fus dorën në xhep, por nuk kam të vogla për këtë qyqar.

" - Po mirë, - më qesëndit vetja - jepi të mëdha, meqë s'ke të vogla".

Kujtoj ç'më pati ndodhur me një lypsar tjetër. I ri, i shëndetshëm. Vinte thuajse përditë lypte te puna ime. Herë njëri e herë tjetri, i jepnim diçka. Duke qeshur bëmë një hesap të vogël dhe na doli se si me shaka, si me të vërtetë, i ndanim një rrogë goxha të mirë mujore.

Një ditë pasi debatuam shoqërisht me njëri-tjetrin nëse i duhej dhënë gjë apo jo, thërras djaloshin lypsar.

- Merr me karrocë ato mbeturinat, ato te cepi matanë dhe çoji te kazanët e plehrave. Bëhen dy-tri rrugë. Mbaro dhe hajde të të paguaj...

Më pa i habitur dhe iku i fyer sikur ç't'i kisha bërë.

Qesh me vete tani që e kujtoj, ndërkohë arrij në kafen ku kam lënë takimin dhe ulem. Avulli i kafenesë gjithnjë më çlodh e më nxit të meditoj.

Që këtu duket mirë edhe lypsari. Rri në shi. Mbase nuk ka zgjidhje tjetër. Dal jashtë, hap çadrën dhe i afrohem fare pranë. Ai ngre sytë me shpresë... Sy vërtet të butë, shumë të butë, paqja vetë. Por të dorëzuar prej kohësh. Një luftëtar që kishte humbur luftën e tani zvarritet edhe me dëshpërim të humbur...

I zgjas çadrën dhe kthehem nën avujt e kafenesë. Më falënderoi apo jo? Tall veten për këtë trill që s'di nga më mbiu në tru.

Shikoj lypsarin dhe tymos në heshtje. Ngadalë hap baulet që tërheq me vete ngado. Është shtëpia e tij e lëvizshme. Kuzhina, dhoma e gjumit... Mbase shtëpinë e vërtetë e ka shitur për t'i futur lekët. Nuk e di ku, por edhe ç'më duhet fundja.

Nxjerr nga baulet një qese ushqimesh. Qesja duket e pastër. Me siguri para pak kohe dikush ia ka dhënë. E hap ngadalë-ngadalë. S'ka pse të nxitohet. Nga zhurma e qeses, qentë që qenë ulur ngrihen. Edhe ata ngadalë-ngadalë, të bindur e të mësuar me atë që do ndodhë.

Lypsari ndan bukë për qenin e parë, ndërkohë që i dyti pret i bindur racionin e tij pa u nxituar, pa agresivitet e xhelozi.

Lypsari ua lë bukën afër që edhe qentë të jenë në çadër, të mos lagen. Pastaj nxjerr një copë për vete dhe përtypet me përtesë. Hanë të tre. Shiu thuajse ka pushuar. Miku që po pres më thotë se vonohet. I futur brenda një historie, rri ngrohtë në karrige dhe shoh jashtë. Befas rreth lypsarit fluturojnë një tufë pëllumbash, afrohen me guxim deri te ushqimi që qentë ende nuk e kanë mbaruar dhe çukisin në të. Qentë nuk reagojnë edhe pse mund ta hanë të gjithë atë që ka mbetur.

Por njeriu komandant fut sërish dorën në qese, nxjerr përsëri bukë e ia thërmon tufës së pëllumbave që sa vjen e rritet. Disa pa frikë i ulen supeve... Sesi m'u duk. Si një familje.

Përreth rruga nis të zhurmojë nga nxënës që ecin, ngacmohen, loznin. Mosha... Dy, më çapkënët i afrohen lypsarit dhe familjes së tij. I shtyjnë pak kapelën me këmbë. Edhe pak... Ai sheh. Nuk reagon, buzëqesh me një dhembje që vetëm ai e ka. Qentë ngrihen, hungërrijnë të inatosur. Fëmijët ia mbathin të trembur. E dinë ç'janë qentë, po edhe qentë e dinë ç'mund të bëjë njeriu për mirë a për keq. Lypsari i thërret me të butë, i merr pranë këmbëve, i ledhaton.

Ndjej së largu një psherëtimë të thellë...

Pa dashje psherëtij dhe vet. Paguaj kafen dhe dal. Eci pranë asaj jete që ka marrë tatëpjetën. Fus dorën në xhep, nxjerr kusurin e kafes dhe ia jap atij të gjori.

Kaq mund të bëj.

Shi nuk bie më, por koha ende nuk është hapur.

Vazhdoj rrugën time. Edhe të tjerët të tyren.

Lypsari është aty, në stacionin ku e ka ndaluar jeta e tij e pafat, e trishtë...

shkurt 2010

KOSTANDINËT

Përballë pasqyrave të lokalit ku ishim ulur dukeshim katër vetë, po në fakt ishim dy, unë dhe shoqja e vjetër e fakultetit, Gerta. U takuam rastësisht, pas shumë vitesh. U përqafuam dhe u ulëm të pijmë një kafe të shpejtë. Por kaq vite nuk mund t'i kalonin lehtë dhe në aq kohë sa do një filxhan kafeje.

Si biseduam për shëndetin dhe të përditshmen, fjala ra për familjen. Gerta ishte shumë e kënaqur nga martesa që i kishte sjellë katër vajza, njërën më të bukur se tjetra, me një burrë shumë korrekt.

- Unë tre djem, njëri më yll se tjetri.

- Burri e donte një djalë, po s'pati fat...

- Gruaja ime donte një vajzë. Po... s'pati fat.

Qeshëm. Deri atëherë telefonat mbi tavolinë nuk qenë ndjerë, po nuk zgjati shumë. I pari ra i Gertës.

- Alo? Doriii, zemra mamit!...

Dy lot i shkanë faqeve.

- Sa merak më bëre! Sa vonove, moj bijë...

Dori ishte Doruntina. Gerta më shpjegoi se në një master në Amerikë ishte njohur me Paulon dhe tani banonin në Australi.

- Kaq larg e paske?

- Paolo premtoi që do lëviznin shpesh, po ja... Kanë edhe punë, miku im. Ne na merr malli.

Ra përsëri zilja. Ishte Paolo. Po shpjegonte se do vinin në gusht. S'e mbaronte dot një projekt që kishte marrë përsipër. Pas faturës së kafes i shkrova Gertës që me sytë në lot vazhdonte telefonatën.

"Kostandin, të ardhtë gjema,
ku e ke besën që më dhe?".

Gerta qeshi një çast. E mori letrën e futi në çantë.

- Do t'ua tregoj kur të vijnë. Edhe legjendën...

Vazhdoi të tregonte për Dorin. I hypi vetë "gjogut" e u nis në dhe të huaj. Qeshja me Doruntinën e shekullit XXI dhe me Palin, Paolo - Kostandinin.

Mbase edhe "Kostandinët" e m'i mbetur nga fati akoma pa Doruntinë do t'u japin besën vjehrrave e nuk do ta mbajnë. Di që sot nuk ka erë tym betejash e myk në shtëpitë e gurta, po erë pice, vere dhe parfumesh firmato. Po besë? Ahaaa, besë!...

U ngritëm e tek ndaheshim i them:

- Ki kujdes Doruntinat e tjera, Gerta!...

- Edhe ti Kostandinët! - qeshi ajo.

Mendohesha rrugës.

"Kostandinët" do t'i tresë dheu hijshëm, se Doruntinat e kanë vetë fatin në dorë. Nëna do presë të bijën në aeroport, nën freski kondicioneri. Nuk ka më ulërima të gjëmshme. Po zonja plakë, mëma zonjë pret bijtë që u martuan në dhe të huaj e nuk po vijnë më. Pret e rënkon, rënkon dhimbshëm:

"Ku e latëëë besëëën që më dhaaatëëë, bij?".

20.08.2010

NJË PASDITE MË PAK

Sapo jam zgjuar. Plot pesëmbëdhjetë orë gjumë. Sot ky gjumë m'u duk vërtet i frikshëm. Aq më tepër kur kujtova që dje pasdite isha në dilemë të flija apo jo. Asgjë, asgjë nuk kujtoj qartë. Mbaj mend që binte zilja e telefonit dhe bëja sikur nuk e dëgjoja.

- Ah! Kur nuk e mbylla që sa rashë për t'u çlodhur, tani s'ka më kuptim. - mendoja thuajse i verbuar në ato mendime.

Për t'u ndjerë qetë prisja t'i binte bateria. Pastaj ndjeja të binte zilja e derës, po përsëri nuk ngrihesha. Janë njerëz me motive të vogla, mendoja, ata me ca librushka që më shumë duan të të thonë se janë të dërguarit e zotit, se të tregojnë punën e tij. Po mund të ishte edhe përgjegjësja e shkallës që kërkonte pagesën mujore të shërbimit, ose fqinji që i merret pak goja dhe i bie ziles orë e pa kohë. Duke qenë se për këto pret puna, kthehesha në anën tjetër...

Pastaj cicërinte telefoni i shtëpisë.

Uf, lloj-lloj zilesh që më shkarravisnin gjumin dëgjoja. Pastaj përsëri zilja e derës... Ah! Kësaj radhe do jenë shokët e djalit. U kam thënë që është nisur me mamin e vëllezërit më parë se unë për pushime, por s'e kanë besuar. Nuk do ngrihesha t'iu jepja përgjigje çamarrokëve tani.

Pas pak dëgjova një sinjal SMS në telefon. As që e zgjata dorën. Nuk mund as ta lexoja, jo më t'i përgjigjesha. Përsëri SMS e përsëri zile. E përsëri e përsëri... Sa po mban dhe kjo dreq bateri e telefonit!

- Alo!

- Po...

- Ke mamin prapa derës. Ka qëkur që i bie ziles. Nuk je në shtëpi? Je mirë? - dëgjova zërin e motrës.

Mbylla telefonin, u ngrita rrëmbyer t'i hap derën nënës sime që kush e di sa merak do qe bërë. Ajo më pa me habi në sytë e fryrë nga gjumi dhe më përqafoi.

- Ja, rri këtu, se po fle edhe pak. - i thashë, por nuk u ngrita më.

Ndjeja që ajo afronte kokën e më nuhaste frymën se mos kisha pirë më shumë se ç'duhej, pastaj më përkëdhelte ballin. Ma mori kokën në prehër e unë i ledhatoja symbyllur duart si për t'i thënë "të ndjej, por nuk zgjohem dot".

- Shpirt i nënës, sa je lodhur! - pëshpëriste.

- Biberonin, biberonin... - pëshpërisja buzagaz.

- Çfarë? - pyeti dikur pa e kuptuar shakanë time.

- Më jep biberonin. - i thashë, pa hapur sytë.

Dhe ndjeva që u lehtësua nga shakaja ime. Nuk e di si po ndihesha dhe pse. Mbase nga koha, ndonjë trishtim i vogël, pritja pa mbarim e ndonjë telefonate apo dhimbjet e një dhëmbi të infektuar.

Vërtet po dëgjoja një kërkëllitje dhëmbësh. Mbase nënës nuk i kanë zënë vend akoma protezat.

- Mjaft, të lutem! S'duroj dot të mitë. - i them me kujdes që të mos fyhet.

- Çfarë? - më pyet ajo.

- Dhëmbët, mos i lëviz...

- Ah, të dhëmbin?

- Ohuuu!.... - dhe fle sërish.

Po për një çast më qe dukur se dhëmbët i lëviznin edhe dentistit tim që me darë në dorë donte të më hapte gojën.

"Ky do m'i rregullojë mua?!"

Pffff... Nuk ndihesha rehat, po për të fjetur flija ama.

Pastaj përsëri zile telefoni, zilja e derës, telefoni i shtëpisë... Po për çudi as unë, as nëna ime nuk ngriheshim...

Tani që jam zgjuar shoh që ajo po fle qetë aty në poltronë, pranë shtratit ku bëri roje te koka ime. U shtriqa i ngopur, i velur me qetësi, si maçoku te dyqani i kasapit, në fund të rrugicës sonë.

U ngrita, u lava, ndërsa nëna nuk u përmend fare. I skuqa një vezë me djathë e një gotë qumësht dhe zbrita për punë, i pezmatuar paksa për një pasdite më pak në jetën time, një pasdite që nuk e di si do kishte qenë, po të mos kisha fjetur...

12.07.2011

TË KISHA PRITUR

Dole si hije nga hyrja e pallatit. Pa e pasur mendjen hape çadrën dhe diçka pëshpërite, mbase që ta dëgjoja unë. Mendjen nuk e kishe as majtas, as djathtas. Dukej. Vonë, pasi ece shumë metra, ndjeva që isha pas teje, thua kishe dalë enkas për mua.

Ndërsa unë... po.

Ecje me këpucët e vogla e të lehta. Shpesh të dëgjoja hapat të pllaquriteshin pellgjeve. Mora guximin të të flas. Fundja pse bridhja në një mbrëmje të tillë, të lagur sa më s'ka? Pse kisha pritur nën ballkonin tënd kaq kohë?

- Zonjushë, shiu ka më shumë se një orë që ka pushuar...

U ktheve me një reagim të bukur si të prisje të thosha diçka tjetër, edhe më të bukur. Pastaj më pe me adhurim, ndalove pëshpërimat e pakontrolluara dhe m'u drejtove sikur s'më kishe parë kurrë:

- Kush jeni ju? Më duket sikur më keni ndjekur gjithë jetën për të më thënë këtë që sapo thatë. Kaq shumë kohë duhej?

Më erdhi të qesh mirësisht duke dashur të prezantohesha. Por kjo mënyrë të foluri më bëri të nguroj. Vërtet, pse kisha vonuar kaq shumë? Apo duhet të thosha edhe shumë gjëra të tjera? Po çfarë? Po si? Si? Në të vërtetë kush isha unë për ty?

- Unë jam ai që të njoh që në ngjizje. - mora guximin të them.

Të pashë që ule kokën pa u përqendruar askund. Dhe nise sërish të pëshpërisje si me vete. Besoja se nuk do largohesha më nga ty.

- Po ti pse s'më flet? - pyete me zë të ulët.

- Të fola. S'më dëgjove?

Dhe m'u bë një lloj ankthi nëse flisnim e dëgjoheshim. Apo?

- Jo, ti këndove, ti këndon. Më kthen shumë vite pas kjo melodi. Dhe nuk e di çpo ndodh.

- Ti vërtet e dëgjon këngën time?

- Po...

- E kupton ti këngën time?

- Po...

- Të pëlqen ty kënga ime?

- Po...

Ato përgjigje dukeshin si fëshfërimë e gjetheve të vjeshtës që vijnë rrotull në erë. Si fëshfërimat që çdokush i kupton, i ndjen, por nuk i bën dot fjalë ato ndijime. Çdo "po" kishte një ngjyrë të vetën. Dija t'i ndaja, dija t'i kuptoja, t'i ndjeja e të kapja tingullin ku ndryshonin nga njëra-tjetra. Dhe ku faktorizoheshin me kuptimin e ëmbël e të njëjtë.

Ndjeja dëshirën të të merrja në krahë, të të jepja gjithë ç'të mungonte prej vitesh. Po nuk mundja, nguroja. Ajo heshtja jote herë më tundonte, herë më mpinte ankthesh të bukur. Nuk doja të rrëzoja asgjë që po e ngrinim së bashku në çdo çast që kalonte, me çdo fjalë, me çdo tingull. Dhe kisha rënë pre i çadrës tënde të hapur, ndonëse nuk binte shi. Ah, sa doja të fillonte që të strukeshim më afër!

Afër, aq sa të ndjeja frymën tënde... Isha nën të, më afër se kurrë më parë. Neonët e trotuarit i bënin hije të rrumbullakët në tokë dhe hijet tona nuk dukeshin veçuar, thua rrinim përqafuar, të pafjalë.

- Është e vështirë të këndoj dhe unë si ti? - pyete ndrojtur, me zërin që të dridhej.

Fytyra e zbehtë më kujtoi hënën kur nuk ka asnjë punë për të bërë. Ç'përgjigje të të jepja? Kishe gjurmë të një bukurie të hershme që po niste të shndërrohej në antike. Dhe akoma më shumë më pëlqente. Ndjeja gjoksin të më qe zjarrmuar në atë heshtje. Nuk ishim shumë të sfazuar në kohë dhe askush nuk mund të kuptonte ç'po ndodhte. Sepse tani as diell nuk kishte, shiu kishte pushuar, për hënën as që bëhej fjalë. Përreth dihej një bosh gjigand.

Ishim vetëm ne të dy.

E ngrite kokën e më pe në sy.

- Nuk më the, pra, a mund të këndoj edhe unë kështu si ti?

- M'u mbështet me shpinë këtu në gjoks dhe ndje këngën time. Pastaj provo tënden. Po çadrën mos e mbyll, e mbaj unë. Le të jemi të dy nën të.

S'ka gjë se nuk po bie shi...

PËR HALLOWEEN

As që bëhej fjalë të më dilte gjumi, nëse nuk do ndjeja në qafë një puthje të ëmbël që për pak po bëhej kafshim. Fillimisht m'u duk një ëndërr e këndshme, por që po transformohej në horror të vërtetë. Kur trupi m'u mbush me morrnica, nuk di pse, nga emocioni apo tmerri, hapa sytë dhe në gjysmëerrësirën e dhomës, mbi fytyrë pashë vajzën. Psherëtiva duke u shtriqur dhe duke bërë me mend ca llogari nëse isha në gjumë pasditeje apo mëngjesi.

Siç duket ajo e kuptoi dhe më pëshpëriti te veshi:

- Mirëmëngjes, babushi im!

- Pse je zgjuar kaq shpejt?

- Ohu, ti, harrove që është ndërruar ora? Pastaj jashtë është vrenjtur, bie shi.

U shtriqa për të shijuar zgjimin. Ndjeva se kotelja u struk nën krahun tim. Vura buzën në gaz. Vërtet është e ëmbël, po sesi m'u duk, sikur diçka po kurdiste.

- Hë? - pyeta me kunj.

- Hiç...

Ktheva kokën dhe e pashë në sy.

- Më duhet një pesë mijëshe për sonte, është Halloween, kemi një party me klasën. - m'u përkëdhel nën krah.

- Ç'je një mackë hilacake ti! - i thashë buzëqeshur.

U ngrita dhe ndërsa ajo shkoi në kuzhinë, unë u vesha. Lashë porositë që duheshin dhe ika i pari.

Pasdite gjeta gruan duke shkarravitur djemtë.

- Ikni, kapni ndonjë lek andej nga nëna e babit.

Ndjeva të më ngacmojë duke më parë me bisht të syrit. Vura buzën në gaz.

- Kaloni dhe nga gjyshi pastaj, mbase ka ngel gjë edhe andej. - buzëqesha unë.

Dhe shihja si qenë shkarravitur në fytyrë për t'u bërë sa më të "frikshëm".

Ajo vazhdonte t'i "plagoste" në vetull, t'i "kafshonte" me të kuq në qafë.

- Kam marrë bileta për teatër sonte. - tha pa më parë në sy.

U ktheva për t'i folur, por më pa në mënyrën më të përshtatashme për të më bërë mos thosha asgjë.

- Ka kohë, në tetë fillon. Kështu që po të kesh gjë për të kryer, jepi!

Dhe më shkeli syrin të tregonte se vinte veton.*

I nisi të dy djemtë, njërin me një pelerinë të zezë sajuar dhe një maskë syve, tjetrin me një kapelë të madhe dhe streçe që s'di nga i kishin sajuar.

- E dini që duhet t'i trembni, ë? T'u kërkoni edhe ndonjë lek, si të varfër që jeni. Ahahaaa!

*mekanizëm politik refuzimi i padiskutueshëm

Dhe i puthi para se t'i niste.

Më erdhi një e qeshur e mrekullueshme. Minutat kaluan shpejt dhe kur ajo po përgatitej për teatër, pashë orën.

- Ka kohë, ka. - më tha - Nuk kemi ku ikim pa ardhur goca.

Aprovova me kokë.

Pas pak kuptova që po ndjente ankth, një dy shikonte orën.

- Ufff.... - shfryu me zë më në fund - Ajo nuk po vjen. Deri në shtatë e gjysmë e lamë. Të vinte pak më shpejt. Të na linte kohë të ecim edhe ne si njerëz...

Pashë orën dhe heshta. Kishte kohë, por padurimi i saj...

- Duhet të shkosh ta marrësh. Kam frikë. Njerëzit me maska... Ufff, tani që u err fare s'di si më duket...

- Prit, prit, ka kohë.

- Jo, jo, nuk mundem. E provova edhe telefonin, por nuk e hap. Pastaj... shoqja e saj. Nisu, të lutem, nisu!

Vura buzën në gaz pak si fshehur, që të mos e merrte për tallje dhe u vesha një herë e mirë edhe për teatër.

- Nuk ikim pa ardhur ajo! - çakërriti sytë gruaja.

- Një herë e mirëëë, sa të vij me të dhe ikim të dy. Ti rri gati.

- Sa qetë rri ti! - mërmëriti nën zë kokëulur.

Ndërsa prisja vajzën jashtë festës, gruaja merrte në telefon gjithë merak.

- Po del, pak dhe mbërrijmë në shpi. Rri gati ti!

Por nuk dëgjoja më asgjë.

- Alo, alo!...

Ngashërim...

- Çfarë ke, moj?

- Po i bien derës me forcë, me grushta, me shkel-
ma. Ziles pa mbarim...

- Kush?

- Nuk e di. Mos është ndonjë... shok i saj.

- Shikoi në syrin magjik.

- E mbulojnë. Kam frikë. Zot!...

Më vinte ta lija vajzën të vinte vetë e të nisesha në
ndihmë të gruas.

E mora përsëri në telefon.

- Zot. Janë me maska. I shoh... Sa frikë. Shtttt...

- Po vijmë, po vijmë...

- Uuu, sa tuurp, po puthen para derës të dy ma-
skat. Vetëm sytë u duken...

Buzëqesha.

Vajza u afrua, i tregova për mamin e frikësuar.

- Ma? Maaa? - i foli në telefon.

Dëgjoi ngashërimin e së ëmës.

- Bërtasin! "Asgjë, asgjë s'keni?", thonë.

- O ma, nën derë, nën derë jepu një dy mijëlekshe.

- ...Ufff!... U dhashë. Kërkuan prapë. "Jemi dy, je-
mi dy", thonë...

Ne buzëqeshëm të lehtësuar.

- Janë fëmijë, të rinj që bëjnë gallatë, o ma...

Në shtëpi mbërritëm njëherësh me djemtë. Ishin
kthyer nga gjyshërit. Nëna me lotët e tharë të frikës
dëgjonte si kishin trembur pleqtë.

- Lekët! - tha rreptë.

Ata panë njëri-tjetrin në sy.

- Lekët! - përsëriti ajo.

Ata nxorën nga xhepi ca karamele e çokollata të vogla.

- Lekëëët!...

Ata u bindën dhe nxorën nga xhepat tri bileta teatri.

- Gjyshi na tha të vijmë edhe ne në teatër, se komedi është. Dhe na preu bileta.

U kujtuam.

Pak kohë kishte mbetur, ndaj nxituam...

31.10.1014

PËRRALLË PËR KOHËT QË VIJNË

Mbreti hapi derën dhe hyri vendosmërisht në dhomën e të birit. Princi nuk reagoi fare. Vetëm i fryu edhe qiririt të fundit mbi tavolinë. Tani ndriçonin vetëm dy shandanët mbi kokën e krevatit.

Mbreti u ktheu edhe një herë nga dera, si për të parë që qe vetëm dhe u ul pranë të birit. Hoqi kurorën, e la mbi tavolinë. Rubinët e kuq vezulluan çuditshëm duke zbërthyer dritën në mijëra ylberë të vegjël, të mrekullueshëm. I biri e pa kurorën pa ndonjë vezullim të posaçëm në sy, si të shihte një send të zakonshëm.

Si t'ia kuptonte mendimin, mbreti i tha:

- Vlera e saj nuk është as te pesha, as te bukuria...

Princi tundi kokën në shenjë pohimi, po aq thatë, sa mbretit iu duk vetja vërtet i pavlerë para të birit.

Ngriti dorën dhe i ledhatoi flokët.

- Ti mbahesh shumë keq. Nuk vishesh me petkat që i kanë hije një mbreti. Nesër kjo kurorë...

I biri buzëqeshi ligsht.

- Sepse nuk dua që ajo ta ndjejë veten të varur nga unë. - tha kokëulur, si i zënë në faj.

Mbase nuk donte ta thoshte aq hapur.

Mbreti uli kokën duke përtypur mendimet, për t'i dhënë një përgjigje sa më të kuptueshme e njëkohësisht sa më bindëse.

- Atëherë dërgoi asaj petka si tonat. - i tha si zgjidhje.

I biri tundi kokën në shenjë mohimi.

- Nuk do, ose do për të gjithë.

- Atëherë dërgoi flori të bëjë ç'të dojë për të gjithë ata që do. - ngriti zërin mbreti.

Princi i mërzitur tundi përsëri kokën.

- Ajo do...

- Çfarë? Fol! - bërtiti mbreti kërcënueshëm.

- Ah... Ne nuk e kemi atë që kërkon ajo.

- Çfarëëë.... - e kapi mbreti nga rrobet në gjoks i nervozuar - çfarë qenka ajo që një mbret nuk e paska?

- Shpirti! - tha i biri guximshëm.

Mbreti e lëshoi në shtrat, mori kurorën dhe e vuri mbi krye.

- Më në fund!... - tha qetë.

Ecte për të dalë nga dhoma dhe mërmëriste:

- Më në fund, nuk do më kërkojnë më para!

Pastaj ndaloi para derës dhe iu kthye të birit me zë të qetë:

- Merr ç'të nevojitet që këtu dhe jepi shpirtin tënd po deshe. Ik pas saj, mbase të bën të lumtur...

* * *

Pas disa muajsh princi u kthye tek i ati dhe i tha:
- Tani ajo kërkon edhe flori!...
15.09.1014

* * *

Ndjeu t'i binin gjethet me një fluks të çuditshëm. Me ata pak gishtërinj të blertë që i kishin mbetur, numëroi muajt, llogariti stinët. U trishtua kur i doli se vjeshta ishte ende larg. Hodhi sytë të shihte veten në gjithë gjatësinë. Degë të thata kaq shumë.

Ngjyra të zbehta...

Ndjeu frikë, ankth, tmerr. Si krahë sakatësh...

Nxitoi t'i ushqente, por nuk mundej më. Thellë në tokë, gishtërinjtë i ndjeu të pabindur. Të mpirë e të ftohtë.

Pickoi veten me shpresë se qe ëndërr. Pak lëng në trung, sa pak lëng!

Iu duk se kishte fjetur gjatë. Tentoi të lëvizë sadopak, të ecë. Vetëm gjethe ranë dhe një kërcitje llahtarë që nisi nga poshtë. Pastaj bëri vetëm një çerek rrethi rrugë për t'u ndjerë në një rehati të plotë.

Me sy gjysmë të hapur pa t'i afroheshin njerëz me vegla për ta rrënuar përfundimisht.

Sikur mezi e kishin pritur këtë rënie...

13.09.2014

DITËT
E AISHES

Sapo dëgjoi zhurmë dere që hapet, zgjati kokën të shihte cila derë u hap.

Aishja është pastruesja e shkallëve të pallatit. U thoshte të gjithëve se kishte shkollë, por sa askush nuk e pyeste. I vinte pak keq që nuk mund t'ua tregonte kur nuk e pyesnin. Kushtet e bënë të vinte të pastronte shkallët e pallatit. Vetëm këtë dinte.

Ishte rreth të dyzetavem mbahej si grua e bu-kur.

- Aq më bon! - pëshpëriste me vete - Nuk guxojnë me më pyet, se kon frikë mos dalim t'një niveli. Kon frikë, kon frikëëë mos përfundojnë si unë. Budallenjtë...

Pastaj kur pastronte kabinën e ashensorit nga brenda, shihte veten në pasqyrë, i shkelte syrin e thoshte:

- Hëm... m'kon zili, po s'kom pse e boj veten. Mirë jom, mirë fare. Drejt e drejt, po ene pak punë tjera aty këtu, i fitoj ca lekë. Le t'hapin gojë po deshën! Hahahaaa!

Dhe vazhdonte punën me buzë në gaz. Merrte edhe ndonjë tallava nën buzë, deri sa të niste me mend një "histori" nga ato të përditshmet.

- Ishe, o Isheeee!

- Po, zonjë!

- Kur të kalosh te dera ime, bjeri icik ziles, se të them çdo bësh.

- Erdha, erdha, zonjë!

Dhe zbriti shkallët për poshtë me nxitim.

- M'thuj, m'thuj! Ho, mi se presin shkallët, po ho! Kom frik se më hik ene thu s'erdh Ishja kur e thirra...

Zonja u ndje e përkëdhelur dhe e futi brenda.

- Du të ma pastrosh e rregullosh shtëpinë, se më vijnë ca njerëz nesër dhe... S'kam kohë, kam punë.

- Pa merak, mi zonje! Je tamom me i 5000 leksh? Ka dhjetë morin tjerat.

- Hmmm... - bëri zonja - Mirë, mirë se rregullohemi, po mos i thuj gjo Detit, se mërzitet ai, nuk do njerëz mrena në shpi. - mundohej zonja të imitonte Ishen për t'u ndjerë më e afërt.

- Jo, m'i zoje, mos e thuj dy herë atë llaf ti! Kur të t'vijë Ishja tate ty?

- Mbaro shkallën dhe hajde!

- S'ka gjo, mi jo, m'lej çelsin ti ene mos ki marak ke un ti.

- Jo, jo... Se vje Deti dhe s'du me u zi me të. Do jem edhe unë.

- Qyqa, po qe ti...

- Hë, hë, se i bën më mirë e më shpejt ti. Unë kam ca punë në kompjuter edhe po erdh Deti i themi se po m'nimo Ishja...

"Eh, mi Zanë, mi Zanë! S'hoqe dorë prij fizbukes ti. Qari im! Aahahaha. Ene Deti tat... S'kom për t'i thon jo, veç po m'pështoi goja me i thon "sa shpi t'bukur kishe, mer Det!". Ahahahaha. Kshtu pra, kom për t'ia bo 10 mijë lek për t'i majt sekretin. Pse, mi s'dun me rrojt ene kalamojt e mi, e? Ahahaha! Hajt, hajt se po gaditna.

Mmm... çfarë ere vjen ke kjo dera e Pandorës! Gatun mirë kjo, gatun mirë. E nis qysh n'orën 10 drekën me javashllik e nuk ikën era kollaj. Ja, kur të ngjitem lart me siguri do jetë duke bo kekun. Osht kaure e pastër kjo. E ç'ia kom nevojën? Kjo i bo të gjitha vetë. Po shyqyr, nuk grindet ene kur i kaloj leckën e lagme ke dera. Del me kovën e leckën e vet e pastron. Shyqyr, shyqyr, nuk është si ajo Hyria e katit të tetë, që kalo gishtin t'shofi pluhrat e parmakve. Papapapa, sa e ligë bohet! Ene shko t'u fugu vetë ke përgjegjësja e shkallës...

Hmmmm, e fundit në ashensor paska qenë Mira e katit tretë... Ca ere që ka parfumi asajt, mmm... Jo si ajo budallaçka e katit dytë që hudh porfum burrash. Ahahaha... Po si s'mësojn ka njona-tjetra kto, mi! Ja, i kat i ndan dhe... Pa le, po... Lene, lene... Pret ashensorin ene çerek ore n'mjes me zbrit dy kate se bohet me djersë ene s'ia pëlqejnë erën shefat. Hala s'e di ajo që meshkujt të turren. Ku pysin për era ata me! Ahahahaha! Ene i met hatri kur i thash zbrit, mi m'komë se dy kate ke, se jom tu e la ashensorin. E ça m'gje mu që zbres e hyp katër kate ka dy tri herë m'ditët? Rrudhi ata turinjt e shtremët, t'u m'thon:

"Ec, ec vazhdo içik shpejt".

Ftyra asajt.

Dhe duke fshirë e duke folur me vete.

"Bah, ky dylli ma shpif fare. Ene kshu kom për t'i thon gjithherë, as iher s'kom për t'i thon Dyl. Mirë që nez cinaren n'ashensor, po ene e shtyp bishtin aty, si për inot tem. Ene i erdh keq kur ia lash bishtat ke dera. Mirë ja bona me, se përgjegjsja më tha: "Po pe njeri me cinare në ashensor, lenja pislliqet ke dera". Dyli i leshit, që ia mledh Sanija, ia bo shtatë me dy ene sikur dy gota t'ket pi. Po hajt mo, si gjith burrat që kujtojn se kur majn msteqe duken t'fortë...

Ufff, kësaj bullafiqes as du t'i pastroj para derës, po ça t'boj. Që kur m'pa n'fillim u vrenjt. "Pjesën time du ta pastroj vetë", tha. Iu dhimbs 2000 lekshi. Apapa! Ça erë djerse vjen kjo, brrrr... si erë derr... Ahahaha, tamam si dosë është".

I tremben mendimet nga një derë që kërcet. Kalon ca shkallë majë gishtave dhe zgjat kokën të përgjojë.

"Shiko, shiko budallenjtë si puthen! Kujtojnë se s'po i shef kush. Po gjith notën m'krevat e kishe, mer Ben, s'u ngope. e? Ciu-ciu kta... Çift i ri mooo, e kon qejf fort. Mer, po gjith két hyrje kta! Ku i gjejn paret, me ku i gjejn! Allishverish dynjoja! M'kon thon se puno ke... Apo osht mor me pislliqe ene tani ve kallaren? E shkreta goc! Goc e mirë duket, e urtë... Po ene ai... Ec mooo, varja!".

Lante pasqyrën e ashensorit. Shihte veten, i shkelte syrin, rregullonte flokët dhe shtirej ndonjë mirëmëngjes. Aty te ndonjë cep, si çdo ditë do gjente të shkruajtur me lapustile: "Lola, të dua shpirt!".

Dhe vriste mendjen kush qe Lola.

"Nji nga ato katër motrat e katit nontë do jet. Po shum t'vogla më duken, mer... Papapapa... Ça brezi! Që tani kon qejf. Ene m'duket se e shkru ai komshiu i vet, se ai doli i dite kur sa e kisha la pasqyrën. Buda-llai, as e kuptoi fare që po e rujsha. Xheli flokëve vuuu, kujto se sa më shumë xhel me hudh, aq ma fort po i afrohet ajo. Ahahaha!

Kta pleqt e ksaj derës gjynof. Kon ngel vetëm, po kon pare kon, se i bin kalamojt ka Italia e Gjermania. Ene s'më morën i her t'ua pastroj shpin. I rujn paret, se për çfarë, as e mor vesh. Kom për t'i ra zyles nai dite e t'i them se do t'i pastroj falas. Ta shofin si punoj. S'i dihet u mushet menja ene m'morin prap me lek. Ata s'vadisin dot as lulet. Ai ene shurrën rrezik s'e ço dot deri ke brima hales. Ahahaha!

Ja, ktu rri florini jem. Kjo po. Kjo osht zonjë. N'fillim lite ca qese me rrobe të perdorme jashtë, kujtote se merakossha unë po të m'i jepte. Ahahahaa".

Dhe qesh me vete, se iu kujtua që i kishte lënë qeset jashtë dere të paprekura në shenjë besimi.

- Zonjë, ke harru dy qese rrobash jashtë qysh dje.

- Për ty i lashë. Mbase të bënin punë...

- Mu e? Kom un, zonje kom, rrofsh!

- Mos të duheshin për të fshirë parmakët, xhamat e shkallës...

- Ehëëë, dmth ti s'i do më, e? Hajt, se kom për punë unë, po po ia çoj asaj komshies se dro* ka nevojë, ka gjith ata kalamoj.

*ndoshta, ku i dihet. Ky tregim për arsye stilistike ngrihet
  mbi dialektin tiranas.

- Shiko se ka dhe për të medhenj aty. - i kishte buzëqeshur zonja.

Po herë-herë i jepte edhe ndonjë lek të vogël t'iu blinte diçka kalamajve. Prandaj e donte shumë. Çdo ndërrim stinësh i nxirrte qese me rrobe, këpucë, çanta... Ishes i shkëlqenin sytë.

"Nji, pra kush osht njeriu! Flori, flori... Ku i gjejnë lekët e? E ça m'duhet mu, me!... Shyqyr! Ka ajo, kom ene una. Po jo si ajo plehra e katit pestë. Linte qeset e plenave ke dera. U msu keq ajo, se i herë e dy ia hudha una. Ene iu duk se e kisha për detyrë. Jo, mi jooo! M'trashi ene zonin i dite. "Pse s'i ke hudh plenat?". Pse mi, plenat e tuja do hudh unë? I la goca vet ke ashensori masanej. Ene unë mirë ia bona, ia çova prap ke dera, se ashtu qesesh vetëm ajo ka.

S'po di si t'ia them grus vet, se ky profesori, osht i kurvar i keq ky që... Hmmm! S'la goc pa fut n'shpi. Ene t'reje qelbsina... Po i vijn ene ka dy-tri iherësh... S'i vje turp, s'i vje! U merr ene lek kom ngju".

E më pas, e lodhur shumë nga ky ritual i përditshëm, shtriq një herë kurizin dhe para se të vazhdojë, shikon në çfarë kati është.

"Yhyyy, sa di Ishja me, sa di! Ene ata që bojn sikur do japin shpin me qira, ene fusin "klientë" ke shpia. Ene dalin pas nja dy orësh. Ahahahaa! Legena rob. Gjith ditën me... goca e çuna tezesh t'u u mor. Ahahahaha! Nuk shohin...".

Dhe qendroi një çast, preku me dhimbshuri dorezën e një dere. Sikur iu lagën pak sytë, por nuk qëndroi gjatë.

" - Eh... kjo është aroma më e mirë e pallatit. Ec, Ishe mblidh veglat tani, ndrro rrobet ene ec, se t'zu dreka...".

Merr ashensorin dhe zbret duke parë edhe një herë punën e saj e duke i shkelur syrin vetes në pasqyrë.

"Shifna nesër!".

28.07.2014

KUR HESHTJA
FLET MË BUKUR

...Në çast ajo ndaloi, nuk po i përgjigjej më. Dhe... po bënin dashuri. U habit, e pa i trembur, u ngrit mbi bërryla duke e parë në sy.

"Ç'pate?" - pyeti me vështrim.

Ajo e shihte ngultas.

- Më do ti mua?

Ai shfryu me një lloj mërzie. Si mund të përgjigjej me dy shkronja, "po", për një pyetje? Eh, për një pyetje të vogël që donte një përgjigje të madhe.

Uli sytë.

- Hë, më do ti mua? - pyeti ajo sërish e trembur e këmbëngulëse, sikur po zbulonte diçka që do çudiste botën.

- Po! - u përgjigj ai thjesht, me siguri të plotë.

- Vetëm kaq? - këmbënguli ajo e trishtuar.

- Po. Se vetëm kaq më pyete. - u duk mërzia e tij.

Dhe u shtriq për t'u rehatuar si pas mërzisë për një punë lënë gjysmë.

Ajo qeshi plot përkëdheli dhe i ra në gjoks. Nisi t'i prekë buzët, fytyrën. Pas pak ai e ndjeu veten të rënë në grackën e asaj koteleje. Qeshi dhe iu përkushtua sërish. Ndjeu gjakun t'i mbushte venat, e përfshiu në krahët e fortë me plot dëshirë.

- Priiiit! Më more frymën. - i pëshpëriti në gjysmë përkëdhelje, e qeshur, e kënaqur për pasionin e tij.

E ndjente në frymëmarrjen në shtrëngimin e ëmbël, në djersët e kadifejta që i mbulonin lëkurën.

Por ajo nuk mund të rrinte.

- Prit... prit... - e shtyu përsëri butë.

- Ç'ke?

- Sa më do? - xixëlloi ngacmimi i saj hokatar.

- Shumë, shumë, shumë!...

E tërhoqi nga vetja përsëri duke dashur t'ia gëlltise ato llastime. Ajo u ndje e bezdisur dhe ai e lëshoi.

- Kaq? - e pyeti e befasuar.

- Po! Se s'ka më shumë se kaq.

- Ufffff... Kështu thonë të gjithë... Nuk ke ndonjë fjalë tjetër, më të veçantë?

Ai u mendua një hop dhe u ngrit nga kolltuku. Ndenji ca mëdyshas, pa ditur ç'qe më e mira të bënte.

Ajo ndjeu rrezikun e vetmisë. Aromë alkooli, ka-feje dhe cigareje... Ndjeu edhe tik-takun e orës së murit. Si kambanë...

Por nuk guxoi ta pyeste ç'kishte ndërmend të bënte me atë ngritje të vrullshme nga kolltuku.

- Ç'do të thuash? - sikur kërkoi llogari ai.

- Asgjë, vetëm pyeta. Kohët e fundit po i sheh për ters të gjitha ç'të them.

- Që kur fillon kjo "kohët e fundit"? Mbase nuk duhet të pyesësh kaq shumë, sidomos në çaste që nuk pyetet, por përgjigjet. Sepse...

- Mirë, mirë, mos u mërzit kështu edhe ti. - iu hodh përsëri në qafë ajo dhe nisi ta përkëdhelë.

Ai ndenji indiferent pak çaste. Pastaj... Pastaj ndjeu të lagej nxehtë në sup. U keqardh dhe ia ktheu fytyrën nga vetja. Nisi ta përkëdhelë dhe t'ia mbledhë lotët me buzë deri te sytë. Nisi ta puthë, ta shtrëngojë në gjoks. Ajo rrinte në heshtje, sylur.

Ai buzëgazi me vete dhe u ndje për herë të dytë i rënë në kurth. Gjithësesi mashkull ishte, i ndjeu sërish venat t'i mbusheshin me gjak. Iu duk se ndjeu zhurmën e pompës që lëvizte atë lëng jete dhe zhurma iu duk e bukur, melodi e mrekullueshme.

Po gjakun e saj kush e pomponte që nuk ndjehej fare?

Dhe kur iu shpeshtua e iu rëndua frymëmarrja, ajo iu shkëput pak dhe i ndenji përballë.

- Po tani ç'ke?

- Asgjë! Më thuaj... Pse më do ti mua?

Ai qeshi dhe u ngrit të ikte.

- Jo, mos ik, të lutem! Mos ik, ishte e fundit... Nuk doja. Prit!

Ia mori fytyrën mes duarve dhe i buzëqeshi.

- Do vij prapë, nuk kam më kohë, më duhet të iki. Të premtoj që do vij!

Ajo e pa me fytyrën që nuk besonte. U zgjat, e puthi, e "besoi" dhe e përcolli deri te dera.

* * *

Të pasnesërmen erdhi vërtet. Ajo u ndje e lumtur. Sepse u drodh tek iu kujtuan dy mbasdite pa të. Dhe tani ishte vërtet aty, pranë saj. Mund ta prekte, ta shihte, ta përqafonte e të shkrihej me të. Iu hodh në qafë dhe e puthi pa fund.... E përkëdhelte, e shihte në sy, e miklonte në çdo hapësirë mashkullore që mund ta ndikonte...

E ai... U ndje i përkëdhelur, por sesi iu duk. Sikur po i ngrinte përsëri kurthin e zakonshëm.

Qeshi një çast. Ajo e pa e habitur.

- Ç'ke? - e pyeti e trembur.

Diçka jo të mirë po nuhaste me flegrat që i mbante hapur, në gatishmëri të çdo situate.

- Asgjë, asgjë... - eci ai përpara drejt kolltukut ku shpesh rrinin pranë e bënin dashuri.

I bëri shenjë të ulej, por ajo rrinte në tavolinën e vogël ku vinin shishen e verës dhe ato gjërat e mira që e shoqëronin. Pastaj nxori letër dhe stilolaps.

Ajo e shihte e habitur.

- Ulu, shkruaji aty të gjitha pyetjet që do t'iu dish përgjigjen. Pastaj do të përgjigjem unë. Pastaj... Nëse e kaloj klasën, mund të bëjmë dashuri.

Ajo heshti kokulur. Si ta merrte këtë?

- Tani... Në këtë çast nuk më kujtohet asnjë.

Kur pa buzëqeshjen e tij iu duk ironi. Zgjati dorën rrëmbimthi dhe e bëri shuk letrën e bardhë. Pastaj flaku stilolapsin te këmbët e tij.

Ai eci pak para i qetë, në heshtje shkeli stilolapsin dhe e kapi nga dora. Ajo u bind dhe i ra në krahë...

Për minuta të tëra nuk u bë asnjë pyetje e nuk u dha asnjë përgjigje. Gjithçka foli ndryshe...

PËR
PAK BESIM

E diel fundshkurti. Piva kafen dhe u ngrita të ikja. Më shijon vetëm të dielave në mengjes. Lexoj kalimthi gazetën e ditës duke tymosur e rufitur në filxhan.

Qetësia e të dielës në mengjes të jep përshtypjen se dhe rrugët janë më të pastra, dhe në ajër mund të dëgjosh shumë-shumë fëshfëritjen e krahëve të engjëjve që vijnë e të bëjnë shoqëri pa u trembur akoma nga zhurma e ditës.

E teksa kthehesha me hap më të dembelosur, për hir të rutinës së një ditë dimri, pashë që rrugën ma prenë dy vajza të reja, shumë të reja, të brishta për t'u pasur zili. Njëra prej tyre shtynte një karrocë fëmije.

- Zotëri!

Ndalova, prita të më pyesnin për ndonjë rrugë.

- Po! - buzëqesha duke pritur.

Njëra prej tyre, ajo që shtynte karrocën pyeti.

- E besoni që Jezusi është kryqëzuar për ne?

Bëra nje xhest për t'iu treguar se nuk qe kjo pyetja që prisja.

- E kuptoni mrekullinë që na pret prej tij?

- Po. - belbëzova.

Në fakt, unë nuk besoj dhe këto pyetje më vënë në pozitë të vështirë.

- A do luteshit për një jetë më të mirë për veten, për fëmijët tuaj dhe shëndetin e tyre? Për këtë fëmijë?...

Dhe zbuloi karrocën. Bebja brenda m'u duk i verdhë e shëndetlig. Mbase... Futa dorën në xhep, ndonëse paraqitja e tyre nuk tregonte se kërkonin ndihmënë të holla.

Vajza që fliste më kapi dorën dhe tundi kokën.

- Jo, jo! Jo! Atëherë ejani ditë e premten, në orën 19.00, të lutemi për ta, për jetën dhe lumturinë e tyre...

I zënë ngushtë nisa të kthej një përgjigje pa përgjigje.

- Premtomani, kini kurajë dhe ejani!

Më shtrëngoi dorën pa marrë aprovimin tim dhe më zgjati një ftesë.

Ikëm në drejtime të ndryshme. Nuk mund të them që sytë e saj më rrinin në mendje dhe lutja e saj më tingëllonte akoma në vesh.

"Unë e di që feja ka qëllime paqësore, qetësuese, po unë nuk besoj. Më lini në bindjet e mia, mos më bëni të loz teatër në takimet tuaja". - vazhdoja bisedën me to.

Ditët rrodhën, as m'u kujtua se e premtja erdhi dhe iku e s'kam pse gënjej që as kisha ndërmend të merrja pjesë në asnjë lutje me to.

Por të dielën e dytë të marsit, ndërsa i bija mes për mes parkut duke u kthyer nga kafeja vetmitare e së dielës, i pashë të dy vajzat ulur në një stol. Pranë tyre karroca e fëmëjës...

Ajo që më kishte folur, rrinte e heshtur e kokë-ulur. Tjetra më pa dhe i ra me bërryl shoqes që nuk reagoi e që ndonëse më pa, nuk më njohu.

Tjetra u ngrit dhe më përshëndeti.

- Ju nuk erdhët... Shumë të tjerë erdhën, u lutëm së bashku. Për ju, për njerëzit, për fëmijët tuaj. Për këtë...

Dhe zbuloi karrocën...

Ishte vetëm një kukull. Veshur si fëmijë, mbuluar me batanije.

U habita. U shtanga dhe pashë herë njërën vajzë, herë tjetrën.

Asaj që ishte ulur dhe heshte i shkoi një lot.

- Mos u ndjeni përgjegjës, zotëri! Nuk mendojmë se është faji juaj. Mbase ju nuk kishit nevojë, por kishim ne për ju. Ashtu si nesër mund të kini ju për ne. Zoti u dhëntë jetë e paqe ju dhe fëmijëve tuaj!

- ...

Eca gjer në dalje të parkut, por thellë, brenda në gjoks kisha një peshë që sa vinte e rëndohej. Ndihe-sha banor i një qyteti me prindër që shtynin karroca me kukulla...

24.02.2014

KAMBANA QË S'DIHEJ PËR KË BININ

...Ai kthehej në shtëpi me një dhuratë të shtrenjtë dhe shihte me ngazëllim gëzimin e saj, lumturimin si i një fëmije të pangopur. Me vete, ndonëse në heshtje ndihej mirë. Mbushej me frymë dhe psherëtinte fort. Dhe dukej që të gjitha këto e qetësonin. Dukej se fytyra i zbardhej e sytë i ndrisnin. Por edhe këto, përkohësisht.

Ajo i hidhej në qafë, e puthte dhe e shtrëngonte, e falënderonte për përkushtimin, për dashurinë e tij. Zemërgjerësi që sigurisht e kishte pasur. Dikur me bujë, po sot në heshtje.

Ai dukej gjithnjë e më i lodhur...

Ajo e shtrëngonte dhe e përkëdhelte, i ledhatonte ballin, flokët, shpatullat, i prekte butë shikimin me sytë kadife, e joshte duke ngjeshur gjinjtë e fortë e të bukur në gjoksin e tij, më fort i bashkohej e shtrëngohej ngjitur, ashtu si i pëlqente, duke e prekur kudo ku ai shkrihej e humbiste në parajsën që i dhuronte. I thoshte ca fjalë ndjellëse në vesh. Pastaj i thithte buzët gjersa merrte komandën dhe e përpinte të tërën.

Kënaqej kur i ndjente dihatjet, frymën që i merrej, ankthin e epshëm. Kënaqej që arrinte ta bënte aq mashkull, sa nuk besonte se mund ta bënte tjetëkush.

Si preknin me duar parajsën e koloviteshin në të, ai mbështetej e flinte në prehërin e saj. Pas ca kohësh kërkoi jastëk...

Njëherësh ajo nisi të mos ia ndjente më fuqinë, as aromën mashkullore që shpërndante sapo hynte në shtëpi, atë aromë që i ndizte gjakun gjithë këta vite për të qenë preja e tij, gjahu që ai mezi arrinte ta kapte teksa kthehej i lodhur e lozte aq sa çlodhej...

Ndjente se gjithçka i thërmohej, i tretej në duar. Aq sa shpesh nxirrte një piskamë që t'i çirrte shpirtin:

- Zooottt! Ç'po ndodh... Thuajmaaa! Ç'po ndodh?

Përse nuk ndjehej mashkull ai? Dhuratat e shtrenjta nuk mund të mbajnë tendosur muskujt, qoftë edhe 20 cm qofshin...

Një ditë mori dy punëtorë dhe ndërroi sistemin e dhomës së gjumit. Në çastin e duhur nisi të lozë plot naze e joshje me të. Por ai... Nuk e vuri re ndryshimin. I solli dy sumbulla rubini. Vathë. I vuri të varen në veshët e saj... I tha:

- Ti gëzosh!

Pastaj hyri në dush, u duk se lau mëkatin shpejt e shpejt dhe u shtri i përhumbur. Bëri detyrën aq shpejt, sa ajo s'kuptoi çfarë ndodhi dhe fjeti. Fjeti me heshtjen sikur mallkoi veten: "Mos u zgjofsh më!".

Bëri dush neveritshëm. Iu duk vetja prostitutë dhe teksa shihej në pasqyrë, pa se për çfarë i shkëmbeu hiret e saj femërore. Vathët në veshë u lëkundën.

Dëgjoi të binin kambanat e dhimbjes.

- Kambana morti... - pëshpëriti ajo - Tani vetëm seks. E ndjeva, shpirt, dashuria paska vdekur!

Duhma e kufomës së dashurisë që dekompozohej i gërrici shpirtin. Lumenj gjaku vaditën trëndafilat. Rrinte mbi të hetueshëm t'i lexonte frymëmarrjen dhe lëvizjen instiktive të qepallave. I shpëtoi një lot. Ra mbi buzën e tij. Po ai nuk e ndjeu... Ra edhe një kambanë tjetër... Për të ishte e fundit.

Në sirtar numëroi dhuratat bizhu, në dollap...

Aq herë ndjeu trishtim.

Një kafe turke e një gotë që u mbushi disa herë me alkool e shoqëroi gjer në mëngjes.

- Mirëmëngjes! - i tha ai pa e parë në sy.

- Qofsh i lumtur ti, jo njerëzit që u dhuron atë që mundesh. Njerëzit duken të tepërt... Mbase pa dashjen e tyre, por tënden. Ç'rëndësi ka?

Hodhi çantën në sup. U ndje e tepërt me të, e tepërt edhe me veten... Kërciti dera e jashtme.

Kambana që s'dihej për kë binin.

Ishte stinë e nxehtë, por ndjente nevojën e një pulovri. Kishte ftohtë. Ethe. Virus... I priti dy lot nga qerpiku, njomi me to vathët e rubintë dhe varsen "Zvarovski". Iu duk sikur i vaditi.

Por ndjeu që ora e qytetit ra aq herë sa ajo kuptoi që ishte vonë. Dhe nuk mund ta kthente dot. Kishte kohë pa e dëgjuar atë melodi. Qeshi dhimbshëm.

"- Kuptova, zoti im, kuptova. Paskam dëshirë të fle! Qenkam lodhur e s'e kam kuptuar...".

Dhe ndalte këmbët pa e ditur pse...

29.08.2015

UNAZA
E VJEDHUR

- ...Ohuuu! - psherëtiu i mërzitur tek dëgjonte telefonin të binte pa pushim.

La limën e vockël mbi tavolinë, uli lenten nga syri dhe para se të linte unazën e florinjtë mbi sfungjer, fërkoi mustaqet, sikur bënte prova për një xhest të bërë zakon i përhershëm tashmë.

- Ke vizita së shpejti... - dëgjoi në telefon.

- Kush vjen? - rrudhi ballin.

- E njeh, e njeh ti. Pak ka ndryshuar në tetë vjet. Është pa "spaleta". I hoqi këtu tek unë, i futi në çantë.

- Mirë, mirë. Rrofsh! Flasim në kafe pastaj.

Ia ktheu me të qetë. I mori gjithë bizhutë te ndarjet e rafteve dhe i hodhi në një tepsi pa kujdes. I përzjeu pak dhe ndjeu t'i lëvizte djallëzisht cepi i mustaqes. Vuri sërish lenten dhe nisi të punojë mbi unazë duke mërmëritur një melodi.

Dëgjoi zilkën e derës dhe vetëm sa ngriti kokën.

- Mirëdita! - i foli klienti i sapohyrë.

- Mirëdita! - mërmëriti duke e parë në sy.

Po ndjente t'i rritej një lloj neverie dhe urrejtjeje e vjetër për të sapohyrin.

- Si ke kaluar? Ke pasur ndopak punë?

- Ja, ashtu!... - foli urtë-urtë, plot kujdes të mos i dilnin xixa nga sytë.

- Mirë, mirë dukesh. - foli burri dhe bëri shenjë te bizhutë e tavës.

- Eh... - ngriti supet ustai dhe rrudhi buzët me keqardhjeje. - Për riparim janë. Lustrim, shkëlqim...

- Ouuu! - u habit tjetri. - Nuk janë të reja për shitje? Vetëm për riparim gjithë këto dhe kaq të reja?

- Po, po! - këmbënguli ustai. - Kohë krize. Kush blen mall të ri tani...

Tjetri, i habitur dhe mosbesues hoqi nga gishti një unazë. E madhe, me katër gurë të zinj të mrekullueshëm.

Ustait iu kujtua mirë dhe ndjeu dhimbje...

* * *

Ai burrë aty e dhjetë vjet më parë ishte inspektor i tatimeve të zonës. Ustai qe i ri atëherë edhe në moshë, edhe në atë zonë. Pas presioneve të ndryshme kishin rënë në një si kompromis a si ujdi të thuash. Por ky njeri shpesh i dilte nga ujdia, kërkonte "ndihma" paradhënie. Për të shlyer nje kredi, një borxh, për... pushime. Ustai kishte nisur të mërzitej e të ngrinte zërin. Por më shumë vrenjtej burri.

- Hmmm, do t'i hap letrat, ë?

Një ditë hyri në dyqan i nxirë në fytyrë.

- Më ka vdekur babai... - tha shkurt e përvajshëm.

Ustai i dha dorën dhe e ngushëlloi. Pastaj, me një lloj dhimbjeje nxori kuletën nga xhepi...

Po para se të ikte, tjetri u kthye edhe një herë, me sytë që i xixëllonin pa raftet me unaza. Ia vuri syrin... Pikërisht kësaj unaze të bukur me katër gurë të zinj.

- Më duhet edhe ajo! Dua ta përcjell si faraon babanë. Rregullohemi më vonë...

- Do groposësh këtë unazë? - çapëleu sytë ustai.

- Duhet... Besomë!

- Është gjysmë milion...

- Tamam! - qeshi burri duke harruar dhimbjen për të atin.

E mori dhe doli.

Ustai u plas në karrike i përlotur.

Kaluan vite. Me sa duket, inspektori e kishte kuptuar që së shpejti do ta përzinin nga puna dhe i nxori ujin e zi gjer në ditën e fundit.

Ustai thuajse e pati harruar atë që ndodhi atëherë. Po ja, e kishte në dorë tani unazën e mrekullueshme.

Bëri një lëvizje të shpejtë "profesionale", lëvizi dorën mbi banak dhe teshtiu fort.

- Të paskan rënë dy gurë. - i tha burrit.

- Si?... - u afrua tjetri i çuditur dhe i befasuar trishtueshëm.

- Ja! - i tregoj ustai vendin bosh

- Oh!... Të paktën deri mbrëmë ishin.

- Ç'të të them? - bëri edhe ustai të mërziturin. - Ç'do t'i bësh?

Tjetri u mendua një çast.

- Ja, bëji një shërbim nga këto që di të bësh. Lucidoje e drejtoje. Kurse gurët...

- Gurë nuk kam. Ti porosis dhe eja nesër t'i vëmë.

Burri qeshi djallëzisht.

- Dakort, dakort, - tha - tani shkëlqeje!

Ustai nisi punën me qejf. Lëmonte me limë, drejtonte me çekiçin e vogël. Kruante me letër smerili. Fishkëllente nëpër dhëmbë një melodi... E ngrinte unazën, e shihte në dritë. Fërkonte mustaqet, fshinte djersët nga vetullat. Teshtinte...

- Alergji... - justifikonte dhe sytë i ndrinin nga lotët.

Pas disa minutave e futi unazën në një solucion, e nxori, e fshiu. Ndrinte. Ia dha tjetrit në dorë. I kënaqur e vuri në gisht.

- Prit, prit! - i tha ustai.

Ia mori dhe e hodhi në tavë, te të tjerat.

- Gjeje tani!

Burri qeshi i kënaqur.

- Kështu kanë qenë edhe këto.

E pa në sy ustain.

- Të lumshin duart! Sa mirë dhe lehtë më rri tani! - qeshi gati i lumtur.

Ustait i lëviz cepi i mustaqes nga kënaqësia. Ishte i sigurtë, inspektori nuk e kishte njohur.

- Sa kushton?

- Vetëm dy euro...

- Dy euro?

- Po, zotëri, po. Ju thashë që është krizë.

- Po gurët?

Ustai e mori edhe një herë në dorë unazën si për të vlerësuar gurët, pastaj bëri një telefonatë. Mori një çmim që andej dhe u habit...

- Gjysmë milioni zotëri!...

- Saaa! - u habit burri sikur u tremb. - Kaq e kam blerë të gjithën.

- Po, por shumë vite më parë besoj. Tani kjo kushton mbase një milion...

- Ashtu, ashtu... - mërmëriti tjetri.

Pastaj vendosmërisht tha:

- Do t'i marr...

- Shumë mirë, por duhet të paguani 60 % të shumës.

- Hmmm! - hungëroi duke nxjerrë kuletën.

Nguroi një çast, pastaj numëroi vrëng-vrëng, në dorën e tjetrit pirgun me para që iu kërkua.

Ustait i lëvizi cepi i mustaqes.

- Paç e dhënç! - tha dhe fërkoi mjekrën me shukën e parave. - Nesër eja t'i vëmë...

E përcolli gjer te dera dhe si mbeti vetëm u mbyll me çelës. Nxori nga dollapi një fshesë të vogël me korent dhe nisi të thithë gjithçka mbi tavolinën e punës. Pastaj me kujdes shkundi letrën smerile, limën, mustaqet, vetullat... Qeshte i kënaqur.

- Hi hi hi...

Dhe nxirte gurët e zinj nga filtri i fshesës.

Vuri në peshore edhe pluhurin e floririt të shkundur nga objektet.

Sa s'bërtiti:

- Ta mora unazën, ta mora! Ty që vodhe kufomën e tët eti...

19.05.2015

GARDISTI I MBRETËRESHËS

1.

...U tremba nga një e trokitur e fortë në portë. U hodha nga shtrati, si të zbrisja nga kali i një ëndërre të keqe dhe instiktivisht vura dorën në shpatë. Kisha kaq vite që flija i veshur dhe i armatosur. Por në ëndërr këto nuk kishin vlerë.

- Të kërkon mbretëresha... - dëgjova një zë të zbehtë - Po të pret në dhomën e saj.

Shkunda kokën si për të provuar se isha zgjuar dhe ndjeva një drithërimë që më përshkoi gjithë trupin. Më dukej se kisha kaq kohë në pritje të një lajmi të tillë.

Aty, nën dritare kisha një ibrig uji që e përdorja për të shpëlarë fytyrën në urgjenca. Sa herë më vinte një lajm si ky, ndieja këputje që më niste nga gjunjët dhe më merrte frymën. Edhe gjoksi më vullkanizonte. Mbase kishte të bënte me detyrën time, mbase edhe...

Hodha me nxitim pelerinën e kuqe supeve dhe hapa derën e rëndë që mjalliu me një zhurmë që më pëlqente, sepse ishte e vetmja zhurmë që bënte të ndihesha në dhomën time, i qetë, i familjarizuar. Edhe i sigurt për çdo lëvizje, sigurisht.

Në fund të koridorit pashë hijen e njeriut që më lajmëroi. Ecte avash duke u përpjekur të mbulonte çalimin. Ca thoshnin e kishte të lindur, të tjerë se ishte kujtim i një plage në mbrojtje të mbretëreshës. Por ishte i vjetër dhe i heshtur. Kishte besimin e oborrit kush e di prej sa kohësh. Edhe të plakur e mbanin në detyrë për besnikëri e urti.

Dëgjova hapat që kërcitën në koridor e m'u duk se më zgjuan përfundimisht nga gjumi. Buzëqesha një çast me vete duke kujtuar dy mbretëreshat e para. Po kjo ishte ndryshe. Ishte e thjeshtë, e dashur. Dhe e bukur. Po po, më e bukura femër që kisha parë në jetën time.

Tek ecja hallakatur mes të tilla mendimeve, isha afruar te dera e saj. Ndjeva të më shpejtohej ritmi i zemrës, gurgullimi i gjakut dhe mpirja e këmbëve. Vetëm atë çast u kujtova të pyesja veten.

Për çfarë mund të më donte mbretëresha në këtë orë të vonë darke?

Përpara derës kontrollova edhe një herë paraqitjen dhe ngrita dorën të trokas me dorëzën e çeliktë.

Ndjeva hapa pas dere. Kokëulur prita ta hapnin. Vetëm heshtja e atyre çasteve më zgjonte një ankth që nuk e kuptoja si dhe pse krijohej. Një shërbëtore e trembur tërhoqi kanatin kokëulur.

Hyra me hap të sigurtë e të vendosur. Veçse... Më bëri përshtypje që dëgjova derën të mbyllej pas meje. Nuk e ktheva kokën, por kontrollova me bisht të syrit dhe nuk ndjeva që shërbëtorja të ishte me mua. S'më kishte qëlluar të gjendesha ndonjëherë vetëm për vetëm me mbretëreshën. Me sa duket diçka e rëndësishme më priste dhe kjo po më bënte edhe më të vëmendshëm.

Atje, përtej e pashë ashtu të gjatë e të bukur. Flakët e shandanëve i luanin mbi shpinën që dukej nga manteli i hapur në formë zemre. Një zemër e madhe, aq elegante. Drithërova duke parë gjurmët e flakëve të kuqe të loznin mbi atë që tani dukej si hije.

U tundova të afrohem, ta prek, ta shpëtoja, të shuaja ato flakë, por diçka që nuk mund ta kuptoja më detyronte të çapitesha me një guxim të çmendur.

Kur isha pak, vetëm pak larg saj, si ta kishte kuptuar se nuk duhej të ecja më, u kthye befasisht, me sigurinë që mund ta kenë vetëm njerëzit e kurorës. Ngriva hapin dhe u përgjunja kokëulur, me nderim.

- Më thirrët?

Nga hija pashë që bëri shenjë aprovimi. Si gardist i vjetër e di që çdo lëvizje e eprorit ka një domethënie.

- Nën urdhërat tuaja!

Ajo u afrua. I ndjeva dorën në sup, shenjë se duhej të ngrihesha.

- Faleminderit që erdhe! - tha butë.

- Detyra, zonjë...

- ...Sonte kam nevojë për mbrojtjen dhe përkujdesjen tuaj, si i pari njeri i mbrojtjes sime...

Heshti dhe u kthye përsëri me shpinë duke më lënë në një ankth edhe më të padurueshëm.

- Ju dëgjoj, zonjë! Mbrojtja dhe përkushtimi ndaj jush janë detyrim për mua...

Heshtja e saj po zgjaste aq sa m'u duk se... Se më priste një detyrë vërtet e vështirë.

- Jam e lodhur, dua të fle qetë...

- Zonjë!...

- E di, e di. - më ndërpreu. - E sigurtë jam, por jo e qetë. Hëna mbi dritare... Këta bulkthe që zhazhurisin pa fund... Dua të rrish nën dritaren time sonte.

E pashë i habitur dhe një çast u tremba. Ç'do të thoshte kjo? Ç'mund të bëja unë?

- Do bëj çmos zonjë! - gënjeva pa ditur si e çfarë mund të bëja.

Degjova psherëtimën e saj dhe u bëra gati të dal.

- Ah... zonjë! Po dhoma juaj kaq lart... Hëna...

Ajo më pa me një vështrim të papërcaktuar, por që për një moment m'u duk i mençur.

- Mund të rrish edhe brenda, vetëm më premto që do mundesh të më sigurosh një natë e një gjumë të qetë...

- Po, zonjë. Vij pas pak!

Mbi dritare vura pelerinën time dhe hëna nuk kishte nga fuste dritë. Ndihesha aq lehtë pa pelerinë, pa armë, pa rrjetën e çeliktë supeve.

Gati për një vallëzim mbretërish.

"Po bulkthave ç't'u bëj?" - u kujtova i trembur në çast për fjalën që i kisha dhënë mbretëreshës sime.

E ndjeja, ajo nuk ishte rehat. Ndjeja të përpëlitej nëpër perdet dhe çarçafët e mëndafshtë të shtratit të saj...

Nëpër buzë nisa të mërmëris një melodi. Ishte melodi lufte, por mua më pëlqente. S'di pse, mbase prej detyrës. Dhe munda ta mbaj zërin e bulktheve larg, shumë larg mbretëreshës.

Pastaj u çapita drejt perdeve të mëndafshta me një guxim të marri, si për të hyrë në një ëndërr të bukur. Dhe...

Ajo rrinte ndenjur. Ngriti kokën, më pa me sytë më të mrekullueshëm që kisha parë ndonjëherë. Plot lëng, jetë, gjallëri...

M'u duk se më buzëqeshi...

- Mbase duhet të vras ëndërrat e liga zonjë... Ndaj erdha. - thashë i hutuar, me trupin që më drithëronte duke parë atë bukuri në shtratin e bardhë si të parajsës.

Më tërhoqi nga dora...

Guxova, u ula në fund të shtratit ku shtrihej ajo...

U binda...

Pas asaj nate nuk do të flija më kurrë...

13.05.2015

2.

Mund ta dashuroja. E ndjeva. Ishte e treta mbretëreshë në fron që do t'i shërbeja unë. Deri në çastin që e pashë ndihesha i mplakur, duke ecur në një udhë që ia shihja fundin, por më pas m'u duk se sapo kisha lindur vetëm për të. Më e bukura që kisha parë deri atëherë.

Po, po! Mundesha ta dashuroja. Sepse në ajër u shkëmbyen sinjalet e padashta të njëri-tjetrit. Aroma ndjellëse... Isha i bindur që ajo ende nuk më kishte parë. Iu luta zotit t'i shihja sytë. Iu luta sërish, gati me zë, me atë zë të ngjirur e të lodhur nga betejat brenda e jashtë oborrit, e më dukej... Jo se nuk kisha zë unë, por se s'kishte veshë ai. Karroca e praruar largohej dhe mua më rritej së brendshmi një zgavër pa fund mbushur me barut, që po të plaste, s'di në sa copë do më thyhej shpirti dhe fundi i udhës që ja tek qe aftruar.

Por u binda që ka zot, kur ajo befas ktheu kokën sikur ta kishte thirrur dikush dhe më pa në sy. Gjith-çka e ëmbël, e kripur dhe e hidhur rrodhi tek unë si një jetë e tërë. M'u duk si oferta e radhës, sfidë që duhej ta zgjidhja atë çast, nëse do ta merrja përsipër, ose jo.

Shalli i saj fluturoi në erë, por turma që thërriste me adhurim nuk e la të binte.

M'u duk se e hodhi për mua...

Fërkova mjekrën e zbardhur dhe pashë se pa da-shje po ndiqja karrocën e saj. Isha në dilemën e qenies midis të dashurit të mbretëreshës dhe skllavit që pret në ankth t'i pritet koka.

Por... Le të më pritej.

Ç'duhet më koka ime?...

10.05.2015

3.

...Mbretëresha ktheu kokën nga shërbëtori i parë. Afrohej krejtësisht i zbardhur në fytyrë.

- Vij si lajmës, zonjë. Dikush aty jashtë kërkon mbretin...

Ajo e pa me përbuzje.

- Dhe ti nuk i the se?...

- I thashë, zonjë, sigurisht që i thashë, por ai këmbëngul. Dua të blej kufomën e mbretit thotë....

Mbretëresha u këput. Kështjella iu duk si kambanë e madhe rënë mbi të. Të gjitha zhurmat dëgjuar deri atëherë iu duk se atë çast i dëgjoi sërish, të gjitha njëherësh.

- Zonjë, zonjë!... - dëgjonte së largu.

Ajo kërkesë iu duk fillimisht idiote, por më pas, në pak sekonda u ndje sikur dikush e kishte vënë me detyrim të hapte një varr dhe asaj i duhej me doemos ta hapte.

Ashtu, e zhytur e tëra në djersë të mundimshme, dikush po lexonte brendinë e saj...

08.05.2015

GAZTORI
I MBRETIT

- Gaztori vdiq! Gaztori vdiq! - thërriste një djalë i ri duke vrapuar në oborrin e kështjellës.

Edhe pak dhe arrinte te dera që mbronin dy hekurishte një bojë njeriu, me heshta të kryqëzuara, që lëviznin vetëm në raste të veçanta.

Pastaj shtangu. Nuk po kuptonte se ç'ndodhi. Këmbët i vërtiteshin në ajër dhe nuk shihte t'i afrohej më kështjellës. Ndjehej i ngushtuar në gjoks dhe në grykë.

- Kush tha?! - dëgjoi një zë të vrazhdë mbi kokën e tij.

- Unë! Lëshomë, të lutem! Jam i biri...

- Nëse gënjen si yt atë, mbreti do të ta presë kokën. Dëgjon? Edhe mbretit vetë...

Njeriu sa një mal, që duhej të ishte ndonjë nga rojat e oborrit, sikur bubullinte. E kishte kapur për leckash në zverk dhe e mbante varur.

- Më çoni te mbreti! Më çoni te mbreti! Kam një amanet nga babai...

Roja e pa vëngër, si për të hetuar nëse thoshte të vërtetën. E lëshoi mbërdhe dhe e tërhoqi fort nga krahu për nga kështjella. Ecte me hap të madh, aq sa djaloshi nuk arrinte ta ndiqte pa bërë ca hapa me vrap e pastaj përsëri me hap.

Ishte verë. Gurët i digjnin lëkurën nën këmbët e zbathura. Lotët i thaheshin pa arritur në mjekër.

Si i mbanin rojet gjithë ato hekura mbi trup? Prandaj e ndjente të qelbeshin erë, sa herë i kalonin pranë. Erë djersë dhe verë.

Plot lesh, sy të kuq e zë të trashë.

Por tani, ah, tani mendja i shkoi përsëri te trupi i zbehtë e pa jetë i të atit.

Ndjeu që roja ndaloi. Ndaloi edhe vetë.

- Hm!... E kush je ti të takosh mbretin? - e pyeti ai me një lloj kërcënimi, sikur sa ishte zgjuar nga gjumi.

- Kam një amanet nga im atë. Më ço te mbreti! Ai e thërriste kur ishte i mërzitur. Tani që babai...

- Nuk marr urdhëra nga ti unë! - bubulliu tjetri me zë të trashë e sy të zgurdulluar.

E preku nëpër trup.

- Nuk kam asgjë për të dhënë, asgjë. - ngriti supet dhimbshëm djali.

- Hm! Nuk dua të kesh armë. - foli më butë roja.

- Unë? - u habit djaloshi - Kam vetëm amanetin e babait këtu.

Dhe nxori nga xhepi një letër të palosur shumë herë.

Roja ia mori me shpejtësi të habitshme. E hapi me kërshëri dhe i hodhi një sy të shpejtë.

- Të lutem! - tha me ngashërim djaloshi - Duhet t'ia jap vetë. Është amanet, kuptomëni...

Po burri i stërmadh as deshi t'ia dinte nga lutja fëminore.

- Rri këtu ti! E di vetë se ç'duhet të bëj! Hesht, se përndryshe! Hm! Të çoj në birucë. E di mirë ti, ta tregon yt atë!

- Ah, im atë! - uli kokën djali - Ai nuk është më...

Burri i madh e la si gjë të pavlerë aty te shkallët dhe mori për nga hyrja e kështjellës. Të dyja hijet e hekurta drejtuan heshtat t'i hapnin rrugë, pastaj i kryqëzuan përsëri.

- Ah, sa mirë bëre që erdhe! - foli mbreti me dembelizëm duke lëvizur në fron - Jam i mërzitur. Punët nuk shkojnë siç duhet, po këtë nuk duhet të dijë gjë askush. Të organizojmë një festë sonte, të argëtohemi. Lajmëroni të vijë edhe...

- Ai... ka vdekur, madhëri. - tha burri i mërzitur edhe vetë që sonte nuk do argëtoheshin.

- Ahahaha! Ahahahaaa! - qeshi mbreti me të madhe, sa i dolën lot nga sytë. - Edhe këtë e bëri? Ahahaaa! Është më i miri, më i afti që kam pasur. Ka kaq muaj që thotë po vdes, po vdeees...

Dhe mbreti zgjati zërin duke imituar gaztorin.

" - Dua ndihmë, mbreti im, dua ndihmë! Dua të blej ilaçe të shërohem, dua të blej rroba, kuverta!... Dua të vë xhama në dritare, fryn erë e ftohtë, mbreeetttiii iiimm! Nuk më dalin paratë që më jep. Ia heq gojës për fëmijët, ja heq trupit të vesh ata". Ahahaha! Sa i madh është. "Shtoma punën, shtomë dhe paratë. Ti ke nevojë të qeshësh, mbreti im, të argëtohesh. Unë di ta bëj kaq mirë këtë punë". Ahahaaa! Ai nuk ka për të vdekur kurrë. Gjithnjë të njëjtat fjalë, e njëjta fytyrë e qeshur, të njëjtët sy vezullues, e njëjta veshje... Kapelë, papuçë ngjyra-ngjyra. Një top i zi në majë të hundës. Po mua nuk më del kurrë nga shpirti humori dhe talenti i tij. Ahahahaaa! Merreni dhe sillmani këtu! Sillmani këtu! Tani! Po, po, e dua tani!

Mbreti ngriti kokën dhe pa që roja, ai burrë i bëshëm kishte në dorë një letër.

U ngrit vrulltaz dhe ia rrëmbeu i ngrysur.

Në të ishte shkruar çdo fjalë që tha para pak. Lexonte i ngrysur. Me trupin kërrusur dhe flegrat e hundës të shqyera, mërmëriti:

- Kush e ka shkruar? Ai... Po më vë mua në lojë?

- Ai... ka vdekur, madhëri. I biri solli këtë amanet...

Mbreti u plas në fron me një farë qetësie. E kishte interpretuar mrekullisht, por tani ndihej të ishte fare i ftohtë, i pafuqishëm për gjithë çduhej të bënte.

- Më gjeni një gaztor tjetër! - tha vendosmërisht - Sonte dua festë. Gjithsesi, t'i bëhen nderimet e duhura të vdekurit. Përgatisni edhe një fjalë ngushëllimi nga ana ime dhe lexojeni në varreza...

- Djali... po pret aty jashtë...

- Premtoi një fjalim mallëngjyes nesër në varrim, një përshëndetje nga unë, një dekoratë për babanë...

Dhe bëri me dorë një shenjë bezdie që do të thoshte se edhe roja, edhe djali që priste jashtë nuk duhej t'i çanin më kokën.

- Pen...sion?... - mërmëriti roja.

Mbreti çakërriti sytë. Roja nuk guxoi ta shihte më dhe nxitoi të ikte.

- Ah, prit! Kujdesu të mos ia lajnë fytyrën nga qeshja e bojatisur. Është mirë që njerëzit ta shohin ashtu të qeshur, pa dhimbje, pa brengë. Ec, vazhdo!

Zgjati dorën të merrte gotën e verës dhe aty për aty iu duk se mund ta bënte edhe vetë gaztorin, pa u bojatisur fare, bile siç bënte i vdekuri tashmë. Fundja, tani po kujtohej se në shumë role gaztori atë kishte imituar, veprimet e tij, sjelljet e tij...

Një inat i verbër i përshkëndriti, por e mbajti veten. Për ca kohë i duhej të sillej ashtu...

22.04.2015

O MBRETI IM GËNJESHTAR

O mbreti im!

Jam unë, çobani që ruaja gjënë e gjallë të mbretërisë tënde.

Të thërras e s'më përgjigjesh!

Të marr në telefon e nuk e hap!

Te shkruaj letra e nuk i lexon!

Ndaj po të flas të dëgjojnë të githë.

Përse e ngrite taksën e dashurisë? Ç'do fitosh kur janë kaq të paktë ata që dashurojnë?

Unë i fitova garat e pamundura, kushtet që më vure për të marrë vajzën tënde grua.

Pse s'ma jep?

Nuk e bëra për pasuri, o mbreti im, por se e doja dhe më donte.

Je i djallëzuar, o mbreti im!

Nuk e kupton pse është mbyllur e qan në dhomën e saj? Se më donte, se më do! Kështu siç jam, i varfër, por me shpirtin plot. Më niste lajme me pëllumbat që i rrinë në parvaz të dritares. Shkëmbenim letra dashurie. Jetonte dhe jetoja bukur, ndonëse fshehur madhërisë tënde.

Më bënte shenjë me diellin që përplasej në pasqyrën ku krihej, e lumturoja nën dritaret e saj. Se më vinte aromë dashurie, jo aromë mbretërie.

Pse e ndalon të bëhet bareshë e bukur e mbretërisë tënde? A nuk e di sa lavire ke në oborr, veshur e ngjeshur me flori, po me shpirtin trokë?

A nuk e di sa çunakë gay synojnë fronin tënd, e lakmojnë atë!

Unë jo, o mbreti im!

Pse më le të hyja në garë, o mbreti im? Unë taksën e dashurisë ta kam paguar. Kush e ka bërë tjetër?

Di ca që kanë paguar me para false. Po nuk t'i them, se më ikën koka. Dhe kokën time e do ajo, bija jote. E ka puthur, është betuar se vetëm mua më do. Aty te kolibja ime, aty jemi rrokur e kemi bërë dashuri. Në kashtë, jo në mëndafsh si zoterote, madhëri. Dhe jemi ndjerë aq bukur, sa ti s'e ke provuar kurrë ndonjëherë.

Provoje, lëshoji pëllumbat e shiko ku do shkojnë! Aty te kolibja ime mbuluar dosido, sa të mos hyjë shiu do vijnë të gugasin. E do më thonë ç'ndodh aty lart. Do më sjellin lotët e saj. Fjalët e saj të bukura e të trishta...

Pse e bën, o mbreti im? Nuk e kupton pse është sëmurë në shtrat bija jote?

Po mbledh në një torbë lecke shpirtin, kujtimet e mia, ta hedh në sup për të ikur larg mbretërisë tënde. E di që udhë të gjatë kam për të bërë. Por duhet të iki. Të shpëtosh dhe ti nga unë. Por jo ajo. Të lutem, fyellin magjik që i këndonte këngë, jepja bijës tënde!

Ta ketë në vendin tim. Do t'i këndojë vetë, do t'i për-këdhelin shpirtin, këngët e bukura që i pëlqenin aq shumë.

Gjersa t'i vësh në krah kandidat për fronin tënd, për atë gurin pa shpirt, një princ që vetëm i kaltër nuk do jetë.

Gjej një bari tjetër që nuk paguan taksa dashurie.

Lamtumirë, mbreti im!

Tani që do iki unë, merru me djajtë që ke përreth!

16.01.2018

PËRCJELLJA

Ai ishte i gjatë, i pashëm, i veshur me gusto.

Ajo e bukur, shumë e bukur, gjithnjë sportive, në veshje dhe në sjellje.

Në qytet i kishin zili kur i shihnin bashkë.

Ai çift i shtonte bukurinë qytetit.

Ishin dashuruar dhe mbetur ashtu të dashuruar për shumë kohë. U martuan një ditë vjeshte, atëherë kur zihej rakia. Lindën një vajzë, sigurisht yll të bukur. Ajo marrosej pas vajzës, ai marrosej pas vajzës dhe asaj vetë.

Një pasdite ajo i tha:

- Sonte do iki nga mamaja, më ka marrë malli...

Dhe priti përgjigjen e tij.

Ai sikur u tendos një çast, pastaj vuri buzën në gaz sforcuar, si për të gjetur një përgjigje sa më të mirë.

Ajo u duk se nuk priste përgjigje.

- Darkën e ke mbi tavolinë, rrobet të lara e të hekurosura në dollap.

Dhe e pa me vëmendje.

Ai u step, thua ngriu.

Iu bë sikur i tha:

- Po unë? Ta kaloj vetëm mbrëmjen, pa ty, pa vajzë? Ç'vlerë ka në hëngra apo u vesha, kur s'ju kam ju?

Ajo iu duk e ngrysur.

- Ç'thua? Më ka marrë malli për nënën, për babanë, shtëpinë... Nuk do më lësh? Vërtet?

Ai buzëqeshi pamjen dhe foli vendosmërisht:

- Po, e dashura ime, të shkosh! Bëhuni gati, do t'ju çoj me makinë...

Por pa që ajo ngrysi vetullat.

La me zhurmë çantën me rroba që kishte bërë gati.

Tha me zemërim:

- Ah!... Sa shpejt e pranove ikjen! Mezi e kishe pritur? Të pëlqen ajo liria që flisni ju meshkujt me njëri-tjetrin? Po na siguroke edhe përcjelljen? Kështu?...

Ai ndjeu t'i ngushtohej gjoksi...

Do kishin një jetë të tërë përpara...

01.12.2016

AKTORJA NË DHOMËN NGJITUR

U gjetën pas dyzet vitesh shpërndarë në vend me punë, nëpër botë emigrantë.

Ajo kishte mbetur një femër lozonjare, e bukur, tërheqëse. Një koketë që gjithësesi, pavarësisht moshës, s'mund të thuash se nuk joshte akoma me buzëqeshjen e çiltër, me të folurën dhe veshjen elegante.

Ai dukej më i qetë, më i heshtur, njësoj si atëherë. Thuajse i kishte mbyllur gjithë hallet e problemet e jetës dhe priste pensionin të kalonte qetësisht vitet e fundit.

Ajo e gjeti dhe e telefonoi.

Atij i tejçoi trupin një drithërimë, e ktheu shumë vite pas. Heshti një çast për të vërtetuar zërin dhe domethënien e asaj telefonate. Pastaj, me një gjysmëbuzëqeshje iu përgjigj në mënyrën më të mirë të mundshme, për t'u dukur sa më i ëmbël e njerëzor.

- Sikur të pinim një kafe miqsh, mbase edhe për të kujtuar atë kohë... - tha ajo me tonin e atëhershëm.

- Patjetër, me kënaqësi! - tha ai mirënjohës.

Dhe u takuan.

Folën e treguan gjithë ato vite mungese të njëri-tjetrit. Qeshën e bënë shaka si atëherë.

Ajo kishte veshur fustan të lehtë vere plot ngjyra dhe kapelë të bardhë me strehë të gjerë anash. Dukej plot jetë.

Ai, me pantallona të errëta, këmishë të kuqe mbi to, si këmisha që dikur ia kishte zgjedhur vetë. Pak më i vrarë se ajo, përshtypje që e jepte edhe me të folurit e ngadaltë.

Pastaj ai u ndje mirë në atmosferën që krijonte ajo dhe nisi të çelej.

Po ndiheshin si dikur...

Gruaja në bisedë e sipër guxoi edhe t'i kapte dorën, t'ia shtrëngonte me një lloj ndjenje e afërsie, sa atij iu dukën të fshirë dyzet vite që i kishin syrgjynosur nga njëri-tjetri.

- Është kohë dreke, je i ftuari im sot. Pimë edhe ndonjë gotë verë... Si thua? - propozoi ajo.

Ai i buzëqeshi me mirënjohje. Ndjeu se nuk mund t'i rezistonte dot një ftese të tillë. Gjithçka shkonte mrekullisht në një miqësi aq të mirë.

- Miqësitë e mira janë si vera e vjetër...

Gjatë drekës jashtë qytetit të vogël, sytë e saj u bënë miklues, ashtu rënë në një lloj heshtjeje. Por u gjallërua ai, aq sa në një moment e ndjeu edhe vetë.

- Uejjj, sa po flas! - tha dhe qeshi.

Ajo i kapi sërish dorën duke e parë në sy. Si për t'i thënë se tashmë mund të fliste çtë donte, vetëm se ajo nuk e dëgjonte më.

Ah, sa i shijoi ajo prekje!...

I dha jetë, e ktheu shumë vite pas, në rini...

Kryqëzuan gishtat si dikur, plot emocion dhe bleruan të dy në një stinë tjetër. Afruan fytyrat, i dhuruan njëri-tjetrit një puthje të munguar. Pak ndrojtur, pak fshehur, pak vjedhur...

Ishin në një cep të lulishtes zgjedhur larg syve të botës.

Ai i preku flokët duke e parë ngultas.

Ashtu edhe ajo.

Tek po ktheheshin e prekte ajo. Në duar, në qafë. Ai ktheu makinën në një hotel dhe ajo e ndoqi pas si dallëndyshe.

Hynë në dhomë, u puthën plot dëshirë.

- Duhet të bëj një dush. - i tha ajo lehtë, ashtu që ai të priste pa u mërzitur.

- Edhe unë. - qeshi ai - Është vapë...

- Ti... Duro këtu, majmun! - përkëdheli dhe duke qeshur i shtypi majën e hundës.

Pastaj ishte radha e tij të lahej.

U ndjenë të përqafuar në bardhësinë e shtratit. Por... Vetëm kaq. Ai po ndihej shoku i saj i dikurshëm. Mbase i papërgatitur, emocionet... Nuk po ndihej mashkull dhe kjo po e hidhëronte shumë.

Ajo e përkëdhelte me fjalë të ëmbla, e qetësonte... I shihte sytë e njomur dhe ia puthte.

- S'ka gjë, tani jemi gjetur. Edhe ndodh. Mos u mërzit, është më keq.

Dolën.

Ajo fliste, qeshte, bënte shaka sikur nuk qe mëzitur.

Ai heshte.

- Më ndjen? - e pyeti ajo papritur.

Ai pohoi me kokë pa e fshehur dëshpërimin. Fliste vetëm me shenja në heshtje. U puthën edhe një herë fort e gjatë duke shfrytëzuar errësirën.

Dhe u ndanë.

Herën tjetër shkuan në të njëjtin vend. Dukeshin të familjarizuar me atë ambjent, u dukej si foleza e tyre.

Ajo i qeshi ëmbël, e mori me të mirë, i tha të ishte i qetë.

Ai u prek... Nuk i erdhi mirë, por nuk e bëri veten.

U shtrinë në bardhësinë e shtratit. Ajo i vuri dorën në gjoks e nisi ta puthë. Pastaj u ul pak më poshtë. Ndjeu t'i vërshonin nën lëkurë rrëke gjaku. Ai i prekte qafën, shpinën që i dukej aq e bukur, kalonte gishtat kudo sikur lozte në një pjano që përcillte tinguj të mrekullueshëm. Ndalonte gjatë në zonat e saj më të bukura, më erotike dhe merrte frymë thellë, si për të treguar gjoksin që i hovte. Se po ndihej si mashkull i ri, një kavalier që çon të dashurën në qiellin e shtatë e kthehen së bashku buzëgaz, të lumtur.

Por ndjente qetësi në trupin e saj, thatësirë e shkretëtirë kudo, asnjë tingull joshës.

Dhe nuk ndihej mirë.

I preku sytë. Vetëm ata kishte të njomë. Ia mori kokën në duar dhe e pa ngultaz.

- Ah, s'di pse! - uli sytë ajo si fajtore.

Dukej që mezipritja e kishte dërrmuar.

E puthi në buzë dhe e mori në gjoks. Ajo vetëm heshte. Ndenjën gjatë ashtu, pastaj ikën me një lloj dëshpërimi pa fajësuar askënd.

Teksa ndaheshin, duheshin thënë dy fjalë.

- Do takohemi më?

Ishte një pyetje ankthi. Çdo gjë mund të vdiste në çast për të mos u ringjallur më kurrë.

Puthja ishte përgjigja më e mirë për të shpresuar në një ditë tjetër.

Dhe ndodhi.

Po ndodhte e njëjta gjë herë tek ai, herë tek ajo. Kalonin kohë boshe dhe dëshpërim në hotel. Kishin provuar edhe duke parë revista. Prapë... Edhe mosha pastaj. Por asnjëri nuk e çonte mendjen te ndonjë stimulant.

- Më fal pak, - i tha ai në njërën nga herët - kam lënë një porosi te recepsioni. Erdha...

U vesh dhe nxitoi të zbresë.

U kthye me një tufë të madhe lulesh në duar.

Hiqte petalet e trëndafilit dhe ia hidhte përsipër. Ajo qeshte e gudulisur e përkëdhelej nga qindra prekje të vogla që i binin në trup.

- Sa e bukur ke mbetur! - tha ai.

E puthi dhe iu shtri pranë.

Befas ajo stepi e mbajti vesh. Nga dhoma ngjitur...

Pasthirma epshi, gërmëzime erotike...

Fjalë aq të bukura që atyre u kishte ardhur zor t'i thoshnin gjer atëherë. Rënkime, ofshama që aty ngriheshin, aty binin plot dritë fishekzjarresh shumëngjyrëshe.

Ndjenë ekzaltimin...

Ai iu hodh sipër si një kafshë mbi prenë.

E shtrëngoi, e puthi...

Ajo i kaloi duart në qafë dhe e mori mes këmbëve. Lëkurët u tendosën e shkëlqyen si prej njëzetvjeçarësh...

Ai ndihej mirë, i fortë.

Ajo ndihej femër...

Gjithçka fliste me frymëmarrje, në çdo frymëmarrje ndjenin dëshirën të përziheshin. Sytë... Ah, sytë shkëlqenin si dikur. I merrnin ngjyra natës. Shijonin me buzë lëkurën e njëri-tjetrit që kundërmonte aromën e joshjes.

Nga dhoma tjetër ra heshtja... Në dhomën e tyre festohej. Oh, çfarë feste! Nuk kishte më ndrojë moshe... Rënkonin, kërkonin, flisnin plot dëshirë, plot epsh fjalë të magjishme pasioni...

Pastaj tërmeti erdh e u zbut...

Shiheshin në sy, qeshnin të lumturuar.

Ishin ende të rinj...

Teksa zbrisnin për të ikur, nga dhoma ngjitur doli një vajzë ezmere, e re, e bukur, me uniformën e hotelit. U buzëqeshi.

Ai iu afrua, e falënderoi dhe i dhuroi diçka.

Gruaja nuk po kuptonte gjë.

- Ikim? - tha ai duke buzëqeshur. - Është aktore e re, goxha e talentuar. Nuk mund të rrija pa të njohur me të.

Qeshi edhe ajo.

Ikën me një ëndërr më shumë...

10.08.2016

LLOGARI TË MBYLLURA

...

Mbajti sytë mbi derën e qelqtë nga doli ajo. Mes fjollave të duhanit, sikur i pa gjurmët e gishtave mbi xham...

Jashtë binte shi. Iu duk se ato gjurmë gishtash do t'i lante shiu i ftohtë, por u kujtua që ishin nga brenda dhe qeshi me trishtim. Herë i dukej se i thoshnin "eja pas meje...", herë i ndjente si shuplakë në fytyrë.

Shkoi dorën mbi faqe sikur i dogji diçka. E ndjeu lëkurën si të vdekur, si maskë që nuk e hiqte dot.

U qetësua kur ia pa buzët e kuqe te shenja në filxhanin bosh aty para tij. Qeshi pak. Sikur nuk u ndje vetëm.

U ngrit dhe i bëri shenjë kamarjerit.

- Llogarinë, të lutem! Dua ta blej edhe këtë filxhanin. Sa bëjnë të gjitha?

Kamarieri ngriti supet i habitur.

- Nuk bën asgjë. Nëse iu duhet, merreni! - tha qetë
- Ndërsa... llogaria është e mbyllur.

Ai pyeti me sytë e habitur.

- Zonja!...

19.03.2015

AH, AJO PLAKË E BARDHË

- Djali të qendrojë të marrë recetën e ilaçeve, ju të dyja mund të shkoni. - tha mjeku duke i parë gratë mbi syze e nën vetulla.

Ato i zgjatën dorën dhe e përshëndetën. Ai lëvizi pak nga vendi përtueshëm, sa për mirësjellje.

- Ah, i thoni pacientit tjetër të vijë! - nxitoi të thotë, si për të treguar se djali nuk do vonohej.

Nënë e bijë morën nga dera. Plaka ktheu edhe një herë kokën, pa doktorin, i shkeli syrin të birit që bëri të habiturin dhe iu afrua mjekut. Dera u mbyll pas tyre. Mjeku po plotësonte recetën. Pa e ngritur kokën e vulosi dhe tha:

- Në këtë kohë gjërat thuhen më troç. Jo se mjekësia, ose konkretisht mjeku apo edhe më konkretisht akoma, njeriu që ke përballë është më i pamëshirshëm. Por është kuptuar që jeta kjo është dhe është mirë të merren masa të shpejta për ta zgjatur.

Djali uli pak vetullat, një tufë rrudhash iu mblodhën në mes të ballit.

- Ç'doni të thoni?...

Mjeku psherëtiu, i zgjati recetën dhe bëri shenjë të ulej. Pastaj zgjati kokën nga dera që u hap.

- Më fal, të lutem! Të thërras përsëri... - i tha njeriut që hyri.

- Nëna ka një masë të huaj që nuk më pëlqen fare. Ose... më mirë të ta them troç. Është një tumor...

Pa që djali nuk po përqendrohej.

- Troç fare... është... kancer!

- E sigurtë? - pyeti djali me timbrin e njeriut që nuk dëgjoi mirë dhe me një shpresë të vagëlluar në zotin që nuk se e besonte aq shumë. "Gjersa i paska dërguar sëmundjen, pse do t'i dërgojë edhe shërimin?", blasfemoi gjer në fund.

- Po! Por le të shpresojmë. Mbase është më mirë të mos e dijë, deri sa të vendosim terapinë që do ndjekim. Në këto mosha sëmundja nuk është aq agresive...

Djali heshti, pastaj kuptoi se duhet të ngrihej. Ç'kishte për të thënë, mjeku ia tha. Mblodhi veten, u përshendet me të dhe u nis të dilte. Nëna dhe motra po e prisnin në korridor. Iu duk se nëna e hetoi me sy, por i shpëtoi me sqarimin për recetën.

- Ja, këto ilaçe do t'i marrim tani. Do t'i pish në mëngjes dhe në mbrëmje, gjithnjë pas buke...

E ëma qeshi, e zuri për krahu dhe ecën. Kishte një dhëmb floriri që vezullonte sa herë qeshte dhe ai përherë i thoshte: "Ti ke qeshje të bukur, mama".

Por kësaj radhe sesi iu duk ajo e qeshur.

- Ulemi, pimë një kafe te ky bari, pastaj ikim në shtëpi. Ja, erdha unë, sa të blej ilaçet.

I gjeti duke biseduar nënë e bijë.

- Epo, plakë jam unë tani, do bëhet sebep një gjë, më presin atje ku do vete. - qesëndiste e ëma duke vënë buzën në gaz.

Ai nuk e bëri veten për ç'dëgjoi. Hapi ca biseda pa lidhje. I kujtonte me të qeshur histori të shkuara. Dukej se i bënin mirë, kënaqej duke treguar. Pastaj stepej një çast dhe e shihte në sy.

- Ore, mos më provon mendjen ti mua, që më bën këto muhabete? Ja, më thuaj tani ç'të tha mjeku?

- Ç'të më thoshte? Ç'kishte për të thënë na e tha kur ishim bashkë. Do pish këto ilaçet dhe të shohim reagimin. Kaq. Pse më pyet? Të zuri frika? Ahahaa!...

- Eeee, frika mua posi! Këtë po i thoja dhe sat motre. Plakë unë tani... Po nejse, nejse ngrihemi, ikim në shtëpi, se zë edhe vapa e s'ia kam fuqinë.

Rrugës motra heshte, priste sa të mbeteshin vetëm ta pyeste ç'i tha mjeku, ndërsa nëna i mbante me muhabet.

"Eh, ta dish ti se ç'ke, nuk do bëje kaq muhabet, nuk do ishe kaq e çlirët. O zot! Po si do më ikësh kështu?", mendoi dhe padashur i shtrëngoi krahun.

Ajo ktheu kokën si t'i lexonte çfarë bluante. Ai i buzëqeshi dhe i tregoi të kishte kujdes trotuarin. Plaka vuri përsëri buzën në gaz djallëzisht.

- Jam ca e lodhur. - u tha - Më lini të fle pak e kur të vijnë fëmijët zgjohem vetë.

Por në fakt mbante frymën të dëgjonte ç'thoshin matanë vëlla e motër.

"- Eh, pleqëri dreqi, unë që s'kam përgjuar në të ri, ja tek përgjoj tani". - qeshi hidhur.

U koll për të rregulluar zërin dhe formoi një numër në telefon. Iu drodhën pak gishtat.

- Alo, klinika Jam... mjekja e familjes. Si i dolën analizat asaj nënës që erdhi dje? Po de, po asaj, është pacientja ime.

Dhe priti një çast. Ishte sy e veshë.

- Ashtu ë? E shkreta. Dhe në çfarë zhvillimi? Ashtu, ë? Ëhë... Tre muaj... Faleminderit, faleminderit!

Vuri receptorin në vend, vet u ul në karige. Vuri xhezvenë për kafe, mbushi edhe një gotë raki.

"- S'ka gjë, s'kam gjë në dorë as unë, as këta. Po unë jam e vjetër, ata nuk duhet të mërziten. Nuk duhet t'u bie në sy".

Dhe që atë çast ndryshoi. Qeshte më shumë, bënte muhabet, tregonte lloj-lloj historish me nipat e mbesat. Nuk i dhimbte më asgjë. I biri fluturonte, e bija po ashtu. Po gëzonin vërtet.

- Po ka edhe mrekulli. - vuri buzën në gaz mjeku mosbesues, kur djali i tregoi gjendjen. - Gjithsesi keni një nënë fisnike, të fortë e trime. Lum ju!

Por ngjyra në lëkurë i ndryshonte përditë. Edhe ata kishin rrudha në ballë, por gjithnjë qeshnin. Qeshte edhe ajo, ishte shumë më e gjallë se më parë.

"- Ata duhet të më besojnë." - mendonte nëna.

"- Ajo nuk duhet të marrë vesh asgjë, ndryshe do këputet shpejt". - mendonte djali.

Vajza priste të ikte në shtëpi të saj. Vetëm qante, prekte gjërat e së ëmës dhe nuk mbahej dot.

- Nga fundi i javës tjetër a nuk mblidhemi për një darkë tok? Më ka marrë malli. - u tha nëna.

Ata u gëzuan dhe e vendosën që atë çast.

"Po vjen fundi dhe çdo gjë shkon mirë", mendonte plaka dhe mbante fuqitë vetëm kur vinin ata. Me shpirt në dhëmbë qeshte e nuk rënkonte. I kujtohej shpesh vëllai me një sëmundje të përafërt. Kur e pa që nuk kishte fuqi as për në banjë, nuk piu më as ujë, gjersa mbaroi. I pati thënë në vesh:

"- Keq për ju se më shihni e s'kini çmë bëni, dy herë keq për mua, se më dhimbni edhe ju, edhe rruga e vështirë për ku jam nisur".

Dhe iku...

"Shpirt i motrës, po vij". - mërmëriti.

Të dielën u mblodhën siç e lanë, u kënaqën e u gëzuan të tërë.

"Do ketë më të tillë të ndenjur?". - mendonte djali.

"Vetëm pak ju lashë ta vuani". - buzëqeshte nëna.

- Tani do shtrihem të fle pak se u lodha, jam plakë. Ju lozni e gëzoni edhe ca e pastaj ikni. - u tha fëmijëve dhe i puthi e i përqafoi një nga një.

Hyri në dhomën e saj, u shtri e kënaqur dhe e plotësuar. Matanë nuk dëgjoheshin shumë zhurma.

"- I kanë bërë zap fëmijët", tha dhe mbylli sytë.

E gjetën ashtu buzëgaz, të bardhë e të bukur.

Si të ëndërrt...

27.08.2014

MIKI

Zgjati dorën të kontrollonte shtratin. Bosh... Kishte parë ëndërr dhe thellë-thellë i dhëmbi. Iu duk se për të parë ëndrrën duhej të ndizte dritën. Ndaj ndezi abazhurin dhe u bind, ajo e pak më parshmja vërtet ishte ëndërr, se tani që ndriçoi ajrin kishte ikur një herë e mirë. U ngrit, ndjeu të kishte atë lloj mërzie, atë bezdinë dhe plogështinë që shpesh e bënte të psherëtinte gjatë. Në pasqyrën e dollapit të rrobave vetja nuk iu duk keq.

- Ëndërr ishte përsëri, por të paktën e pashë. Edhe kështu nuk jetohet, jo. Vetëm me ëndërra...

Rrëmoi në dollap dhe gjeti e mori atë ç'i duhej.

- Miki, ti je je ai që tremb ëndërrat. - qeshi me sendin që gjeti dhe u shtri përsëri.

Ishte natë akoma, mëngjesi donte kohë të zbardhte. Mund të flinte edhe pak. Ajrin në dhomë e shkarravisnin zhurma të lehta dhe frymëmarrja e saj e rënduar. Pas pak gjithçka ra në qetësinë si të një pusie për një ëndërr tjetër...

I disajti mëngjes që u ndje dembele të ngrihej nga shtrati. Sytë i dukeshin si të kishin humbur diçka nga shkëlqimi i zakonshëm. Vetëm në mëngjes, pastaj jo më. Dhe në fakt kjo në një farë mënyre e ngushëllonte. Po këto ditë sikur...

Por duhej ngritur e dalë sa më shpejt. Shtëpia po i dukej e ftohtë, sado e mobiluar me aq elegancë, pas shijes së saj. Në vend të fjalëve gazmore e gjallërisë që kishte përfytyruar ta mbushte atë hapësirë, shpesh i dukej se psherëtimat e saj e prisnin ajrin si me thikë në mijra kubikë të vegjël në të tre përmasat, duke krijuar figura nga më të çuditshmet, por asnjërën nga ato që ajo mund ta pëlqente.

Nxitoi në tualet. Të parën mori furçën e dhëmbëve. Një ritual i përditshëm prej një jete. Tek lante dhëmbët e masazhonte mishrat, shihej në pasqyrë, mundohej t'i fliste vetes, por fjalët dukej sikur i kishin mbaruar. Pa me merak sytë e buhavitur. Preku qeskat e buta nën ta me idenë se do shfryheshin dhe ironizoi veten e pasqyrës me një buzëqeshje që nuk qe në tipin e saj. Iu duk e lodhur.

- Çdo ditë vetëm ty do të të them "mirmëngjes" unë? - i foli me inat e neveri shembëllimit të pajetë në pasqyrë.

Flaku tej furçën me nervozizëm, shpëlau gojën dhe u shtri përsëri. U mbulua kokë e këmbë. Rrobat ishin ende të ngrohta dhe u ndje mirë. Iu duk se gjallonte me ngrohtësinë e saj, se nuk ishte vetëm. Qeshi pak dhe vuri dorën në zemër t'i ndjente rrahjet. Kishte një ndjesi të ëmbël në atë prekje. Se aty nuk është vetëm zemra, ajo është thellë, thellë nën brinjë. Nuk iu bë ta hiqte menjëherë. Pastaj vuri edhe dorën tjetër mbi gjoks dhe për një çast iu mor fryma. Pati pak përhumbje, gjer në zjarrmi të bukur që po e pushtonte. Sigurisht nuk ishte hera e parë që ndjente një gjë të tillë, një dëshirë që i dukej se e kishte pasur që nga lindja, një jetë të tërë. Gjaku i bëri vrull nëpër vena dhe iu duk se një rënkim i pavullnetshëm ia sosi dëshirën për të qenë vetëm.

Psherëtiu dhe i hoqi duart me frikë nga gjoksi, e dyzuar nëse mund të rrinte edhe pak apo të dilte. U kthye përmbys në shtrat. I vinte një dënesë pa lot, i sillte të përzier një lloj trishtimi me inat e mllef pa ditur ndaj kujt.

- Po pse, psee?... - bërtiti dhe zëri i jehoi në gjoks.

Atëherë kuptoi madhësinë e kraharorit të saj dhe ndjeu shtrëngim. Sa bosh ishte! Aq bosh, sa zëri jehoi si në shpellë. Kishte pasur aq mundësi ta mbushte atë hapësirë të bukur me ndijime të mrekullueshme. Trishtueshëm, më dembele se çdo herë u përball me veten në pasqyrë dhe nisi atë pak tualet që i dukej se e bënte më të bukur, më joshëse. Shtangu një çast duke pyetur veten:

"- Për kë? Për kë zbukurohem? Për kë vishem? Uffff!... Po nuk mundem më. Nuk mundem, më lodh kjo vetmi e pafundme".

Sikur ia ndjeu kthetrat e ftohta t'i nguleshin në gjoks. Kthetra të bardha, si akulli. Kthetra pa formë, çmendurisht të ftohta.

- Po unë nuk mund të rri pafundësisht me të... Nuk e dua më. - i tha vetes vendosmërisht.

Dhe bëri sikur shtyu tutje diçka. Prishi përsëri flokët e sapokrehur, u zhvesh dhe hapi ujin e ngrohtë.

- Kam nevojë për një vaskë të ngrohtë. - pëshpëriti si për t'i mbushur mendjen vetes - Duhet të laj mërzinë dhe ëndërrat e shëmtuara të natës së shkuar.

- Me ujë të përvëluar do të të shkrij!

U duk sikur iu drejtua dikujt aty matanë, asaj formës së paformë që e mbështillte ftohtë.

Dhe qeshi me të madhe, sikur kishte gjetur çelësin që e nxirrte nga ajo gjendje. U zhvesh e tëra dhe sa të mbushej vaska, nisi të shihej në pasqyrë. Trupi deri dje aq i bukur, iu duk i varur. Gjoksi si i lëshuar, dy thithkat anuar si fajtore. Pastaj barku... Uh, llastiku i mbathjeve kishte lënë gjurmën e shëmtuar në lëkurë. E fërkoi pak si provë për ta zhdukur. U tremb me kokëfortësinë e gjurmës. Por... A thua i kishin vdekur indet e muskujve që nuk po rigjeneronin formën?

- E kam nga gjumi, nga nata. Nuk ndryshon njeriu brenda një kohe kaq të shkurtër. - i mbushte mendjen vetes.

E dinte ç'po ndodhte dhe se ç'do ndodhte. Në mos tani, më vonë. Por nuk i vinte mirë ta besonte dhe e hiqte mendjen shpejt. Pastaj iu kujtua Miki.

- Miki... Ku është Miki im, i miri im, përkëdhelia ime?

U rrotullua e hutuar, hyri në vaskë dhe u lëshua si në parajsë.

- Jo, jo! Sot nuk dua të kem punë me të! - tha vendosmërisht dhe ashtu symbyllur nisi të prekte trupin e mrekullueshëm.

Ndjeu që gjoksi iu mufat, thithkat iu ngritën.

96

Zgjati kokën, pa që edhe gjurma e llastikut në bark qe zhdukur. Preku, masazhoi kofshët e plota dhe u ndje mirë. Një ndjesi e ëmbël i ripushtoi trupin, mbylli sytë nën ujin e ngrohtë. Prekej kudo, nxitej të shkonte aty ku qenia e saj shkrinte çdo pengesë për të arritur kulmin e delirit me trupin...

- Jo, jo! Sot nuk do ta marr Mikin. Dua të rri vetëm sot. Si dikur, atëherë kur isha më e re, më e pambrojtur, më e frikësuar...

Zgjati dorën dhe mori shampon ashtu symbyllur. Derdhi një shkulm në dorën e bardhë dhe nisi të fërkohej. Kishte dëshirë të paparë dhe aq mall për ato çaste të ëmbla. Zemra pomponte aq fort dhe ajo kishte aq vapë, sa iu desh të hapte më shumë ujin e ftohtë.

Po lante krahët, gjoksin e bukur, barkun e drejtë që i përkushtohej aq shumë. Pastaj duart i shkuan gjer në fund... Dhe ndihej ëmbël. Po lahej, e dinte që një larje e tillë është aq rigjeneruese... Aty ku mbaron barku, aty ku fillojnë kofshët e bardha me aq jetë, ato që rrëmbejnë sy meshkujsh për të zbuluar misteret e tyre të ëmbla...

Ishin duart e saj që preknin, ndjenin pjesët më të hirshme dhe kënaqeshin të dy palët në ndjesi të ëmbla, në përjetime që përhumbnin e rifillonin në spazma që nuk i komandonte më...

Dëgjoi telefonin të binte si një zgjim i tmerrshëm. Alarm lufte iu duk ai tingull. U tremb, u hodh përpjetë. Iu duk sikur dikush e kishte parë dhe nuk e la të bënte atë që duhej, atë që ai dikush mbase e quante të turp-

shme. I ndërpreu ato çaste të bukura, të ngrohta.
I vinte të ngashërente pa fund, aq sa një dhimbje i
theri kokën, sa iu duk se e shpoi tej e tej një plumb i
artë që gjithsesi vret.

Iu zhvleftësuan të gjitha çastet e ëmbëla.

- Miki... Ja pse duhesh ti, Miki! Sepse ti... Kur jam
me ty, unë e mbyll këtë dreq telefoni. Në djall! As
masturbimi nuk qenka më falas...

U shpëla me dembelizëm, e vrarë thellësisht në
shpirt. Fshihej përballë pasqyrës dhe shihte sytë e
skuqur nga tensioni i ca çasteve më parë. U ul në
shtrat, mori një gotë konjak dhe një cigare. Në mi-
jëra mendime qe e çukisnin nisi të zgjidhte ç'duhej
të bënte, të divorcohej me këtë gruan e bardhë, me
ngjyrë e gjak të akullt qe e kishte pagëzuar Vetmi?
Iu afrua komedinës ku kishte zbukuruar e maskuar
Mikin e saj.

- Miki, të mora me aq dëshirë, me aq mall, të të
kisha pjesë të jetës qe nuk më kishte kënaqur deri
atëherë. Miki... Sot ti nuk më bën më punë. Ti nuk
ma përzure vetminë, atë që u mburre se do bëje. Ti
nuk qesh, Miki. Ti as më bën për të qeshur. Ti nuk
më flet, ti vetëm dëgjon. Mbase as nuk dëgjon, po
bën sikur. Ti je i ftohtë, Miki im. Ti nuk më shtrën-
gon supet, ti nuk më puth dot, nuk më thua dot fjalë
të ëmbla, nuk më hukat pas veshit, nuk m'i prek e
nuk m'i kreh flokët me gishta... Edhe aq sa bën, ta
komandoj unë. Mjaftojnë vetëm dy bateri, vetëm dy!

Kaq është vlera jote, Miki...

Ashtu duke vepruar pa e pasur mendjen, ndjeu

të qe bërë gati për të dalë. Po vishte këpucët. E rrëmbeu Mikin, e futi në çantë... Ecte dhe mendonte. Po kuptonte që me dashurinë nuk mund të bënte llogari si në një bllok faturash bar-kafeje, siç kishte bërë gjer tani. I shfletoi kujtimet edhe një herë si një libër "love story" të rëndomtë e të gënjeshtërt. Mikin e fshehur në një qese e flaku në një kosh trotuari ku nuk e shihte njeri dhe nxitoi mbi këpucët që tani e kishin humbur elegancën.

- Bateritë t'i mora, Miki im. Nuk është mirë të dridhesh në boshllëk. Tani ti je një lodër që nuk më duhesh më. Përndryshe...

Rregulloi çantën në sup dhe formoi një numër në telefon.

Mbase duhej të ndryshonte...

tetor, 2015

ATË ÇAST MEZI
E PATI PRITUR

Ishte plasur në krevat mbuluar e tëra. Aty i dukej se qe vetëm, mund të qante sa të plaste pa e parë njeri. Përfytyroi një çast si mund të dukej jorgani nga jashtë duke u tundur e dridhur dhe e mbyti turpi. I shoqi mund të hynte nga çasti në çast. Nuk donte t'ia kuptonte dhimbjen e thellë të shpirtit.

U zbulua me një psherëtimë të thellë, nxori duart mbi jorgan dhe ndezi abazhurin. Mori pasqyrën dhe u pa. U tremb.

Rrudhat anash syve iu dukën jashtë mase të thella. Sa shpejt!...

I shoqi erdhi u fut në rrobat e ngrohta. Donte të bënte dashuri. Ajo ishte aq e ftohtë. Ia ndjeu buzët në sup, pastaj në qafë. Ia ndjeu dorën nëpër gjoks, por iu dukën të rënda sa asnjëherë tjetër.

U mundua t'ia largonte me delikatesë, por ai e mori si kundërshtim të vrazhdë.

Syhapur, me vështrim në tavan, ndante në pjesë një pas një veprimet e tij. E ndjeu tek mbështetej në bërrylin e majtë e ta shihte ngultas. E ledhatoi në faqe, i shpupurisi flokët me gishta, u kthye përsëri në faqet e buta. Pastaj... Sikur ndjeu diçka, fërkoi gishtin e madh me gishtin tregues dhe ndjeu lagështinë. Iu bashkuan vetullat në ballë dhe pyeri qetë:

- Lotë!... Ç'ke, ç'ka ndodhur?

Ajo nuk iu përgjigj, por iu struk në gjoks duke qarë me dënesë.

E la të qante duke e shtrënguar në krahë. Pastaj sikur u mundua të mblidhte veten, u ngrit ndenjur, e largoi pak dhe e pa në sy.

Ajo fshiu lotët, e pa ngultas me një lloj lutje që ai ta kuptonte.

- Ç'ke?

- Mall... Nuk e shtyj dot më. Po bëhen kaq kohë...

Ai vuri buzën në gaz i qetësuar disi. I fshiu lotët dhe e puthi në ballë.

- Edhe mua më ka marrë. E dinim që ishte e vështirë, por jo dhe kaq.

Kishin ardhur në dhe të huaj pas shumë kërkesave e letrave të plotësuara korrektësisht. U gëzuan aq shumë kur u përzgjodhën për të emigruar dhe u bënë gati sikur do niseshin të nesërmen.

U sistemuan me vështirësi. Pastaj halli i punës...

Shyqyr, kujdesi për fëmijët kishte qenë i duhuri. Kurset intensive për të nxënë mirë gjuhën...

Një vit...

Ndiheshin të lodhur. Ajo më shumë...

- Ja, po i bëjmë lekët për biletat. Ikim të katër, çmallemi ndonjë muaj e vijmë prap. - tha ai qetë, i mori kokën në duar dhe e puthi në buzët e prushta.

Dolën pasdite nëpër dyqane për t'u blera dhurata prindërve e njerëzve të afërt. Një avaz që vazhdonte...

Por diçka po ndodhte me të dy. Ecnin pranë rafteve dhe heshtnin të pavendosur se ç'duhej bërë. Çmimet joshëse të bënin të psherëtije. U panë në sy pa folur dhe vendosën të ktheheshin bosh.

Rrugës ajo propozoi për një çaj.

- Mbase e shtyjmë udhëtimin... - tha pa e parë të shoqin në sy.

Ai i kapi lehtë dorën dhe ia shtrëngoi si për t'i kërkuar një shpjegim sado të vogël.

- Ufff... - psherëtiu ajo.

- ...

- Sikur ta kishim plotësuar edhe ca shtëpinë. Ato çmime...

I përgatitur se ku do dilte e shoqja, ai buzëqeshi dhe aprovoi në heshtje me kokë.

Dhe ashtu ndodhi. Plotësuan shtëpinë me gjithë ç'iu mungonte.

Ditët kalonin, ata ndjenin kënaqësinë e një shtëpie të plotësuar e të sitemuar me ç'i duhej një shtëpie.

Pastaj erdhi vjeshta, fëmijët nisën shkollën dhe takimi me njerëzit e afërm mbeti larg.

Asnjëri nga të dy nuk e përmendi marrëveshjen që u prishi planin e u shtoi mallin. Kishin ndjerë një lloj faji, ndjenjë që me kalimin e ditëve u fashit. Komunikimi me të afërmit ishte virtual, shumë i dendur e i shpejtë.

Ja ku erdhi pragvera tjetër dhe ashtu, pak si me ndrojtje nisën të bënin planet e një udhëtimi në vendin e tyre, tek të afërmit. Përmendnin kërkesat për të shfrytëzuar ofertat e kompanive, intineraret...

- Ne do të ikim në Karaibe. - tha një shoqe e saj gjatë drekës me miqtë e tyre.

- O, sa mirë! - ishte hedhur i shoqi - Kalofshi bukur! Ne sivjet... Na ka marrë malli dhe... mezi presim.

Po si për inat, çifti tjetër vazhdoi të shpjegonte se oferta e kapur kishte çmime vërtet të këndshme dhe në një zonë për t'u pasur zili. Burrë e grua shkëmbyen vështrime. I shoqi e pa të ulte sytë herë pas here pa e zbërthyer më. Në kthim i foli heshtjes së saj:

- Ç'ke? Ndonjë gjë që nuk shkon?

Ajo tundi kokën, por nuk foli. Para se të hynin në shtëpi, kur po parkonin, i kapi dorën mbi timon.

- Sikur... të shkojmë edhe ne me ta? Është okazion, nuk e gjejmë më...

Ai fiku makinën.

- Flasim... - tha qetë, pavendosmërisht.

Kështu iku edhe viti i tretë pa u kthyer. Thuajse ishin mësuar me mallin që i digjte.

- Nuk shërohen plagët. Vetëm mësohemi me dhimbjen e tyre. - kishtë bërë zakon të thoshte ai.

Pushime të katërta me sa dukej nuk do kishte kur të donin ata. Filluan angazhime më të rëndësishme. U rregulluan mirë. Pikërisht tani nuk kishin vërtet kohë. Po jetonin atë momentin kur nuk do mundnin më e që u patën treguar patriotët e tyre ardhur më parë në këtë vend.

I kujtoheshin në detaje të gjitha këto dhe dridhej në krahët e të shoqit.

- Duhet të ikim. Të bëjmë si të bëjmë e të ikim. Shoh ëndërra të këqia. Parandjej se atje larg diçka ndodh e ne s'na tregojnë që të mos na shqetësojnë. Mbetëm duke u ankuar "s'kemi kohë, s'kemi kohë, lodhemi shumë, lodhemi shumë"... Dua që kur të shkoj të gjej njerëzit, t'i njoh, t'i dua si atëherë...

I shoqi e përqafoi. Mori telefonin dhe me mendje të ndarë formoi numërin e agjencisë së udhëtimit.

Mezi e kishte pritur këtë çast...

04.04.2016

FOLMË, NËNË...

Po ftohesh përditë e më shumë, nënoçka ime. Askush nuk e kupton, sepse askush veç meje nuk e di temperaturën e vërtetë të trupi tënd. Kemi kaq vite bashkë. Trishtohem kaq shumë teksa mbledh gjithë fuqitë e shpirtit dhe nuk bëj dot derman të të ngroh...

Ti nuk më dëgjon, nuk më kupton kur të kujtoj tani si më zieje dy vezë e m'i fusje në xhep të ngrohja duart dimrit, kur isha i vogël e shkoja në shkollë. Sepse e dije që s'më bërtisje dot për dorashkat me baltë, të lagura apo të humbura.

Më mjekoje gjunjët që vrisja e gjakosja nëpër gurë.

Deri vonë bënim detyrat bashkë e pasi flija unë, ti laje, hekurosje e gatuaje për mua...

Ti që qaje mbi ballin tim të uthullt, që qaje më shumë nga unë kur më bënin penicilinën.

Nënoçka ime, folmë!

Si të t'i kthej gjithë çke bërë për mua?

Dua të nisem e të hap portën e parajsës për ty, po ti nuk më lë. Më kap nga mënga e më tërheq të më puthësh, të më puthësh njësoj si atëherë fëmijë.

Sytë që ende kanë merak për mua, dita-ditës po humbin shkëlqimin e jetës, të mitë ndrijnë nga lëngu i trishtë. Nga gjaku i shpirtit...

Folmë, nënoçka ime! Ç'të bëj për ty?

14.05.2015

PAJA*

Ajo shtyu derën e jashtme me gju dhe hyri me një qese të madhe që mezi e mbante. Pastaj, kur e pa që i shoqi nuk u ngrit ta ndihmojë, e shtyu derën me vithe gjersa u përplas.

Zhurma e zgjoi plakun me një psherëtimë.

- Më trembe. - pëshpëriti duke kthyer kokën - Me kishtë zënë gjumi duke dëgjuar lajmet.

- Eh! Se mos është hera e parë. - bëri romuz plaka.

Ai e pa me qesëndi dhe nuk përtoi t'ia kthente.

- Si shumë ke zënë të më ngacmosh tani nga fundi.

Plaka qeshi, la qesen mbi kolltuk dhe i zgjati një peshqir të pastër ta mbante rreth qafës.

- Ç'ke marrë ashtu? - pyeti duke hapur qesen.

Asaj duket se nuk i pelqeu dhe sikur nxitoi t'ia ma-rrë nga dora, gjë që plakun e bëri më kurioz.

Por nuk e bëri veten.

- Bleva ca gjëra që duhen. - tha shkurt sa për t'i shuar kuriozitetin.

Kishin një jetë të tërë bashkë, ia dinin mirë huqet njëri- tjetrit, por së fundmi ndjenin se po mbylleshin gjithnjë e më shumë brenda. Edhe pse nuk para ki-shin fuqi si njëherë, por edhe se shumë shokë tani u mungonin.

Gjithsesi, teksa kujtonin ç'kishin lënë pas, hidhnin e prisnin romuze për ç'i priste dhe e kalonin sikletin me të qeshur.

Plaka po gatuante drekën në ato tenxheret e vogla blerë që kur mbetën vetëm. Ai shkoi ashtu avash -avash, me një fishkëllimë të lehtë buzëve, duke trokitur tespihet një nga një, deri te qesja.

"Ooo!... Çarçafë të rinj! E ç'kishte për të fshehur që ma hoqi qesen ashtu?". - mendoi, po nuk i tha gjë të shoqes.

Me pas, si mbaruan drekën, e pyeti:

- Vjen ndonjë nga fëmijët, që bleve çarçafë? Doni të ma bëni befasi mua, ë!

- Eeee, befasi posi! - u përgjigj plaka me një lloj buzagazi për të kaluar një përgjigje më të saktë.

Ditë më pas, vuri re se e shoqja kishte blerë dhe ca rrobe të reja për vete. Kjo e habiti shumë.

"Një jetë të tërë që kursen dhe tani e zgjidhi qesen kjo!".

- Moj, a nuk më thua ç'janë këto harxhe që bën ti?

Ajo qeshi.

- Bëna një ponç ta pimë me kafenë dhe llafosemi ca, atë bëj ti!

Ai nuk përtoi. U ngrit, dogji pak sheqer në xhezve dhe e shuajti me raki. Priste kafen të ziente në plitkën tjetër.

U ulën përballë. Dukej që plaka e kishte ca me zor bisedën.

- Hë, de fol, se mbaroi edhe kafeja, edhe ponçi. Ç'i ke këto harxhe që bën, a s'më thua?

- E ç'të them... Ja, kemi kursyer për të mirë e për te keq. Punët sikur i kemi mbyllur tani. Fëmijët janë rregulluar aty ku janë, janë bërë prindër edhe gjyshër. Ne avash - avash duhet të bëjmë pajën e të jemi gati për atë udhën...

Ai e pa me habi.

- Ja, shiko!

U ngrit dhe solli rroba burrash të reja fare, një këmishë të bardhë, një kollare, një pulovër të zi...

- Po kostumin? - i dha shenjë ai dhe buza iu drodh pak.

- Do vemi ta blejmë ndonjë ditë bashkë. S'kemi pse nxitojmë kaq. Ahahhaa! - qeshi ajo.

E zuri për krahu dhe e shtyu me përkëdheli.

Në fakt plakut nuk i erdhi mirë, por e ndjeu që plaka kishte të drejtë.

- Moj, po nuk i pyete një herë fëmijët. Mbase u duheshin lekë më mirë...

- Pa rri, më lër rehat! Më mirë kështu, se edhe i zgjedhim më të lira edhe i shpëtojmë nga shpenzimet. E di unë këtë punë, rri ti! - tha me autoritet ajo, duke mos i lënë shteg kundërshtimi.

Ndezi një cigare dhe e thithi fort.

Pas pak ditësh e mori me vete dhe shkuan në një dyqan këpucësh.

- Zgjidh tani, po jo shumë shtrenjtë, se kemi akoma ca gjëra pa mbyllur. - dhe i shkeli syrin.

Ai e pa me psherëtimë buzëve.

- S'di ç'ke që e ke marrë me kaq yrysh. - tha duke e parë në sy - Ç'gjëra të tjera ke pa mbyllur? I ke pa-

guar dritat, ujin? I ke hequr lekët e muajit mënjanë?
- u tall plaku.

- Nxitoj, ore nxitoooj, se po ika unë e para, kush
do të t'i rregullojë këto gjëra ty? Apo të më vish an-
dej lecka-lecka e të më tallin dynjaja?

Dhe qeshnin ultas duke u ngacmuar me romuze.

- Më vrasin pak te maja këto. - tha plaku ulur në
stol duke provuar një palë këpucë.

- E mirë, se atë ditë nuk do ketë ç'të të dhëmbë,
po hë... - qeshi ajo.

Po gjithsesi, pas ca ditësh lëvizjet ishin rreshtur
dhe ata sikur kishin rënë në qetësi e pritje.

- I kam prerë biletë ardhjeje atij të Amerikës. -
tha plaka një ditë duke pritur që ai të gëzohej.

- Ou! Po për në ç'datë, moj dreq që na e ndolle?

- Për kur t'i duhet. Të hapura quhen këto pa data...

- E ç'do të thotë kjo?

- Kjo do të thotë rri urtë e mos e vra mendjen shu-
më. - i dha karar plaka dhe qeshi pa të keq.

Plaku u mendua një hop e prapë s'iu ndenj.

- Edhe sa para na kanë mbetur?

- Pse, ç'do më ti? - u tremb ajo.

- Jo, jo hiç, kot pyes. Po do marrim përsëri pensi-
onet. Apo... s'kemi më kohë? - u tall ai.

Një ditë që plaka kishte shkuar te mbesa, ai u rrua,
kaloi duart e lagura në flokë e diç i shkrepi në kokë.

Ne dollapi nxori kremastarin me rrobat e "dhën-
dërisë" dhe i provoi. Qeshi duke u parë në pasqyrë
se i pelqeu vetja, pastaj u step duke vërejtur çdo cen-
timetër të lëkurës e duke prekur fytyrën.

"Gjithnjë ka pasur gusto kjo". - mendoi për të sho-
qen.

E preku edhe një jastëk të vogël e të butë aty në
një qese dhe pastaj i vuri sërish në rregull rrobat në
varëse, që të mos pikaste gjë plaka.

- Sa duhan ke pirë, o i zi! - tha ajo sapo hyri dhe ha-
pi dritaren.

- Eh, kam pirë. Moj, të pyeta para ca ditësh, po s'më
the. Edhe sa para kemi mënjanë ne?

Ajo u kthye vrulltas.

- Ç'ke? Kemi, kemi akoma. Po pse pyet?

- Dua të bëj dhëmbët. - tha vendosmërisht ai dhe
u ngrit në këmbë sikur qe i ri.

- Çfarë? - qeshi plaka.

- Po, po. Dua të bëj dhëmbët. Ashtu lirë, siç the ti
për këpucët, por nuk dua të iki pa dhëmbë nga kjo
botë...

Ajo iu hodh dhe e përqafoi.

Si dikur...

11.10.2017

KËNGË QË S'UA MËSOVA FJALËT

- Isha te nëna...
- Do shkoj te nëna...
- Nëna është pak e sëmurë...
- Do vijë nëna, urrraaa!...

Të gjitha këto për nënën, gjyshen. Për atë ombrellë të ëmbël njohur që në lindje, që na mbronte nga ndonjë "dackë" e mamasë pas ndonjë çapkënë-rie.

Që kur u bë stërgjyshe u bë edhe Nëna e Madhe. Sa herë iu mblodhëm ne, nipër e mbesa afër e afër me moshë si zogj në prehërin e ëmbël e të dashur!

Ajo fliste dhe zëri i bëhej këngë.

- Dale, t'ju japë nëna bukë!

Dhe buka e saj, edhe thatë na shijonte dhe e mbaronim pa na ndjekur pas e pa na u lutur njeri. Veshur me të zeza, kështu e mbaj mend që kur e njoha, gjersa iku. Dhe prapë sa herë fliste më dukej se këndonte.

Me ato duar të holla, imcake që lëviznin aq shkathët për të përgatitur çfarë duhej. Damarë të zinj e të trashë nën lëkurën e hollë, që gjithnjë më janë dukur se flisnin për çdo veprim, si një tufë gishtërinjsh që ndalin kohën.

Dy fjalë të ëmbla dhe çdo gjë e kryer, ato këngë që shuanin kapriçot e lotët e çdo fëmije. Dy përkëdhelje të ngrohta shpirti nga ajo dhe fëmijë të ngritur në delir. A ka njeri që nuk i bindej asaj kënge?

Nëna... Zgjidhja e çdo situate.

Sa herë iki në fshat ndjej aromën e druve të djegur nëpër oxhakë. Dhe kujtoj atë plakë hollake që ndizte zjarrin për të gatuar, për të bërë diçka më të mirë për ne që kishim shkuar me pushime.

- Boh, edhe pak vijnë burrat për drekë dhe s'kemi bërë gjë akoma. - dëgjoja zërin e sime mëje në një lloj "paniku".

Nëna qeshte nën buzë me nënën time dhe me ato duar që merrnin lloj-lloj formash gjeometrike në lëvizje, sajonte shpejt e shpejt për të ngrënë.

- Nxirru burrave raki, djathë e qepë. Turshitë i ke nëpër qypa... Hë, shpejt, luaji duart! Aq duan ata! Dhe ja, sa të bëjnë ne ca muhabet u bë lakrori...

Sa hile të bukura bënte gjyshja ime!...

Tregojnë se kur dikujt në fshat i ikte bleta, thërrisnin gjyshen ta mblidhte. Lyente dorën me mjaltë dhe i këndonte grumbullit të bletëve mizëruar në ndonjë pemë. Bleta i mblidhej në dorën që i bëhej si një bistak i madh rrush i zi dhe ajo i fuste në koshere. Nënua, pa maskë, por vetëm me këngë në gojë, me zërin e ëmbël. Tek ëmbëlsia e këngëve të saj dorëzoheshin edhe bletët.

Po ç'këngë ishte ajo?

Më kujtohet. Sa herë zinte brumin e byrekut, merrte një këngë nën zë, më jepte një copë brumë.

- Hë, puno dhe ti! - më thoshte duke qeshur.

Kurse nëna e shihte gjyshen me dyshim e më kthehej mua:

- Do të të bien topkat, oreee!...

- Lëre djalin rehat! - i fliste me inat nënua - Jashtë bie shi, ku të shkojë? Ja, e punon me një laps në vend të okllaisë. Edhe mëson, edhe ne na lë rehat të punojmë. Mos e kemi nëpër këmbë, bëhu ca e zgjuar.

- Po do na zbardhë tërë shtëpinë me miell, o mama!

- Punë e madhe, fat e bereqet është mielli në shtëpi! Do fshijmë pastaj dhe ja! Po hë, jepu duarve!

Dhe më shkelte syrin mua.

Gjyshja ishte ilaç për këdo nga ne. Dinte të bënte masazh nëpër nyje, të ndrydhura, "kapërcim damarësh" siç thoshte ajo. Fërkonte dhe këndonte. Pastaj, një dackë përkëdhelëse e na jepte rrugë.

- Ik, loz tani, kaloi! - qeshte si dinte vetëm vetë.

Por vonë kuptova se ajo shëronte me këngë e përkëdhelje, me këngë e fjalë të ngrohta.

Këngët e gjyshes sime...

Ato këngë që bëheshin ninulla e na zinte gjumi në ëndërrat më të bukura!

Sa këngë dinte nëna, gjyshja ime! Këngë që kurrë s'ua mësova fjalët, por meloditë i mbaj mend edhe sot.

Ajo iku e lumtur.

E bardha gjyshja ime...

18.09.2017

GJYSHI

Shkova për pushime në fshat. Ishte hera e parë. Aty kishte mbetur vetëm një kushëri i nënës, Thomai. Të tjerët kishin ikur në vende të tjera. Thomai më shëtiste nëpër fshat e rrethinave, më tregonte shumë histori për gjyshin tim. Pastaj thërriste djemtë dhe i urdhëronte të më mernin me vete kudo që shkonin, të mësoja ato që nuk dija dhe të mblidhja e forcoja trupin, të bëhesha si ata në atë ajër të pastër pishash në pyll, me atë ujë akull.

- Ishte legjendë në fshat gjyshi yt dhe daja im. - më thoshte shpesh xhaxhi Thomai duke më përkëdhelur në kokë.

Po unë ende nuk isha përballur me legjendën dhe ndjeja që duhet të takoja njerëz të më tregonin. Herë pas here kisha një lloj ankthi, gjersa të vinte momenti që çdokush të më fliste për të.

- I kujt është ky djalkë? - pyeste ndonjë fshatar kushëririn e nënës sime.

- Hë, gjeje! - u thoshte ai duke qeshur, me mburrjen që shpesh më vinte në siklet.

Dhe nxitoja t'u thosha emrin e babait. Por shihja që fqinji i xhaxhi Thomait, apo çdo bashkëfshatar tjetër ngrinte supet. Nuk u kujtonte gjë emri që dëgjonin. Pastaj nxitoja t'u thosha emrin e nënës, po dukej që edhe atë s'e njihnin mirë.

Thomai qeshte me të madhe. Ishte hokatar ai. E doja, po edhe më donte shumë.

Një ditë më tha:

- Do bësh një hile?

Unë hile? I mësuar të mos bëja hile kurrë, ngrita supet.

- Një hile të mirë, o të mirë. - qeshi Thomai që e kuptoi hallin tim.

Tunda kokën dhe prita çdo më thoshte.

- Këtej e tutje, kur të të pyesin i kujt je, do thuash jam nipi i Lukës. Dhe do ta shohësh çdo bëjnë. Dakort?

Vërtet ashtu ndodhi. Kushdo që dëgjonte nipi i kujt isha, gëzonte e më përkëdhelte kokën gjithë respekt. Unë po... ja kokën, lart, si gjel i kënaqur. Kohë më vonë m'u bë mbarë të ulesha me ta në kafe.

Dora-dorës, transporti për në fshat ishte rregulluar goxha mirë dhe lidhjet e mia me atë vend të bukur nuk mund të shkëputeshin. Mbaja mend dhe përdorja hilenë e Thomait, që tani ishte plakur e më shkelte syrin duke qeshur, sa herë më pyesnin "nga të kemi" dhe unë përgjigjesha me hilenë që mësova atëherë.

- Nipi i Lukës? O... gëzohem shumëë! Kalo ndonjë pasdite nga shtëpia. Ah, çfarë burri ka qenë! - thoshnin edhe kur nuk i njihja fare.

- Nipi i Lukës ti? Sa mirë! Ishim komshinj, na lidhte puna. Nderona, nderona, eja llafosemi nga darka! Kemi ç'të themi e ç'të tregojmë. - buzëqeshte një tjetër.

- Lukaaa? I kam blerë shtëpinë para se të zbriste në qytet. Oh, çfarë burri! Një shtëpi qe më solli mbarësi. Eja, eja nga ne sonte! - u habit njëherë Kristaqi kur mori vesh kush isha, pastaj u kthye nga Thomai - Më ke premtuar dikur të ma sjellësh nipçen të shikojë shtëpinë e gjyshit. T'i tregojmë edhe historinë e kungullit. Të kishte mbetur merak që s'ia pate treguar.

- Epo atëherë ishte i vogël, pak si zor se do kuptonte gjë. - ia ktheu Thomai me buzën në gaz.

- Si thua, shkojmë sonte nga Kristaqi? Llafosemi, pimë edhe ndonjë gotë kumbull të zier dy herë. - m'u kthye mua.

Pranova dhe u nisëm.

- Porta është aty ku ka qenë. - nisi të më tregonte Kristaqi si mbaroi mirëseardhja - Sigurisht nuk është më ajo portë, e kam bërë të re. Po hekurat që e mbyllin janë po ata. E kisha amanet nga ai... "Kjo shtëpi ka themel të mbarë. Ta marrësh e ta gëzosh! Jo kujtdo do t'ia shisja me këtë çmim. Këtu lindën e u rritën shtatë bij e bija". Dhe prekte muret para se të ikte. Kishte lotë në sy. "Llozet e hekurt pas derës së jashtme të këshilloj të mos i përdorësh. Kjo portë ka qenë e hapur për të gjithë. Dallëndysheve mos ua prish folenë. Bëjnë ca pis, po bëj si të bësh. Janë mbarësi. Kopështin e ke me dhe të mirë, avllitë janë të ulëta, po nuk të vjen njeri nga mbi to". Kështu më tha atë ditë. Pastaj brodhi dhomë më dhomë e sikur fliste me vete. Përkëdhelte, mor po edhe trarët e tavanit në katin e poshtëm, që mbante për depon e zahireve.

- Po përse kaq e madhe depoja? Dhe sa e ulët! - thashë kureshtar.

Të dy burrat u panë në sy dhe vunë buzën në gaz.

- Sepse ishte hambar për gjithë dimrin. Ishte edhe punëtor i madh, edhe i zgjuar gjyshi yt!

Më erdhi mirë.

- Këtu, te kjo dhoma e vogël ishte oxhaku. Ja, ky që është tani. Nuk e kam lëvizur fare, vetëm se e kam shtruar me plloça poshtë për ca dukje më shumë. Këtu gatuhej e mblidheshim me fëmijët në dimër kur jashtë qe një metër e ca dëborë...

M'i pa sytë që m'u zmadhuan nga habia.

- Po, po këtu. Është shtëpi e fortë kjo. E ngrohtë në dimër, e freskët në verë. Bëj hesap ti, shtatëdhjetë pond muri i gurit.

Shihja gjithçka dhe përfytyroja gjyshin të lëvizte nëpër korridore e dhoma. Gjyshen të gatuante, të lante e të vishte fëmijët, dajat dhe tezet e mia...

Të dy gjyshërit kishin vdekur prej vitesh, goxha të plakur. Unë isha katërmbëdhjetë vjeç. I mbaja mend mirë se më kishin rritur. Nëna ime ishte e parafundit mes fëmijëve të tjerë, por pa u larguar nga qyteti.

- Ngjitemi lart tani.

I ndoqa burrat në heshtje.

- Këtu janë tri dhoma gjumi. I njëjti sistem si atëherë. Vetëm pak dorë kam vënë. Ja, këtu dhe këtu...

Kisha humbur në përfytyrime.

U përmenda në një tryezë. Mbi të një poçe qelqi me

raki, djathë të mrekullueshëm, turshi lloj-lloj, sallatë...

- Të tëra i bëjmë vetë për qejf, po ç'i duam? I hamë
dot thua? Kemi mbetur vetëm me plakën. Rinia ka
ikur larg për më mirë. Po ku ka më mirë se këtu, mor
bir! Në këtë fshat njerëzit rrojnë sa guri.

Kristaqi foli përhumbur, vete më shumë se me ne.

Hodha sytë në gardhin e kopështit ku zverdhin si
abazhurë dhjetra kunguj.

- Po ata?

- Ahaha!... - qeshën burrat të dy njëherësh - Kun-
gujt. Me ata fillonte gjyshi yt dimrin.

I mbetur në habinë time për të kuptuar ç'donin
të thoshnin, shihja herë njërin, herë tjetrin.

- Kur vinte vjeshta, bëheshin zahiretë. Thanim,
drithë, fasule... Therej edhe bagëti se bëhej pastërma.
Kripej që të rronte dhe thahej mbi stufë. Por shpesh,
kur binte biseda mes burrave dhe çdokush mburrej
me fasulet e mira apo me perimet e thata, ose edhe
me turshitë, gjyshi yt mohonte me kokë.

Njëherë se kush e pyeti:

- Përse nuk flet, Luka? Po ty si të kanë dalë fasulet?
Po zahiretë e tjera?

- Nuk i kam provuar akoma unë. - tha Luka.

Pastaj qeshi e iu kthye të dëgjonin edhe të tjerët.

- Ore djemaaa, do vijë marsi e prilli e s'do kini ç'të
hani. Dëgjomëni, se jam ca më i vjetër nga ju unë. Dë-
gjomëni...

Mirëpo çdo kush kishte qejf të ngacmohej me ni-
koqirllëkun e Lukës.

- E, se në fakt i ke nja katër klasë shkollë greke ti...

Po ai nuk zemërohej me asnjë, i peshonte lehtë mentë e kujtdo.

- Dëgjomëni, dëgjomëni! Niseni me kungullin. Boll keni ngrënë mirë tërë beharin.

Dhe burrat shihnin njëri - tjetrin.

- Me kungullin, me kungullin, se ai prishet i pari, kalbet. As raki s'e bëni dot. - dhe qeshte siç qeshte ai. - Pastaj me perimet se s'durojnë. Preshët lërini mbuluar me dhe, se durojnë e bëhen më të mirë. Vonë-vonë hani fasulet që durojnë. Petkat e trahananë...

- Tjetër, Luka tjetër gjë na thuaj! - qeshnin ata.

Ai qesëndiste.

- Hirrën e djathit ziejeni, bëni gjizë, pastaj hidhjani derrit. Ca i dinë e ca s'i dinë këto. Ju që i dini tregojuani atyre që s'i dinë. Muarrt vesh, o?

- A e di? - m'u kthye mua Kristaqi - E ngacmuan një herë t'u thoshte pse e therte derrin që në vjeshtën e dytë, jo për Krishtlindje. E di ç'tha? Pse të më hajë gjithë atë ushqim kot? Të tërë do bëni mish të freskët në dhjetor. Ua blej juve, pse të harxhohem vetë! Do të ta shesim shtrenjtë atëherë Lukaaa, sa pulën e frëngut, e ngacmoi Pirua. Atë do ta shohim. Sa brirë do mbeten deri atëherë. Dhe e di ç'ndodhi? Shumë vetë therën mish të freskët e kush e kush të shiste. Ra çmimi, Luka i qeshte Piros nga larg. I thyet brirët, Piro, e bëtë çmimin leckë, e bëtë. Ahahaha. Po qypat me sallo* e cingaridhe* e di sa i rronin Lukës dhe Eftit?

* nënprodhime të mishit të derrit

Gjer në vjeshtën tjetër. Kurrë nuk e shtriu dorën për gjë. Ama gdhihej e ngrysej në mal. S'di si i punonte mendja aq saktë. Bënte bar rrugën e parë, se kositej mirë në vesë. Rrugën e dytë bënte dru. Ikte mbi kafshë e vinte me këmbë pas kafshës së ngarkuar.

- Po ju? - s'durova pa pyetur.

- Eh, ne! Drutë mbi kafshë e ne mbi dru! - qeshi Kristaqi dhe Thomai tundi kokën me një lloj pendese të hershme - Ishim të rinj, sikur na dhimbsej vetja akoma...

Pinim raki kumbulle zier dy herë, të hiqte çaçkën dhe nuk e ndjeja fare. Isha kthyer shumë pas në kohë, çmallesha me gjyshin tim. Më kujtoheshin përrallat që na tregonte e në fund na pyeste:

"Çfarë mësojmë ne nga kjo përrallë?"

- Ore, se shumë folëm ne. Pa na thuaj ti një herë, me çfarë merresh?

U përmenda. Duhej të tregoja thjesht, se edhe fjalën "biznes" e dinin vetëm tregëti këta. Ndaj nisa t'u shpjegoj planet që kisha. Më dëgjonin dhe tundnin kokën të kënaqur.

- Po i ke ngjarë Lukës, do bësh hajër, kaq dimë ne!

Të nesërmen, Thomai që ishte rreth të tetëdhjetave, me ftoi të loznim bilardo. Fitova unë 2-0 dhe qeshja nga pak.

- Eh, rini, rini!... - mërmëriste ai.

Por pas më pak se gjysmë ore, ishim 3-2 për të.

- Do lozësh më, si thua? Luaj, se mbase barazon... - tallej dhe qeshte.

- Jo, jo boll! Ja, luajtëm, u kënaqëm.

- Se mos mërzitesh që të munda, ore? - më ngac-
moi prapë.

- Unë? Po jo, jooo. Lojë është, s'ka pse. - qesha unë.

- E mirë, de mirë! ikim në verandë në shtëpi. Pi-
më ndonjë gotë e bëjmë ndonjë dorë letra.

Kjo kënaqësi i kishte mbetur Thomait. E doja kaq
shumë këtë plak njeri, po me gjallërinë e moshës sime.

Edhe me letra njësoj, 2-0 për mua, në fund 3-2
për të. Po nuk kisha asnjë keqardhje.

- Po domino di të lozësh? - më pyeti ironik.

E kapa për supesh dhe e pashë plot mirësi.

- Po, di! Dhe do të të mund, sepse nuk është ve-
tëm fat, duhet të dish edhe ta lozësh.

- Ah, sa ma bën qejfin që do më mundësh!

Qeshi dhe u ngrit të merrte dominotë.

Dhe... sërish 2-0 për mua.

- Të thashë? - e ngacmova.

Ai vuri buzën në gaz. Po kur u bëmë 3-2 për të, u
mërzit shumë dhe hodhi gurët. Nuk u ndjeva mirë.

- Thoma, u mërzite vërtet? Po për çfarë, nuk më
thua? Fitoveee! Duhet të gëzosh.

Qeshja për t'i kthyer atij gazin e humbur.

- Jo, jo! Nuk kënaqem të mund një të ngordhur. -
dhe bëri të më zhbirojë me sy

- Unë? I ngordhur?

- Po, ore poo! Se ti fiton dhe qesh. Po ti edhe hum-
bet dhe përsëri qesh. Unë dua të mërzitesh që hum-
bet. Të shfrysh...

Më erdhi të qeshja edhe më shumë me ç'thoshte ky
babaxhan.

- Të ishte gjyshi yt tani, të kapte për veshi e të tho-
shte: "pirdhu, buzëqumësht pa sedër!".

- Po lojë është, i miri im. - e kapa për qafe - Nuk
vlen të mërzitesh.

- Pse, jeta çfarë është? Nuk është sedër, nuk është
ambicje? Nuk është dëshirë jeta? Dhe po të them një
gjë, ta mbash vath në vesh, të më kujtosh e ah, Thoma
të thuash! Ti ky do mbetesh! Nuk je për biznes ti.
Mos i hidh poshtë ato lekë që mezi i ke fituar. Kësh-
tu! Mjaft, tani ikim flemë se shkoi vonë e zgjojmë të
tjerët. Fshati ka punë, fle shpejt që të zgjohet shpejt.

- Ti ik, - i thashë - unë do shëtis pak se nesër jam
për rrugë. Do tymos edhe një cigare e do fle.

Rrugëve përtypja kujtimet dhe gjurmët e gjyshit,
bisedën me Thomain, tregimet e Kristaqit. Dëgjoja
trokashkën e kuajve të tij. Në vete ndjeja si ndizej
një jetë tjetër. Vrapoja si dikur fëmijë të kapja xixë-
llonjat e sapoardhura, hutohesha nga këngë bulk-
thesh që nuk pushonin. Më dukej sikur aty gjithçka
e gjithkush donte të fliste për gjyshin tim të urtë...

14.09.2017

SIKUR TË QE VETËM KAQ

"Këta lektorët, vërtet kujtojnë vallë se i ndjek njeri kur flasin?". - mëndoi ajo me një farë padurimi.

Pastaj lëvizi pak nga vendi me një "uffff" që u dëgjua të paktën te dëgjuesit më të afërt. Disa prej tyre kthyen kokën.

Në sallë kishin nisur pëshpërimat dhe padurimi për një pushim ishte i domosdoshëm tani.

- Njëzet minuta pushim! - tha lektori me një buzëqeshje.

Mblodhi letrat dhe zbriti nga podiumi.

Ajo doli e para, thuajse njëherësh me duhanxhinjtë që mezi prisnin të tymosnin.

Nxori telefonin me një lloj ankthi dhe formoi numrin e tij.

"Të dua!".

"Edhe unë". - i shkroi ai.

"Po unë të dua tani!".

"Duro!".

I erdhi ta përplaste telefonin në dyshemenë e mermertë të korridorit.

Si mund të ishte kaq i vetëpërmbajtur ky njeri? Ajo priste t'i thoshte:

"Erdha, lëre mbledhjen përgjysmë dhe ikim, ikim te foleza".

Mendoi djallëzisht të luante pak.

"Mbledhja ka mbaruar. Do më lësh të pres vetëm?".

Ai nuk u përgjigj, ajo ndjeu t'i priteshin gjunjët.

"Sa e marrë jam! A thua se këtu merren mungesa? Do iki, nuk rri dot më vërtet".

Rrugës u ndje e lirë. Takat e këpucëve që trokisnin mbi pllaka, i dukeshin si përgjigje e monologut me veten, për sa kohë nuk po i vinte asnjë mesazh.

E nisur drejt folezës, siç shpesh e quanin, rrotullonte çelësin në xhep dhe ndihej mirë. Mezi e kishte pritur atë ditë, atë çast, me lloj-lloj përfytyrimesh, ëndërrrimesh thurur me veten. Ishte e lumtur për ç'po ndodhte mes saj dhe atij, me gjithë të mirat e të keqiat. Një ditë i kishte thënë duke qeshur:

"- Të dua më shumë kur bëhesh i keq".

A thua të ketë standart tjetër për minutat e pritjes? Sa gjatë i dukeshin.

Bëri një dush dhe u shtri me kufje në vesh të dëgjonte këngët e përzgjedhura.

E nisi të nanurisë në ëndërr duke kujtuar puthjet e tij, gishtat e gjatë që shpesh i dukeshin se ishin bërë enkas për të prekur atë vetë, si shkopat magjikë të përrallëzave që sjellin lumturi. Pastaj lëkura e tij e lëmuar, sytë që flisnin pa fund...

- Sa llafazanë i ke sytë! - i tha një herë duke qeshur.

Qëllimisht nuk e pa me minuta të tëra, për ta grishur më shumë në dashurinë e saj. Po edhe zëri i tij i sillte një gjendje tjetër, një gjendje të mirë. I dukej se sa herë i fliste asaj, kishte një tjetër zë.

Jo të përditshmin.

Eh, sa gjëra të magjishme kishte ai!

"Mjaft tani, mjaft!". - i tha vetes dhe ndjeu t'i erreshin sytë nga padurimi që s'po vinte.

- Nuk ke ardhur akoma? - dëgjoi zërin e tij në telefonin që ndërpreu muzikën - Kam kaq kohë që i bie ziles.

- Erdha! - hovi ankthshëm dhe nxitoi hapi derën.

- Me një fije kashte e kisha mbyllur, si në përrallëza. S'e hapje dot? - qeshi e lumturuar dhe iu hodh në qafë.

Nuk janë vetëm krahët e tij që e mbështjellin. Ka sjellë në folezë një atmosferë tjetër, ka ndryshuar gjithçka aty...

Ëndërrat nisin të preken.

Ai ndihet i shpenguar dhe asaj kjo gjë i jep kënaqësi, i sjell një lloj mbrojtjeje brenda vetes, një lloj sigurie që... Ka një lloj delikatese ndaj saj, ndonëse i ka duart e ashpra e të forta.

"Në fillim nuk më është dukur të kishte ndonjë bukuri mashkullore ky njeri. Po seç ka diçka që më tërheq". - i thoshte vetes herë-herë.

"Por ai... Ah, ai nuk të lë kurrë aq kohë sa të mendosh". - arriti të mendojë në çastet e fundit kur e mori në krahë dhe po e puthte pa fund.

- Unë nuk bëj gjë tjetër veçse thith mjaltë nga ty. - i tha një herë teksa ajo e habitur i kishte thënë:

- Po ç'është kjo magji që më bën ti, o zot? Ti thith mjaltë e më jep mjaltë... Sa shumë!

Dhe harroheshin në marramendjet e tyre pa u kujtuar që koha kalonte...

Në atë qetësinë pas delireve të ëmbla, ajo ndjeu një dritë t'i depërtonte qepallat e mbyllura.

- Shtsht... Rri edhe një herë ashtu. - i buzëqeshi ai duke fiksuar foton më të bukur të jetës së saj.

- Ja, shikoje....

Iu mbushën sytë me lot aq sa nisi ta dojë edhe veten më shumë në atë foto.

- E mrekullueshme! Pse unë jam këtu? - fliste ëmbëlsisht e më pas u justifikua - Dashuria për ty më bën më të bukur.

Fjalët e tij i ngacmojnë lëkurën dhe një herë i tha:

- Fol, fol sa më shumë... Se dua ta puth këtë gojë të bukur.

- Më bën ti të flas kështu. - iu përgjigj mirësisht.

Por në çastet kur ai nuk flet shpesh ndihet keq.

- Të dua! - pëshpëriti.

Ai nuk foli.

- Ç'u bënë fjalët e tua? Apo erdhi koha të më kthesh kurrizin në atë egoizmin mashkullor?

- Shtshtsht...

Dhe i bëri shenjë t'i mbështetej në gjok.

- Oh... Çfarë foleze më ofron ti... - qeshi ajo.

Pastaj nisin ato lojrat e bukura si fëmijë. Edhe ngacmime, edhe humor... diçka e bukur, por sërish mledhur në aq enigma, sa secili ndihet vet i dytë me një vetë të parë pas vetes.

Qeshin të dy me këto lojra fjalësh.

Por në ajrin e dhomës mbeten fjalë dashurie si tullumbace shumëngjyrëshe festash.

- I plasim një nga një? - propozoi ai duke qeshur.

- Jo! - tha ajo vendosmërisht - I dua këtu, mbase do t'i marr me vete.

Po vërtet, ka diçka që frenon. Ai? Ajo? Apo të dy?

"Shtsht, shijoje sa e ke! Gëzoje çastin me të....". - i thotë vetes duke larguar çdo mendim tjetër që i vjen në kokë.

"Jam ende këtu, me ty". - duket se i thotë ai me sy.

- Por tani duhet të iki. - tha duke ulur sytë.

- Ku? - tha ajo si pa dashje.

U përqafuan sërish.

Sa të shkurtëra iu dukën minutat me të... Vërtet të ketë dy standarte për njësinë që mat kohën?

Po gjithë nata para?

Nuk mund të flinte kështu ajo. Kishte ftohtë. I dukej se po kthehej në një trup të bardhë e gjer në mëngjes do bëhej një skulpturë. Dreqi e merr vesh sa e bukur, a sa e trishtuar do dukej!

Vuri të dëgjonte muzikë pa asnjë lloj shërimi...

Por ai duket të jetë ende aty, pranë saj, me gjoksin e ngrohtë duke e mikluar përsëri e përsëri, atë lloj joshjeje që ajo thuajse nuk e kishte ndjerë kurrë më parë.

Mëngjes i ftohtë vetmie.

"Gjërat e bukura zgjasin pak. Por janë të çmuara". - mendoi duke i dhënë kurajë vetes për t'i risjellë një buzëqeshje ditës që vinte.

Vishet të iki fizikisht larg, por shpirtërisht mbetet aty, në mes të luftës së të kundërtave.

Në ajrin e dhomës ende përkunden tullumbacet shumëngjyrëshe. Zgjat dorën t'i marrë dhe qesh një çast.

"Kur të vij përsëri, dua t'ju gjej këtu".

Dhe ikën larg...

28.12.2017

ËSHTË PJESË E SË TËRËS

Po nuk e di, vërtet nuk e di nëse e kupton si mund të fle unë me përshëndetjen tënde për një natë të qetë e të mbarë.

Ah, po sa ditë e bukur më pret kur më zgjon ti, po këtë e di?

Zërin ta ndjej menjëherë, e kuptoj në dhjetra zëra e kur më thua: "mirëmëngjes", dita më ngre qepallat. Nuk më vjen keq se më lë ca ëndërra përgjysmë, se ëndërra më e bukur je ti. Por tek të shoh edhe atë fytyrën që buzëqesh, mëngjesi merr përmasë të re. Dhe i prin ditës ashtu si dua unë. Ndaj të them që fati im je ti dhe mos ndalo së qeni ti!

E di.

Shpesh ndodhin edhe mërzi, sepse asgjë mes nesh nuk ka përmasë, nuk ka kufizime. Janë ca momente sa një jetë e tërë. Si për shembull takimi i syve në ndarje. E di që ke ulur kokën trishtueshëm kur nuk ka ndodhur. Po ka përmasa të tjera që e kanë zëvendësuar, ai moment ka mbetur pikë e vogël në një det të madh ndijimesh.

- Po mirë, asnjë sekondë nuk mund të gjeje për një kthim koke?

- ...

- Nuk e di. Unë e prita pa fund atë çast që nuk erdhi. M'u duk se ma more zemrën nga kraharori dhe ike. Në shtëpi hëngra një ëmbëlsirë, si për të larguar gjithë atë hidhësi që më mbeti. Po lotët nuk i mbajta dot.

Më duhet shpesh të të kuptoj, ndaj të hodha dorën mbi flokë si për një lloj marrëveshjeje.

- Ka aq kuptim ai vështrim i heshtur në ndarje, sa për mijëra fjalë... Nuk e di, por unë të dua dhe habitem si nuk më kupton.

- Po loton prapë?

- ...

Kujtoja mbrëmjen e shkuar kur përballë njëri- tjetrit shihnim sy të përmalluar që flisnin, ndërronin ngjyrat si fjalë dhe nxitonin nga ankthi se po mbaronte koha e përkushtimit.

Trazim i bukur, ëndje, buzë të fryra nga dëshirat e prekjes, duar të bashkuara në një kryqëzim të mrekullueshëm. Gishta kapërthyer si degëza pemësh. Dhe në ato çaste trupat emetojnë atë aromën e jetës që çon në drithërima shpirti, në ngërçe frymëmarrjesh të shpeshta dhe aritmi të bukur.

Sa shumë për të thënë, por asgjë s'u dëgjua!
Heshtje...

- Ty t'u duk e bukur ajo heshtje?

- Po, shumë! Sepse ajo heshtje flet më shumë se fjalët. Ti do fjalë?

- Po, edhe fjalë, siç flisja unë...

- Kurse unë... Te pashë gjithë kohës në sy. Asnjë çast s'më shkoi kot.

- E di, se edhe kur nuk të shihja, të ndjeja.

- Të flisja me sy...

- Edhe këtë e di.

- Po përse i doje fjalët? Fjalët janë kur je larg. Kur je pranë ka shikime, ka prekje, ka miklime më bukur se fjalët. Ashtu si ajsbergut që një pjesë i shihet. Nën-të të tjerat kërkoi e gjeji tek unë. Në çdo centimetër ledhatova lekurën tënde e mora jetë...

- E di edhe këtë, mos më çmend. Do të më joshësh?

- Jo, nuk e kam qëllim, aq më tepër tani.

Dhe heshta një çast.

- E di pse hesht unë?

Më pe në sy si për të mos pranuar përgjigjen me frikën se mund të të lëndonte. Një ankth i bukur të lodroi syve.

- Sepse nuk e di nëse të meritoj apo jo. Kur flet, unë hyj në guaskën tënde e dua të bëhem ti. Por nuk di nëse bëhem dot aq shpirtmadh.

- Kush ta ka kërkuar këtë? - the sikur kërkove llo-gari disi e lehtësuar.

- Askush! Por në çdo shkëmbim, gjithçka është re-ciproke. Vërtet dashuria nuk ka njësi matëse, as kilo-gram, as metër, as... Por çdo monedhë ka një vlerë.

- Nuk ndihem mirë kur flet kështu. - the kokëulur dhe ece para.

Drurë lëkurëbardhë zgjatur drejt qiellit si duar që luten ishte ai pyll ku këmbët tona shkelnin gjethet e thata të verës që shkoi. Vetëm ajo zhurmë dëgjohej.

- Më mblidhet një nyje në grykë, më pengon të marr frymë. Dhe në atë çast më duket se vetëm vetmia më shpëton. - the.

- Më duhet të iki. - thashë që të ishe mirë, por me pak dhimbje.

U ktheve papritur, më dhe një përqafim nga ata të "egrit" dhe një puthje që më la pa frymë.

Pëshpërisje aty thellë qafës sime. Pëshpërisje ca lutje që unë nuk arrija as t'i dëgjoja, as t'i kuptoja.

- Sa të lumtur ishim!... - the pa iu drejtuar kujt.

- Dhe do jemi përsëri! - thashë në pëshpërimë si të qe një bekim i bukur.

E pastaj ecëm dorë për dorë me gishtat shtrënguar. Me një dëshirë; të mos shkëputeshim më.

E kam vendosur, për festa do të të blej një peshqir bardh e kuq krishtlindjesh, që çdo mëngjes, kur të fshish fytyrën e bukur të më kujtosh, të vësh buzën në gaz në pasqyrë duke pëshpëritur emrin tim...

17.12.2017

SEKRETET

- Thuajmë një sekret që e di vetëm ti. - the duke qeshur.

Më pe të habitur, erdhe pranë, më hodhe duart në qafë dhe më pe ngultas në sy, thua se hetoje të vërtetën që do thosha.

Ktheva sytë nga dritarja për të menduar atë që duhej të thosha. Më tunde si për të më përmendur dhe këmbëngule me atë çapkënërinë tënde.

- Kaq sekrete ke ti?

Vura buzën në gaz dhe pashë që kishe veshur bluzën time.

Sa më shijoi ai afrimitet!

- Sigurisht që më duhet të mendoj, sepse nëse e dinë dhe të tjerë nuk është më sekret. Po ja...

U pamë në sy dhe u puthëm përsëri. Sapo kishim zbritur nga parajsa dhe njerëzit që andej vijnë më të bukur, më të qeshur, më të çiltër.

- Më jep një shembull nga sekretet e tua dhe do të të ndjek me të miat...

M'i hoqe duart nga qafa dhe m'u duk sikur këtë kishe pritur, të më tregoje diçka.

Te dritarja mënjanove perden me delikatesë dhe pe larg, shumë larg... Diçka nuk po më fliste për mirë.

Të erdha pas dhe të mbështeta në gjoks shpinën e ngrohtë. Të qarkova belin me duar dhe t'i kryqëzova mbi barkun e bukur.

- Më thuaj, pra!... - u bëra kurioz i paduruar tek ndjeja që diçka më digjte në kraharor, një ankth që nuk di sa do mund t'i priste fjalët e tua.

Një frymëmarrje të thellë e ktheve në psherëtimë...

- Ç'ke? Ma thuaj, sido që të jetë. Mos më lër të mendoj vetë... - këmbëngula.

Më ike lehtas nga duart dhe u ule në kolltuk. U rehatove dhe pa më parë në sy pëshpërite:

- Kam bërë 180 kilometra rrugë me autobus të takoja dikë. Më tha se do më priste vetëm një ditë dhe atë ditë unë e bëra rrugë për të takuar njeriun e ëndërrës.

- Edhe?

- Nuk e kupton?

- Pate zhgënjim? Njeriu sheh shumë ëndërra në jetë, nuk është e thënë të dalin të gjitha.

- Jo, jo, nuk ishte zhgënjim. Por kishim kohë vetëm për një çaj. Kaq. Pastaj ai iku dhe nuk u pamë më, humbëm...

Qeshja dhe të shihja në sy. Të mora kokën e të putha. Buzët i kishe të nxehta, sytë tejet të lagur. Të bëja xhelozin apo...

- Edhe unë mund të kem sekrete, por s'do të thotë që kujtimet dhe ëndërrat e parealizuara të këtij lloji, të na mposhtin, të na fshijnë ëndërra të tjera që lindin rrugës.

- Ufff, ti nuk kupton...

U ngrite dhe vure të bëje një çaj. E ndjeja veten të çvlerësuar teksa nuk mund të mbushja atmosferën që solle papritur.

Më erdhe pranë me dy filxhanë çaji dhe ndjeva gjunjët të preknin të mitë. Pastaj më preke dorën dhe ma mbajte në tënden. Kryqëzuam gishtat...

- Ke ftohtë?

- Jo, jo...

Me dorën tjetër mbanim filxhanët. Rufisnim herë pas here dhe shiheshim në sy. Shihja si gjoksi yt frynte bluzën time dhe ndihesha mirë. Diçka do mbetej aty.

Shpresoja...

- Do dal të bëj një njeri bore! - kërceve përpjetë befasisht - Ti do vish?

- Unë nuk di, nuk jam skulptor. - qesha.

- As unë. Dikur kam konkuruar... Po një njeri do ta bëj atje poshtë, në oborr. Do t'i jap nur kësaj godine...

Dhe qeshje me zë të lartë.

U veshe mirë, vure kapuçin dhe zbrite me vrap. Të kisha zili për gjithë atë energji. Rrija pas dritares dhe shihja si punoje. E merrje borën sipër e sipër, të pastër gjersa bëre një kon të madh.

Për hir të së vërtetës, tek unë diçka nuk shkonte. Kisha një lloj ankthi për çpo bëje. Më dukej se tani do më tregoje si ishte njeriu që të kishte lënë aq peng. Vetëm një çaj...

Tek i bëje tiparet, herë gjeja veten, herë atë "njeriun" e kujtesës tënde.

Po ndjeja ftohtë... Duart e tua më fërkonin mollëzat e faqeve, pastaj gropëzat e syve, vetullat. Ngrije kokën dhe qeshje. Ta ktheja buzëqeshjen i vrarë thellë në shpirt. Po më injektoje një ftohtësi të çuditshme, sepse ndjeja që isha unë në duart e tua.

Pastaj... Pastaj si nëpër ëndërr pashë si nga një këllëf jastëku që kishe marrë me vete nxore bluzën time dhe ia veshe. Pastaj shallin, syzet, kapuçin tim.

U ktheve nga unë, qeshje duke më treguar njeriun që sapo kishe bërë... Herë më dukej vetja, herë më dukej ai që do doje të isha.

Tek po vije brenda doja të të ndiqja pas. Po s'di me ç'pranga isha lidhur dhe nuk mundja. Peshë dëbore mbi mua. Ndjeja të largoheshe duke qeshur e duke më puthur me dorë së largu.

- Ky nuk është qyteti im! Kam ardhur të të takoj ty, njeriun e ëndërrës sime. E pimë edhe çajin...

Të ndjeja buzët mbi të miat. Akull... S'po e ndaja dot kush isha.

"Jam zbardhur, ka kaluar kaq kohë, jam bërë njeriu prej bore që lozje ti dikur, por kujtimet nuk i kam fshirë. Më mbeti merak që nuk ta thashë sekretin tim atë ditë. Ishe i vetmi njeri që doja".

17.01.2016

PORTRETI I GERMAVE

E shihja tek llastohej e përkëdhelej mbi çarçafët e bardhë dhe më dukej si një Lolitë tjetër e Nabakovit. I ngjante në lëvizje, por jo në pamjen e njohur, jo në moshë.

Vetëm e shihja, e lija të fliste, të më shihte, të më intrigonte. Ishte një pre që e nxiste vetë grabitqarin. Sigurisht më pëlqente një lojë e tillë. Buzëqeshja duke e parë, duke e përpirë me sy.

Ajo e ndiente këtë. Ia dinte vlerat vetes dhe lozte mrekullisht me nazet, me fjalët, aq sa më dukej se po më bënte lojra fallxhorësh gjersa të më ftonte si mashkull e më pas të tallej me mua. Por ishte shpejt, vërtet shpejt për të më sunduar mendjen. Kërkoja të blija gjithë ç'kisha lënë pa blerë gjer në atë çast. Kishte kohë që e doja, përshtateshim mrekullisht. Femër që nuk i mbaronte ëmbëlsia. Rrallë heshte në mërzi që shumicën e rasteve i fshihte në vete.

Pastaj sikur reshti pak. M'u duk se lojrat e nazet kishin mbaruar. U bë serioze, më pa në sy dhe pyeti:

- E di që edhe germat në mënyrën si janë paraqitur grafikisht diçka shprehin?

E pashë me një lloj habie dhe nuk e mbajta dot të qeshurën.

- Ahaha, vërtet? Pa hë një herë, më interpreto disa... Të di të kuptoj dhe unë. Apo është lojë tjetër nga ato të tuat?

- Jo, jo! Vërtet.

E përpija me sy atë femër që me elegancën, me veshjet joshëse dinte të kthehej në një lodër të bukur e të më bënte të shkrihesha në atë që dhuronte dhe merrte nga unë.

E veshur me këmishë gjumi që i linte gjoksin goxha zbuluar dhe aq të shkurtër sa për të më tërhequr sytë në atë që kishte lënë fshehur nga hiret e saj.

- Mjaft tani, të lutem! Po bisedojmë dhe ti, bishëza ime tërheqëse duhet të më dëgjosh me vëmendje. Pastaj, pastaj... - më frenonte sulmet e ëmbla e mikluese.

Erdhi më pranë, më mbështeti kokën në gjunjë dhe sikur të lexonte yjet, por edhe me frikë mos e tallja nisi të fliste me sytë fiksuar në cepin e sipërm të dritares.

- A... Germa e parë e alfabetit. Tregon një njeri të gëzuar që brohoret me duar e këmbë hapur...

- Uau!... - habita unë duke qeshur.

- Shttt!... Mos më ndërpre! Në fund më thuaj nëse e kam mirë apo gabim.

- E mirë, mirë. Vazhdo!...

- Shtttt! - tha prapë dhe u kthye më puthi fort, si për një lloj marrëveshjeje dhe zuri sërish pozicionin e parë.

- B... Ekziston në mirëqenie, një njeri me kokë e bark të madh që ecën plot prezencë....

Mezi mbajta të qeshurën, por nuk e ndërpreva.

- C... Një uri krize, trup i përkulur, por jo i përulur. A nuk mendon se ngjan me shumicën?

- Shttt! - e imitova, i pushtova fytyrën me pëllëmbën time të madhe dhe e lashë të vazhdonte.

- D... Një gjë e trashë kokë e këmbë, të pandarë.

- Ehë... - aprovova.

- E...

Nuk durova, e përfshiva në gjoks duke qeshur e duke u rrokur në shtrat. Ajo përpiqej të fliste, unë e puthja për të mos e lënë të vazhdonte me gjithë alfabetin. Kishim kohë për të komentuar shumë gjëra. Tani... Po, po! Tani doja të rrokesha me të, të jepja e të merrja ëmbëlsi pa fund. Më duhej një shkak për ta ndaluar, duhej ta gjeja në gabim...

- Harrove Dh! - i thashë.

Qeshi me shpirt.

- E quajte gabim? Ahahaha! Ja ku ta them! Dh, Nj, Xh, Sh, Zh, Th dhe Gj, janë në bashkëjetesë të detyruar... Çdo divorc i dënon edhe me vdekje.

U mendova një çast... Diçka ndjeja se mungonte dhe po mendohesha të gjeja çfarë.

- Ehë!... E di, e di. Do më thuash për Ll?

M'u qesh fytyra. Ajo koketë më kishte blerë trurin dhe komandonte siç ia donte qejfi, por çiltërsisht, aq çiltërsisht sa më vinte të tretesha në të.

- Eh!... po. - belbëzova duke mbajtur të qeshurën dhe veten për të mos e rrëmbyer përsëri në gjoks.

- Variant shumëngjyrësh. - tha duke më parë dinakërisht në sy - Gay, gjini të njëjta. Ahaha...

Qesha me lot dhe shihja të m'i ngulte sytë ëmbëlsisht.

Më kapi duart. Njerën ma vuri në qafë, tjetrën në bel dhe lexoi:

- F... Nisja e një përqafimi...

- E... Vrapon përpara me duar e me këmbë...

- Ah... Domethënë e merr era...

Tundi kokën në aprovim.

- H... Një lloj lisharsi. Të kam thënë? Më pëlqen shumë të lëkundem...

U ngrita nga shtrati, e rrëmbeva në krahë duke e lëkundur. Zuri të shpërndante britma habie dhe gëzimi njëkohësisht, gjersa e ndalova para pasqyrës. U pamë pa thënë asnjë fjalë. Me siguri secili shijonte sipas dëshirës. Por ajo u kthye, më përqafoi fort duke më çuar në shtrat.

Mora ca petale trëndafili që hodhi kur rregulloi shtratin si mjellmë mes zambakësh uji dhe ia hodha mes gjinjve që gufonin dëshirash...

- Eja, mblidhi me buzë! - më ftoi me zë të ulët, sikur nuk donte ta dëgjoja as unë le dikush tjetër.

Ma mbajti kokën në atë luginën e bukur ku priten të rrjedhin burime të mrekullueshëm.

Aroma më rrënqethte dhe kokën e bridhja pa komandë ku mundja dhe ku ma çonte ajo për të përmbushur trillet e saj pa fund.

Në ato çaste trupat ndërrojnë formë, m'u duk se mbi lëkurën e saj germat nuk ishin më germa. Puthjet mbi të shkruanin hieroglife të papërkthyeshme, të padeshifrueshme. Më pas, kur ritmet binin kujtohesha t'i thosha:

- Si shkruhen ata tinguj kambanash që dalin nga goja jote dhe nga goja ime?

- I poshtër... - përkëdhelej duke më shkulur pak flokët si një mësuese e rreptë, për të thënë që gjërat shumë të bukura nuk mund t'i komentosh, sepse u humb magjinë.

E pastaj me sytë e përqendruar:

- K... Një gjimnast që bën fletën. L... Një njeri ulur për të lypur...

- Nuk u lodhe? - e ndërpreva me habi.

- Jo... Pse ti? Të duhen këto, të grishin fantazinë. Për shembull, ç'do thoshe ti për J?

Mendova një çast të gjeja krahasimin më të përshtatshëm. Ndjeva uri.

- Garuzhdeeeee!

- Ahahaaaa! Mendim i mrekullueshëm!

U ngrit e nisi të vishej. E shihja me habi.

- Zbresim poshtë të hamë, se vdiqa.

Qesha dhe e ndoqa i veshur. Garuzhdja kishte bërë të vetën edhe tek ajo.

U kthyem në dhomë pas një darke elegante shoqëruar me verë. Ajo u zhvesh e m'u struk në gjoks.

- Brrrr... Kam ftohtë! Shtrëngomë të të them akoma se ç'bëhet...

- Pas ngrënies ka gjithnjë një dimër të vogël. - përsërita postulatin e saj tashmë të vjetëruar.

E mbështolla në gjoks, e ula lehtësisht në shtrat.

E nxita të fliste që të dergjesha në të qeshura me humorin, ngancmimin dhe shpirtin e saj të paqtë që dinte të bëhej aq fëminor për të shijuar çaste të paharruara naiviteti të sajuar aty për aty.

- Po... Ç'do më thoshe më?

- Hëmm... Nise të bëhesh kurioz vërtet tani, ë?

Qesha duke rregulluar flokët pas veshit e duke e parë në sy me ëndje.

- Po ja... - vazhdoi qetë - M... Më ngjan me një çadër kampingu si ajo e mbrëmjeve të plazhit, ku yjet nuk dukeshin, por yjet i ndjenim.

- Ou! Po... N?

Pasiguria teksa mendohej, iu kthye në një heshtje të bukur.

Ndenjëm ashtu me fytyrat ngjitur. I ndjeja frymëmarrjen e ëmbël, vështrimin ngulmues. Shijoja prekjet dhe pulsimet që ia gjeja kudo në lëkurë.

Tani dukej larg shpjegimi grafik i germave, kishte dëshirë të tregonte për veten. E ndjeja, isha i zgjedhuri si mik dhe si mashkull në jetën e saj. Kjo nuk do të thoshte që të mos i ngulte sytë në një vend e të fliste për veten, që kur vishte e zhvishte kukullat, gjer... Pastaj tregoi për qëndismat, për poezinë, për njohjet, për...

- Po unë ku isha? - e ndërpreva.

Shqiti sytë e ngulur në kohë dhe më pa. U zgjua nga e shkuara, u kthye tek unë.

- Nuk e di... - u përgjigj e hutuar, me një lloj naiviteti që më bëri të vë buzën në gaz.

I kishte rënë një nur shenjtoreje... Fytyrën ia pur-

puronte dielli në perëndim. Ktheva kokën dhe pashë hijen time zgjatur mureve të dhomës në trajtën e një murgu...

Lëviza... Lëviza t'i prishja ato figura që s'më pëlqenin dhe për pak i thashë: "nuk mund të bëhem perandor duke pushtuar pjesë, por të tërën".

E tërhoqa në gjoks.

U struk sikur mezi e kishte pritur atë çast.

- Më ler të fle pak këtu... - tha me lutje.

E pashë disi i mërzitur, me kureshtje nëse e kishte seriozisht.

- E unë... ç'duhet të bëj? - e pyeta si për të mos e lënë të flinte - Të gjej ç'bëhet me germat që na mbetën?

- Ti? - u mendua pak duke më parë në sy - Thur ca ëndërra e m'i trego pastaj që të zgjohem...

U kthye mënjanë me veshin mbi zemrën time dhe pëshpëriti:

- Sa kohë kam pa fjetur...

- Sa? - pëshpërita lehtë, si për të thënë se s'isha unë që pyesja, por dikush që ajo donte t'i tregonte.

- 6... - tha dhe ra në gjumë.

E shihja ëmbëlsisht tek merrte frymë nëpër ëndërra. Qeshte, vrenjtej, qetësohej... Më dukej sikur kisha detyrë të zbuloja çfarë rrëmuje bëhej në kokën e saj të bukur.

Me kujtimet më joshi të kujtoja edhe unë. Kujtoja se për të dalë në tokë u ndala në çdo ishull që më doli para. Si një Odise tjetër...

Çdo gjë kishte mbetur larg, por e paharruar. Kisha gjetur tokën e premtuar. Më flihej. Doja edhe unë të çlodhesha e në zgjim të thërrisja: "Eureka!... Eureka!".

Nuk mund ta bëja. Më duhej të thurja ëndërra për t'ia treguar. I donte ëndërrat. E shihja shtrirë me kokën mbi barkun tim. Ishim pingul me njëri-tjetrin, si një T e madhe.

"Ç'të jetë kjo T?".

Herë-herë më dukej si vend kryqëzimesh, pastaj...

"Trishtim?" - nisa interpretimin vetëm e nuk më erdhi mirë.

Ajo lëvizi ngadalë dhe pëshpëriti:

- Jo, jo! Nuk është trishtim. Është kohë, koha ime për ty! Është koha jote për mua...

U shtriq si një mackë ledhatare, më hodhi duart në qafë dhe më tërhoqi nga vetja...

Po errej.

Por dukej se ajo pasdite vjeshte nuk do mbaronte aq shpejt...

08.09.2016

DHURATA E VONUAR

E futi çelësin në derë, po ndjeu që u hap vetëm gju-
hëza dhe pas saj dera.

- Erdhe? - u dëgjua zëri i tij.

- Po, si kalove ti?

- Mirë. Ti?

- Ja, ashtu... Pak e lodhur.

Ai zgjati kokën nga dera e banjës dhe ajo i pa fy-
tyrën me shkumë rroje.

- Do ikësh gjëkundi kështu?

Ai i buzëqeshi dhe iu afrua ta puthë.

- Më ler, do më bësh me shkumë. - i tha pa shumë
qejf nga lodhja dhe një dhimbje koke që nuk i ishte
ndarë gjithë ditën.

- Jo, nuk do iki gjëkund, por më ka marrë malli
për ty. - i pëshpëriti ai në vesh sikur s'donte t'i dëgjo-
nte njeri tjetër.

Ajo u ul dhe po hiqte çizmet me përtesë. I vuri në
dollap, hoqi xhupin dhe u plas në kolltuk me një më-
nyrë që tregonte se i duhej pak qetësi.

U dëgjua zhurma e dushit në banjë.

- Të ka ardhur një pako nga larg. - thirri ai.

- Pako?

- Po, duhet të jetë libër. E ke mbi tavolinë. Nuk e hapa, prita ta shijosh vetë surprizën.

Nuk përtoi të ngrihej e të shkonte ta merrte. Gjithnjë surprizat janë të bukura dhe i drithëroi shpirti teksa mendoi se dikush ishte kujtuar për të.

U ndje mirë.

Të panjohur qenë edhe emri edhe adresa e dërguesit. E hapi me ankth. Në zarf qe një zarf tjetër lidhur kryq me një fjongo të kuqe. Iu duk se dikush po luante me të. Ç'ishte ky paketim pas paketimi?

E hoqi fjongon pa asnjë delikatesë nga nxitimi dhe pa... Atë, librin e premtuar prej kohësh. Iu drodhën duart një çast duke mos ditur ç'të bënte. Mbi kopertinë ishte fytyra dhe emri i tij, njeriut që dikur i kishte dhënë aq shumë ndjenjë e përkushtim.

I erdhi çudi. Akoma e kujtonte ai?

Nisi të kthehej pas në kohë me mall për çdo gjë.

- Librin me gjithë çfarë shkruan për mua e kemi 50% me 50 %, ë? - i kishte thënë dikur.

- Sigurisht. Është i tëri kushtim për ty! - i kishte ardhur mirë atij.

Dhe ishin përqafuar duke qeshur. E ngacmonte shpesh duke i thënë në ditët që takoheshin:

- Sot me siguri do kemi ndonjë nga ato, ë? - dhe i shkelte syrin ngacmueshëm

- Po, poo! - bënte ai si me qesëndi dhe ndaheshin.

Dhe vërtet, mbrëmjeve ai postonte tregimin e radhës, të shkurtër, një ditar me gjithë ç'kishin kaluar atë pasdite.

Ja pra, e paskish botuar!

Iu përzien dy ndjenja të kundërta dhe u kujtua që njeriu me të cilin kishte zgjedhur të rronte tani, do dilte nga dushi e do ta pyeste çfarë kishte në pako.

Nuk kishte asnjë mundësi ta ndërronte... Por dhe asnjë fjalë si mund të justifikohej për një dhuratë të tillë nga dikush të cilin ky nuk e njihte dhe vetë ajo nuk i kishte folur kurrë. Gjithsesi...

- Hë, e hape? - u dëgjua zëri i tij.

- Po, po! - mezi foli - Libër nga një mik. Dhuratë...

- Ouuu, pa hë, nga kush? - doli ai nga banja i mbështjellë me peshqir - Se s'ke as ditëlindjen sot.

Ajo ia tregoi pa i folur.

- Nga një njeri që e lexoja pjesërisht. Më kishte premtuar që kur ta botonte, do më niste një kopje.

- Ashtu? Po adresën nga e mori vesh? - hetoi një çast ai duke e parë drejtpërdrejt në sy.

- Nuk e di, ndoshta e kam në email. - u mundua ajo të ruaj qetësinë.

Ai nuk foli. Nuk iu duk bindëse përgjigja e saj, por diku tjetër dukej se e kishte mendjen tani.

- Bëj dhe ti një dush dhe... çlodhemi pak.

Iu afrua, e përqafoi duke e prekur e ngacmuar.

- E lëmë për në mbrëmje vonë. Tani dua të çlodhem. - tha ajo duke e hedhur librin mbi kolltuk, si të mos e kishte mendjen te çoroditja që i solli.

- Mirë. - tha burri duke e marrë librin dhe duke shfletuar si pa kujdes - Tregime?

- Me sa duket, po! Unë do shtrihem këtu te televizori. Dua të fle pak...

Dhe mori një kuvertë.

Ai e pa me një farë kërshërie.

- Ta marr unë të lexoj ndonjë gjë? - sikur hetoi.

- Po, sigurisht! - i buzëqeshi, por ndjeu ta shponin mijëra thika të holla si gjemba.

E donte vetë atë libër. Tani! Do t'i pëlqente ta lexonte e të çmallej me atë kohë. Por...

Ai u nis në dhomë duke i shkelur syrin. Iu duk si prokurori që kishte marrë me vete ca letra të hetonte për të.

U përpëlit nën kuvertë me gjumin që i ishte trembur dhe me librin që nuk e kishte nën jastëk.

- Uffff... - psherëtiu gjatë.

U kujtua. Me siguri do kishte ndonjë email nga dashuria e saj e dikurshme. Mori me rrëmbim telefonin dhe hyri në adresë.

Asgjë. I erdhi keq, priste që diçka t'i thoshte. Nuk duhet të qe kështu.

U rrotullua nën kuvertë pa gjetur si mund të rrinte të qetësohej. I duhet të dremiste sado pak për të qenë më e qetë pasdite.

Dhe kur gjumi po e rrëmbente, ndjeu se po i kujtohej diçka. I ndodhte shpesh, vetëm një çast qetësie i bënte ristart mendjes së saj dhe i kthente memorjen e munguar.

Dikur përdorte një adresë emaili vetëm për lidhjen me të...

E rrëmbeu sërish telefonin dhe hyri në atë adresë.

Paswordi njësoj. Ai kishte shkruar... I rrahu zemra sakaq e ndjeu qetësi të mirë.

Ooo, sa mesazhe të palexuara gjeti!

Donte t'i merrte me radhë, por pa edhe datat e para një viti, kur ende ishin bashkë. I theri në shpirt. Ndjeu se duhet të kishte qenë më e kujdesshme. Vërtet ishin ndarë, por kjo nuk e justifikonte këtë pavëmendje.

Ishin dashur shumë!

Por një ditë, pas një kohe të gjatë grindjesh nga ato të dashurisë, ajo e thirri për një çaj. Ai fluturoi dhe ajo ndjeu një lloj keqardhjeje për gëzimin e tij.

- Më fal që u vonova! - kërkoi ndjesë duke dashur ta përqafojë si gjithnjë.

Ajo bëri një lëvizje për ta shmangur dhe ia arriti.

Pak i keqardhur iu ul përballë. Tentoi t'i kapte sadopak dorën, të transmetonte pak "lëkurë më lëkurë", siç thoshte. Ajo nuk ia dha. Atij iu bashkun vetullat në ballë në një V të madhe dhe pyeti me fytyrë.

Ajo uli sytë.

- Unë nuk jam zgjidhje për ty. - i tha drejtpërdrejt.

- Si? Ç'do të thuash? - u habit ai

- Atë që dëgjove. Nuk mundem!

- Do të thuash që unë nuk jam zgjidhja jote, sepse këto i vendos unë. Kurse ti të tuat...

Ndezi një cigare dhe ktheu njëherësh gotën e rakisë. Asaj iu duk se ktheu helmin.

Por nuk ndjeu t'i thoshte gjë.

- Kuptoj... Ka hyrë dikush tjetër në mes gjatë kohës që s'kemi qenë bashkë...

Ajo e pa e pasigurtë nëse duhej të tregonte.

- Po. Por kjo s'ka lidhje me ty. Ai vetëm...

- Më thuaj a ke "trak" zemre me të? Tregomë!...

- Nuk e di as vetë. Jam lëmsh në tru. Por pavarë-sisht kësaj, mes nesh më duket se... Se ka mbaruar gjithçka.

Ai u ngrit, pa e zgjatur i thirri kamarjerit të pagu-ante.

- Paç fat! - i tha dhe u largua.

Asaj iu duk se ai kurriz u kërrus brenda minu-tit. Iu mbushën sytë me lot, por mundi të lëvizë e të kthehej në shtëpi.

Aty gjeti e-mailin më të dhimbshëm që kishte lexu-ar deri atëherë. Ishte ndjerë e gjykuar, e fyer, e ofen-duar. Dhe nga kush? Nga ai që e donte aq shumë. I me-ritonte? Vendosi të mos i kthejë përgjigje.

Le të mbyllej kështu.

Kishte nisur t'i analizonte një pas një gjithë ç'tho-shte ai. Diku-diku kishte të drejtë, por shumë herë edhe e tepronte, e rëndonte pa masë.

Nuk dëshironte të fliste me askënd, as me njeriun që mendonte se mund të ishte e ardhmja e saj. Mbylli gjithçka dhe u përpoq të flinte. Nuk mundi. Hapi emai-let e mëparshëm dhe ndjeu sa fort e kishte dashur ai. Sa i ishte përkushtuar...

Por asgjë nuk duhej të kthehej pas.

Iu kujtua tani, aty nën kuvertë dhe nisi të lexonte e-mailet e palexuar.

Ai prapë i kishte shkruar plot dashuri, plot shpre-së se mund të vazhdonin dhe s'kishte marrë përgjigje nga ajo.

Iu mbushën sytë me lot dhe i fshiu me mëngë.

"....Një ditë, kur të bësh dashuri me të, do të të da-
lë fytyra ime. Vërmi duart në faqe e çmallu me mua.
Dhe pas orgazmash, nëse i ndjen deri në palcë, dije
se gjer në palcë më ke lënduar. Paç fat!".

Ishte emaili i fundit nga të vjetrit. Si ai i fundit që
qenë ndarë pas çajit.

Dhe pastaj...

"...Ja ku po të vjen libri. Është gjithçka për ty, siç
ta pata premtuar. Numrin e telefonit e kam ndërru-
ar. Por ç'rëndësi ka kjo, fundja. Dëshiroj të jesh mirë!
Unë jam ai që isha.

Nuk e di, i tregove atij për mua siç më tregove mua
për të? Për hir të transparencës, siç thua ti.

Mbase shihemi ndonjëherë rrugëve të parajsës,
po ti mos u skuq! Të shkruajta ashpër atëherë, që të
mos dhimbte ajo ndarje dhe ta kishe mendjen drejt!

Mirupafshim!".

I dhembi ajo gjysmëironi. Ndihej ende një lëndim
e dhimbje në fjalët e tij. Por edhe një lloj zemërgjerë-
sie...

Qe bërë viti që jetonte me njeriun që kishte në
shtëpi. Nuk ishte ndonjë dashuri e madhe, vetëm ca
marrëveshje që "kënaqnin" të dy palët. Por kishte ni-
sur të ndjente një lloj rezerve e pasigurie që tani dhe
për këtë shpesh nuk ndihej aq mirë.

E futi telefonin nën jastëk. Lotët e kripur sikur ia
ngjitën qepallat dhe e vunë në një gjumë të rëndë.

Vonë ndjeu atë... t'i lëmonte flokët me përkedheli.

- Ke fjetur gjatë. - i pëshpëriti dhe e pa që u shtriq.

Pastaj ndjeu t'i afronte kokën e ta përkëdhelte.

- Kam mall sot. - i pëshpëriti në vesh.

Ajo pa dashje ktheu kokën nga ana tjetër.

Ai këmbënguli, ajo i ndjeu peshën mbi vete. Po i mungonin përkëdhelitë e para një viti dhe rutina po ndihej pak si shpejt. Apo mosha?

Po ai, ish-i dashuri, ky i librit, ndonëse kishin qenë lidhur për dy vjet e ca, asnjëherë nuk i vinte pa e përkëdhelur.

E trullosi ajo dhuratë, e bëri të shihte gjërat më kthjellët. Ja, për shembull, si këto përkëdhelitë që po i mungonin. Por fundja duhet ta argëtonte burrin që tani ishte mbi të. E ndjeu si detyrë dhe për një moment iu duk vetja keq.

Iu mbushën sytë. Sipër nisi të shihte ish-të dashurin e saj. I preku faqet, e përqafoi ëmbël, e shtrëngoi dhe e pranoi ëmbëlsisht mbi vete...

Ndjeu frymëmarrjen e shpeshtuar të burrit mbi të dhe atë çast kuptoi sa ndryshonte nga emailet... Priti siç kishte lexuar, të binte në orgazmë...

Por nuk pa më njeri mbi vete. U ndje si një kafshëz shtëpiake, me të cilën kushdo mund të lozte dhe kur t'i tekej ta linte ashtu mënjanë, mbuluar me kuvertë.

Vonë-vonë, nën dritën e abazhurit lexonte librin e tij. Përlotej në kujtime, kafshonte thonjtë fshehur burrit që flinte i qetë aty, pak më tutje saj...

02.02.2018

MASKA

- Më thuaj, përdor maska? A thua gjithnjë të vërtetën?

Ai uli sytë. Mezi e kishte pritur atë fund jave për të qenë bashkë. Dhe ja, gati po zhgënjehej. Kjo hetuesi e hidhëroi jashtë mase.

Hodhi sytë larg, buzëqeshi humbur duke menduar të përgjigjej apo jo.

Ajo kuptoi që pyetja ishte vrastare dhe për ta ndrequr hapi krahët të tregonte që s'kishte asgjë, nuk do ta gjykonte. Qeshi, ia mori kokën përkëdhelshëm në duar dhe e puthi në buzë. Buzët e tij ishin të ftohta. U drodh për një çast, thua puthi një të vdekur. Ai nuk lëvizi. Ajo u ndje edhe më keq.

- Ti do të vërtetën?

- Po, nëse nuk e ke problem.

Ai u ngrit në këmbë, ndezi një cigare dhe e pa në sy.

- Po! Unë përdor maska! Nuk them të vërtetën, por asnjëherë nuk gënjej.

Asaj iu bë një rrudhë në ballë. Një rrudhë habie. Mbase nuk e priste të përgjigjej kaq me sinqeritet, kaq drejtpërdrejtë. Por në çast kuptoi se nuk po e shtjellonte dot, po i ngatërroheshin logjikisht.

- Ç'do të thuash?

- T'u përgjigja për çfarë më pyete.

- Edhe? Nuk m'u duke fort i qartë.

Ai buzëqeshi të mos e lëndonte atë qenie të brishte që i ëmbëlsonte ditët. Por ka ca gjëra që...

- Qartë fola, qartë! Po me siguri doje përgjigje tjetër për të qenë e qetë, e sigurtë edhe po të qe gënjeshtër. Ajo u ngrit dhe i shkoi pranë. E ktheu nga vetja, i pa fytyrën e bukur. Dukej që sapo kishte marrë një plagë.

- Ti nuk vepron kështu? - e pyeti ai.

Ajo ngriti supet si për të kërkuar sqarime të tjera.

- Po ja, - vazhdoi më ton gjysmëshakaje - u ngrita, u lava, hoqa mjekrën që më ishte rritur. U bëra i bukur për të ardhur te ty. A nuk është kjo një maskë?

Ajo u lehtësua, nisi të buzëqeshë. Ai bëri dy hapa si për t'u larguar edhe ca e të mos e linte t'i afrohej.

- Pastaj u spërkata me parfum. Ti e di që kjo nuk është aroma ime, apo jo? Të pëlqen? Sigurisht, sepse ma ke dhuruar vetë.

- Ah... Ti do të thuash se të kam dhuruar një maskë?

- Në një farë mënyre, po!

- Të gjithë njerëzit...

- Të gjithë vënë maska. - u kthye ai triumfator që i doli e vetja në logjikën që kërkonte.

- Edhe? - nuk duroi ajo.

- Edhe kjo që po them është e vërtetë. Pra, them të vërtetën për gënjeshtrën që përdor.

Ajo u ndje e trishtuar.

- Dhe poetët u këndojnë maskave. "Parfumi yt e ëmbla ime...".

Ai nisi të qeshte. Në pyllin ku po ecnin, e qeshura kumboi aq sa shkundi gjethe mbi supet e saj. U ndje e frikësuar. Ky njeri sesi po i dukej. Nëse ishte gënjeshtar, atëherë këto që po thoshte ishin shaka dhe do bëhej përsëri ai që priste ajo. Në qoftë se qe i vërtetë... Po edhe nëse do ishte i vërtetë, nuk do kishte kaq rrezik, se fundja... Po i ngatërrohej çdo mundësi që t'i dilte logjikës në krye.

- Ti flirton? - e pyeti drejtpërdrejt ai.

- Çfarë? Ç'do të thuash? - e pa ajo e frikësuar.

Ai qeshi për ta qetësuar.

- Ti lyhesh e zbukurohesh çdo ditë kur del nga shtëpia. Përse?

- Është rit, domosdoshmëri e femrës, një paraqitje e rregullt, e bukur. Unë...

- Për kë duhet të dukesh e bukur?

- Për ty! - tha vendosmërisht ajo.

- Po ne jemi kaq larg...

- E megjithatë unë rroj me ty, unë flas me ty gjithë ditën. Qesh me ty... Nuk më beson? Të dëgjoj dhe kur nuk flet...

- Mirë, mirë! Mos u mërzit...

E mori në gjoks dhe e puthi lehtë si pajtim për gjithë ç'kishin shkëmbyer.

- Unë nuk jam kaq e vogël sa më trajton ti...

Ai i hodhi dorën në qafë.

Ecnin qetë, pa folur gjarpërimeve të pyllit...

GRINDJA

- Alo, alo! Nëse mundesh, eja më merr te...

Ishte telefonata që trembi gjumin e asaj pasmesnate të lagësht. Nuk arrita të pyes ç'kishte ndodhur.

Në dhomën e mobiluar thjesht mungonte një frymë, një aromë që më linte gjysmë e më kishte dhembur thellësisht në shpirt.

I kisha ndjerë takat që kërcisnin në parket, por më dukej sikur ecnin mbi shpinën time dhe gjurmët që linin në lëkurën e nxirë nga dielli i verës që shkoi, mbusheshin me ujin e shiut që kërciste pas xhamave. E ashtu, në atë marramendje të trishtë më kishte zënë gjumi i rëndë. Endërra gri, diku të pakuptimta, diku të pashpjegueshme e diku-diku copa qelqesh të thyera. Por ngaqë nuk besoj në ëndërrat e gjumit, nuk mund të gjykoja nëse ishin nga gjendja me të, apo ashtu krejt të rastësishme.

Veshur rrëmbimthi, me çadër në dorë mbërrita te makina dhe nxitova për te vendi që më la. Po zgjohesha dhe po merrja veten. Vilarë uji nga pellgjet e rrugës spërkasnin trotuarët e herë-herë kërcenin si shuplaka mbi xhamin e makinës. Nuk mund të mendoja çkishte ndodhur për një "urgjencë" të tillë, sido që të qe grindja e ca orëve më parë. Ndriçimi i rrugëve më dukej i zbehtë. Shpesh kujtoja veten në një nga ato ëndërrat gri, lënë në mes, që as doja t'ua dija fundin. Mund të ishte i bardhë, por mund të ishte edhe i errët.

Dita nisi e bukur, por unë e dija që në një lidhje ndodhin edhe gjëra të tilla, sidomos kur në mes ka jetë e pasion. Një lidhje e zbehtë ka ngërç në vetvete, nuk arrin të bëhet grindje. Mbaron me heshtje apo me një lloj tolerance që e vret, e bren lidhjen pa e ngarkuar me tensione. Po kjo ishte ndryshe.

Arrita në vendin që më tha dhe e gjeta në një cep. Ishte e zbehtë. Vijëzat e zeza në faqe dukeshin si mbetje ngashërimi. Dukej edhe më e bukur. Një përqasje e Monalizës në ndriçimin e dobët të barit.

Shiheshim në sy e flisnim në heshtje. Nuk e kuptoja ç'thoshnin sytë e saj. Kërkonin ndjesë, apo?...

Në tavolinë dukeshin gjurmët e klientëve të mëparshëm, katër filxhanë e katër gota pijesh të forta. Pranë saj edhe dy gota më shumë që tani po i rrethonte me duar si të ishin të saj.

Rrudha vetullat për të pyetur ç'po ndodhte.

Aprovoi më kokë. Kishte pirë.

- Edhe dy "Margarita"! - porositi kamarjerin.

Iu ula në krah dhe ndjeva që më mbështeti kokën te supi. I hodha dorën në qafë si në përkëdhelje. Ndjeva lëkurën e ftohtë dhe më erdhi keq. Kisha përgjegjësinë time për atë gjendje, sido që të kishte qenë grindja.

Kur nuk e prisja, nisi nën zë një melodi të trishtë.

- Sa ke pirë? - e pyeta butë, me shpresën se do më përgjigjej.

U kthye më pa në sy. Më rregulloi flokët, më fshiu me llërën e bukur shiun që kullonte nga balli.

- Shëëttt... - bëri ngadalë e nisi të fliste në gjuhë të huaj.

Nuk e shquaja dot nëse ishte greqisht apo spanjisht. Për çdo pyetje që i bëja ashtu më përgjigjej.

Tokëm gotat me "Margarita" dhe vazhduam bisedën e pakuptimtë. E lashë të fliste ashtu...

Ndenjëm gjatë.

Më në fund u ngritëm të iknim. E kapa në bel ta ndihmoja të ecte drejt gjer te makina. Dihaste. Nuk e shquaja dot, qeshte apo qante në ato dihatje.

Në makinë nisi të më puthte si kurrë më parë. Më lehtësoi dhembjen e shpirtit. Grindja e disa orëve më parë mbeti e largët.

- Ke nevojë për dush. - i pëshpërita tek po zhvishej në shtëpi.

Nuk reagoi. Këmbët e çuan nga banja, më tërhoqi ëmbëlsisht edhe mua. Uji ngrohte lëkurën e saj të bukur dhe zbukuronte shpirtin tim. Ndihej femër, ndihesha mrekullisht mashkull. Fërkonim njëri-tjetrin dhe qeshnim në një lumturi zanafille, thua ishim vetëm ne të dy në këtë botë, dy qenie që dëshironim pa fund njëri-tjetrin...

Siç ishim ngjitur, u zgjuam në heshtje. E pyeta sërish me sy ç'kishte ndodhur.

- Është mirë të mos dish asgjë më shumë...

Më foli në vesh dhe m'u struk në gjoksin që ulej e ngrihej qetë nga fryma që më jepte...
11.09.2016

SI KUSHDO TJETËR

Koha kaloi pa u ndjerë dhe shpesh në tavolinë kujtonim fillimet e njohjes hap pas hapi. Një lloj dobësie për të shkuarën i hidhte dritë fytyrës së saj, e bënte më të qeshur, e bënte më të bukur.

Arritëm të flisnim më shpejt e më shumë, si për të treguar kush mbante mend më shumë ndodhi nga njohja, më shumë "ç'më e the e ç'të thashë".

Shpesh kjo më dukej kohë e humbur, duke menduar se gjëra të tjera, edhe më të bukura mund të shijonim pranë njëri-tjetrit. Heshtja për ta shkurtuar atë kohë, po s'di pse zgjatej pa dashje.

Gjithsesi ndjehesha mirë kur ajo qeshte e lumturohej nga kujtimet. Kapeshim për dore për të zënë radhën e të folurit dhe qeshnim.

Dukeshim si dy të verdha veze brenda një aureole gjigande, guaska që na ndante nga bota. Aty loznim, flisnim, aty prekeshim aty edhe ndjeja të bëheshim të bukur. Sytë e saj flisnin edhe më shumë.

I prisja takimet me të me një lloj ankthi që më dukej se qe bërë pjesë imja. I prisja të përqafoheshim e shtrëngoheshim te njëri-tjetri, siç vetëm ne po e shijonim. Por shpesh qeshja tek më kapte "mat" shikimet që i hidhja nga koka, në këmbë për të shijuar edhe me sy hiret e saj.

- Ç'ke? - më pyeste buzëqeshur.

- Mos u kthe kaq befasisht. Lërmë të të kundroj edhe pak më shumë, të thur ëndërra të tjera!

E kuptoja nga sytë që ndjehej e mikluar. Më siguri edhe ajo kishte ëndërrat e saj.

Pas shkëmbimit të shumë letrave, tani sigurisht kishim ç'të thoshnim. Na kapte shpesh një lloj bisede për meremetime ndërtimesh të vjetra, rrënuar nga koha. Atëherë heshtnim të dy me sytë fiksuar diku dhe vetëm një prekje e "padashtë" na zgjonte.

- Diçka doje të më thoshe...

- Jo, jo! Asgjë...

Nga të dy, më shumë gaboja unë. Sepse ndjeja padurim për ta pasur pranë, e dëshiroja pa fund. E kundërta më dukej se ndodhte qëllimisht. E këto çaste shpesh mbaronin me një lloj "vrarjeje", që secilit i dhimbte në mënyrën e tij.

Në fjalor nuk flitej kaq shumë për dashurinë, por me siguri do ishim prekur nga ky virus, pa ia përmendur njëri-tjetrit me fjalë.

Pastaj takoheshim në një lloj mirëkuptimi dhe paqeje, sikur çdo gjë të ishte e pritshme.

- Ti m'i zbardh e ti m'i nxin netët... - i thashë një herë tek i mbaja kokën në duar.

Më çukiti një puthje të shpejtë dhe u llastua. Sa i shkonte ajo sjellje! Dukej si fëmijë që mezi priste të më kishte afër. Pas çdo puthjeje më fshinte buzët si për të marrë e për të kthyer përsëri nektarin.

- Pse e bën? Nuk mbaron ëmbëlsia jote!

- Dua të kem mundësi të të puth përsëri. Kam frikë se velesh... - më thoshte duke parë me vëmendje si do të reagoja unë.

Sa herë bënim dashuri, betoheshim gjithnjë në krahët e njëri-tjetrit, se nuk do ta mërzisnim kurrë shoshoqin. Po përsëri ndodhte. E përsëri bënim sikur nuk kishte ndodhur gjë.

Natyrshëm... Si kudo e te kushdo.

Më vinte mirë që ishim gjetur...

13.08.2016

DASMË
E TRAZUAR

Ishim lagje e qetë dhe e familjarizuar. Shtëpi private që u skuqnin çatitë me tjegulla.

Isha ende në moshën akoma as adoleshent, kur fqinji ynë martoi të bijën. E sigurisht, për aq pak fqinjë sa ishim, shumica u ftuam për darkë.

Ne fëmijët hynim e dilnim të kënaqur me ndonjë karamele herë të dhënë, herë të rrëmbyer aty-këtu.

Mes të tjerëve, një çift i ri shihej nga të shumtët si më i veçanti. Ishin moshatarë, të dy studentë jashtë shtetit, në Francë. Nuk e di çfarë u binte ta kishin fqinjët tanë, por me siguri të afërt, se të dy të rinjtë, të bukur, plot energji ishin që të enjten kur erdhën për urim shoqëria e vajzës, deri të shtunën në mbrëmje që u shtrua darka.

Më bëri përshtypje që gratë e lagjes kishin shumë qejf t'i afroheshin atij çifti, t'i mernin mendim pothuaj për çdo gjë bukuroshes së ardhur nga jashtë.

Me një çiltërsi e ngrohtësi të habitshme ajo iu jepte përgjigje të gjithave, u mësonte çfarë dinte vetë. Graria rreth saj shtohej nga ora në orë. S'po më dukej gjë e mirë kjo. Nusja nusëronte thuajse vetëm në dhomë e këto hargaliseshin aty jashtë, në verandë. Qeshnin me zë të lartë, kush e kush të binte më shumë në sy të studentes së bukur, që veç të tjerash nuk i mungonte as humori, as romuzet.

Mirëpo si fëmijë kurioz që isha e duke ndërruar vend herë pas here dëgjoja si secila nga gratë i mburrej të shoqit kur vinin çift për vizitë. Se edhe shtëpia e dasmës duhet të dukej plot, po edhe se muhabeti me "francezen" e bukur i tërhiqte shumë.

Dikush i mburrej të shoqit se "ajo" e kishte pyetur për diçka dhe i ishte përgjigjur fët e fët.

E kështu dashje pa dashje, në mendjen time, por besoj dhe për shumë të tjerë, kjo "studentja franceze" u bë objekt i dasmës. Të shtunën në mbrëmje, para se të fillonte darka, kur njerëzit vinin më përpara për vizitën e qokës, që të mos mbeteshin për darkë me lugë në brez, "frasncezkës" nisën t'i prezantohen edhe burrat.

- Unë jam i shoqi i filankës...
- Unë jam burri i asaj që...

Etj., etj., paraqitje që më bënin përshtypje jo vetëm mua, por edhe vetë "francezkës", e cila herë-herë shihte e habitur nga i fejuari që i buzëqeshte mençurisht.

Dhe kështu njerëzit nisën të zinin vend, mirëpo çdokush nga çiftet kërkonte të rrinte sa më pranë "të huajve", si për t'u quajtur edhe vetë "të nderuar".

"Ama dhe këta burrat!". - mendoja tek i shihja si fshehur grave shikonin plot adhurim "atë".

I fejuari "francezkës" lëvizi për diku dhe u pa që çalonte. Pata një lloj keqardhjeje, s'ishte gjë e vogël për një çift aq të bukur.

Si nisi darka e dasmës, pas dollive të para, orkestra zuri të joshte për vallëzim.

U ngritën thuajse të gjithë.

"Francezka" në vendin e vet, bisedonte me djaloshin dhe dukej se i lutej të vallëzonin. Por ai i tregonte këmbën.

Për habi, ajo më bëri shenjë mua. Isha më i madhi në tavolinën e fëmijëve. Nuk po u besoja syve dhe ashtu pa dashur ktheva kokën pas për të parë me kë e kishte.

Me mua...

Shkova i skuqur gjer në veshë. Më keq u ndjeva kur u ngrit dhe më kapi të vallëzonim. Unë isha i madh në trup, ajo e imët, thuajse një gjatësi.

- Nëse nuk di, të mësoj unë të kërcesh. - më tha me atë zërin e ëmbël e plot elegancë.

Nuk kisha vallëzuar kurrë. Gjithë ata burra më shihnin plot zili. Edhe kjo më duhej. Më merreshin e më ngatërroheshin këmbët.

Kuptohet që në ato çaste të gjitha gratë kishin marrë fuqinë të rrotullonin burrat në vallëzim për të mos i lënë rehat të shihnin si të dalldisur "francezkën".

Nuk mbaj mend të jem ndodhur ndonjëherë më ngushtë se atë natë. Në vallëzimin tjetër ajo mori për kërcim burrin e tezes së të fejuarit. Ai qeshte vazhdimisht, dukej mirë, dukej e lumtur në krahët e saj...

Pastaj mori burrin e hallës.

Qeshte e s'mbahej edhe ai...

Pastaj... Dukej sikur gjithë burrat prisnin radhën të kërcenin me të. Gratë nisën të bëjnë zhurmë. Alkooli bënte të vetën, muzika po ashtu.

Derisa njëri nga burrat e lagjes, një tip i gjatë, me mustaqe të mbajtura gjithë kujdes, pa ç'pa u ngrit e i shkoi të fejuarit të "francezkës" t'i merrte leje për të kërcer me vajzën.

Djaloshi qeshi dhe diçka i tha duke treguar të fejuarën.

Ajo ktheu kokën dhe foli:

- Me kënaqësi!

Gratë nisën të pëshpërisnin:

- Uau! Nuk e njohëm! Paska qenë bushtër!

Të futur në zili nga mustaqelliu, burrat e tjerë thuajse harruan që aty ishin me gratë. Po unë shihja që sa here "francezka" ulej pranë të shoqit, qeshnin të dy e kapeshin për dore.

Disa nga gratë nisën të "sëmureshin", morën burrat për krahu dhe ikën.

Çiftit të ri, ardhur nga jashtë, nuk i erdhi mirë që dasma po prishej. Ca më shumë që e dinin psenë. Qeshën trishtueshëm, folën diçka me njëri-tjetrin dhe u ngritën. I takuan të gjithë me radhë, një për një. Me mirësjellje dhe buzëqeshje të çiltër. Dhe ikën.

Djali duke çaluar me dhimbje.

Për çudi, sa ikën ata dasma sikur u ftoh më shumë. Sytë e grave ndrinin akoma nga urrejtja për atë që pak kohë më parë e kishin ditur engjëll, e kishin dashur e respektuar aq shumë, po që në të vërtetë paskej qenë djalli vetë.

Kurse burrat ngrinin ndonjë gotë me fund, pastaj harroheshin në tymosje thuajse të heshtur.

Nuk u ngrit më askush të vallëzonte, veç nuses e dhëndërrit që përpiqeshin ta ndiznin edhe një herë dasmën e tyre. Dhe aq... Gjithçka u mbyll në një paqe gati të frikshme.

Unë qeshja më pas tek shihja që edhe shumë ditë më vonë, gratë dhe burrat e lagjes, për goxha kohë nuk i pashë të dilnin si zakonisht mbajtur për krahu.

Mbase deri në dasmën tjetër, ku edhe nëse do kishte të huaj, pas asaj që ndodhi asnjërës e asnjërit nuk do t'ia mbante më të nxjerrte këmbën nga rrethi...*

10.09.2017

---

* Është fjala për një barcaletë. Burri kap në flagrancë bashkë-shorten, por i dashuri i saj jo vetëm që nuk e prishi gjakun fare, po u ngrit, bëri një rreth dhe i tha burrit se nëse e kalonte atë rreth do ta pinte e zeza. Më pas gruaja duke e qesënditur i tha:
- Ama, trim i madh u tregove dhe ti!
- Trim u tregova si jo. Ai më tha po kalove rrethin të piu e zeza, unë e kalova sa herë më deshi qejfi...

GJËRA QË NDODHIN

Ndodh ndonjë mëngjes. Nxiton të bësh pazarin e të nisesh për punë. Lë jeshilet në shtëpi, del dhe nuk e gjen biçikletën ku e kishe lënë. Në fillim nuk beson se... Po donjë fqinj shakaxhi do të të ngacmojë.

- Mirë, mjaft tani! Dil nga ku je futur e përgjon çdo bëj unë. Diiil, se s'kam kohë për gallatë!

Por askush nuk duket... Mërzitesh.

- Po dil, o fëmijë i llastuar, dil se s'ta kam ngenë! Nxitoj po të them!

Shqetësohesh. Shan nëpër dhëmbë gjithë inat. Dhe nisesh për punë në këmbë, me shpresën se shakaxhiu do të thërrasë për ta mbyllur atë "gallatën" e mëngjesit. Por nuk ndodh dhe ngadalë bindesh se herë tjetër duhet të jesh më i kujdesshëm me biçikletën që të mos ta vjedhin.

Me kalimin e orëve mësohesh me gjendjen "pa biçikletë". Kthehesh nga puna me një lodhje më shumë, i djersitur nëpër urbanë. Po kur mbërrin në lagje, dëgjon zërin e shitësit të minimarketit:

- Ej, ç'e le biçikletën këtu që në mëngjes, mo? Më erdhi edhe furnizimi e më pengoi, Ec merre, or burr!

Kthen kokën... Hëm!

- Ashtu ishte puna... - mëmërin me një lloj gëzimi, por edhe inati me veten dhe merr biçikletën i qetë.

Por ndodh edhe që nuk të thërret njeri fare, ë!

19.07.2017

FRONI
I EMILISË

Nuk mendoi më asgjë, se këmbët i prekën diçka nën tavolinë. Uli kokën.

- Ah, froni i Emilisë! - vuri buzën në gaz.

Ashtu i kishte mbetur emri atij froni, që nga dita kur i biri shkoi në shtëpi me një shoqe. Dukeshin të qeshur të dy. U habit, sepse ishte hera e parë që ai vinte me shoqe pa e lajmëruar. As me shok nuk kishte ndodhur. Le që i dukej sikur i biri nuk kishte shoqëri fare. Që pasi kishte humbur burrin, iu përkushtua çdo sekondë djalit, pa e lënë kurrë vetëm.

- Mam, Emili është shoqja ime më e mirë. Do shikojmë ca mësime në qoshkun e detyrave. Nuk mërzitesh, ë? - e bëri fakt të kryer ai.

Ajo takoi me përzemërsi të sajuar Emilinë, vuri buzën në gaz dhe miratoi me kokë.

Në mbrëmje u ulën për darkë. Ajo guxoi e pyeti.

- Mbarojmë darkën dhe flasin aty te oxhaku. - vuri buzën në gaz djali duke i kujtuar këshillën e saj - kur hanë, njerëzit nuk duhet të flasin.

Nuk u ndje mirë.

- E dua Emilinë, mam!

- Po shkolla?

- Nuk thashë që do lë shkollën për Emilinë, për-kundrazi. Ajo është një arsye më shumë. Ajo më rrit ambiciet që më ke edukuar ti.

Ishte ndjerë akoma më e pafuqishme ta zgjaste atë muhabet me të birin.

- Ti e kujton si e zgjodhëm bashkë këtë shtëpi ku-kullash tetë vjet më parë, ashtu si të pëlqente ty?...

- Edhe? - ktheu kokën ai në pritje.

Ajo uli kokën dhe vazhdoi të pastronte tavolinën, ndonëse një ngërç, si një arrë e fortë që nuk të lë të marrësh frymë, i zuri fytin.

- Folmë atëherë, si i keni bërë planet?

- Asnjë plan, mam pa udhëheqjen tënde. - qeshi ai.

Por asaj iu duk vetëm një ironi e hollë.

E heshtur, i ndjeu të ftohta duart e tij...

Emilia shkoi edhe të dielën të drekonin së ba-shku. Por ajo shtëpi kukullash, ishte organizuar ve-tëm për dy vetë dhe i biri u kujdes të blinte një stol të vogël për shoqen.

- Nuk shkon që mysafirja e zgjedhur të ulet në atë stol të vockël, veçmas kolltukut ku hamë ne, mor bir.

- Ph, mysafirja... - rrudhi buzët i biri.

Sërish diçka ia bëri "krrak" diku në gjoks, aq sa ia dëgjoi qartë zhurmën.

Respektin që donte t'i bënte vajzës, i biri e përk-theu si distancim. Ndjeu se Emilia po pushtonte gji-thçka që kishte ndërtuar një jetë të tërë. Sepse jetën e saj e quante të filluar që kur lindi djalin.

Po pa e vrarë mendjen shumë, Emilia e qeshur u

ul në fron dhe që nga ajo ditë u quajt "froni i Emilisë".

Pastaj...

- Mam, me rastin e njëzetë e pesë vjetorit tim dhe dyzetë e pesë vjetorit tënd, sikur...

- Hë? - e ndërpreu ajo e trembur.

Ai ktheu kokën.

- Ç'ke, mam?

- Fol, çfarë planesh ke bërë?

- Asnjë plan pa ty. - e përqafoi ai - Po ja, le ta shënonim si ditë të lidhjes me Emilinë.

Ajo ktheu kurrizin pa ditur t'i përgjigjej.

- Të lutem, kam nevojë...

- Dakort, e mendojmë prapë. - e mori ai me të mirë dhe shkoi të flerë.

Por ajo e ndiente trupin të kafshuar.

Pastaj nisi të ngushëllojë veten. Kjo ditë do të vinte dikur... Por i dukej aq shpejt, sa nuk e besonte dot.

Ca javë më vonë i gëzohej Emilisë, i gëzohej vërtet, sepse ishin bërë tre vetë dhe dashurinë e të birit për të nuk e shihte të qe pjesëtuar. Ndihej e re midis tyre. Gatuante ndonjë gjë ndryshe kur vinte Emilia dhe gëzonin si të qe festë.

Më vonë... Mbrëmjeve ndjente vetmi kur dy pëllumbat gugashë dilnin pa të.

- Mam, kemi rast. - i tha një ditë djali duke hyrë me një tortë në dorë.

Ajo ngriti supet.

- E di që do jesh gjyshja më e re dhe me e bukur në botë?

- Ah!... Domethënë do bëhemi katër? - lumturoi ajo dhe e përqafoi.

Më pas erdhi Emilia. Festuan të tre me ç'iu ndodhën. Pinë edhe nga një gotë verë.

- Por duhet të kurorëzoheni në kishë! - tha si të qe kujtuar për diçka me shumë rëndësi.

- Sigurisht! - tha i biri duke hapur duart.

I xixëllonin sytë ca nga vera, ca nga kënaqësia që i jepte ajo gjendje. Po ndihej prind që tani dhe asaj i vinte mirë për këtë.

U ngrit pas pak dhe nisi t'i vinte shtëpisë rrotull sikur t'i kishte humbur gjë. Maste me sy hapësirat. Pastaj shkoi nga dhoma dhe po e maste me hapa. Qeshte sikur ç'të kishte gjetur.

I biri e kuptoi.

- Të dielën në kishë, një ceremoni të vogël dhe... hoplaaa! - e ngriti Emilinë në krahë.

Ajo nuk foli, mori kanistrën e vogël të frutave dhe e vuri në tryezë. Çdo gjë që thoshte i biri i dukej e nxituar.

Të dielën në kishë gjithçka kaloi për bukuri.

I tha djalit të rrinin disa minuta veçan të tjerëve.

- Mam, të lutem jo sot! Kam frikë, s'dua ta prish gëzimin e kësaj dite...

Iu kujtua se deri tani kishte qenë një nënë e fortë, e rreptë dhe i erdhi keq tek pa ngurimin, frikën që edhe mund t'i prishte gëzimin e asaj dite. Por thellë - thellë brenda vetes, i shijoi që ai ruante ende respektin ndaj autoritetit që shpesh edhe vetë e dinte se ishte i verbër.

Do t'i thoshte që Emilia...

- Jo, pse ma thua? Përkundrazi, do ndihesh mirë.

Aty, në kopështin e blertë e me lule plot, e mori të birin për krahu. E ndiente që ai nuk ishte i qetë.

- Kam një jetë të tërë me ty, aq sa ke edhe ti me mua. E di, kam qenë mama e rreptë, jo çdo dëshirë ta kam plotësuar. Aq sa të rashë buzëve kur the: "më je bërë si tutore". Por pa atë rreptësi, pa atë këmbëngulje, nuk do ishe ky qe je sot, me këto rezultate në shkollë, me punë në atë kompani, nuk do ishe një baba kaq i mirë sa do jesh së shpejti. Nëse ndonjëherë e kam tepruar, sot të... kërkoj ndjesë! E gëzofshi njëri-tjetrin e paçi jetë të lumtur! Unë jam nëna jote. Do t'ju ndihmoj me shpirt, për çdo gjë që do t'ju duhem më thuaj...

U përqafuan dhe iu bashkuan njerëzve që prisnin.

Ata u nisën për disa ditë pushime. Kur u kthyen i priti te dera me buzën në gaz e plot surpriza.

Ata panë njëri-tjetrin në sy. Ajo kishte rregulluar dhomën e vetme, si dhomë për çiftin...

- Unë do fle këtu në ndenje. - tha për t'i qetësuar.

- Mirë, mirë. - tha i biri dhe i hodhi dorën në sup.

Pastaj sikur ndërroi mendje dhe si u mendua, tha:

- Mam, ne do ikim të banojmë diku tjetër, më vete, disa metra më tutje se këtu. Ti do kesh qetësinë tënde, mevetësinë që do. Do flesh rehat kur të duash e ku të duash. Pastaj... Je ende shumë e re dhe...

- Mjaft! U marrose me t'u martuar! Ç'thua?

- Mirë pra, mirë nuk do të lëmë vetëm, kemi gjetur një shtëpi këtu afër, fare afër.

- Si të doni! - tha me një lloj dhimbjeje.

I biri u ndje ngushtë. Ajo e vetmuar.

Në pak sekonda ndjeu që duhet t'i bënte derman vetes. I kujtohej si kishte paragjykuar njerëzit që tërhiqnin ndonjë qen rruginave të lagjes.

E respektuan, i treguan shtëpinë plot entusiazëm.

- Ja, këtu duhet të vini krevatin. - u tha duke treguar vendin afër dritares së dhomës.

- Po!

- Këtu do jetë krevati i bebit me siguri. Kurse këtu do vini portmantonë. Ambienti i ngrënies do jetë veçan, me një derë që këtu, deri atje. Ngjyrat e hapëta janë në modë. Kotlluqet t'i merrni...

Ata e dëgjonin në heshtje dhe herë-herë shihnin njëri-tjetrin në sy, vërtiteshin nëpër shtëpinë bosh sikur nuk dëgjonin gjë.

- Mam... mam! - shprehu i biri - Dalim për një kafe tani te lokali përballë. E bëjnë shumë të mirë...

Ndjeu se e kishte tepruar. Ajo ishte foleza e tyre, ata do ta ndërtonin siç donin vetë.

- Dalim! - tha me një pezm që e ndjeu dhe Emilia.

Po nuk e bëri veten. E kapi për krahu dhe dolën.

Fjala "vjehrrë" i dukej kaq e rëndë.

- Engjëjt e mi, - tha mes të dyve - e gëzofshi shtëpinë siç doni ju!

Dhe vetes:

"Mësohu, po nis një erë e re! Mblidh veten, mësohu!".

22.06.2017

GRUAJA QË
S'I MËSOVA EMRIN

Po, po ishte ajo. Ulur e vetme në banakun e barit lëvizës të plazhit, në qoshen e majtë, djathtas së cilës mund të ulej vetëm një njeri. Por edhe aty, në një farë distance nga stoli tjetër i radhës ku mund të ulej një klient, sepse lëvizte shpesh kamarjeri. Do ta kishte zgjedhur atë vend qëllimisht për të ndenjur sërish në vetminë e saj tunduese.

Me mend e kisha quajtur "vetmitarja".

Një femër e bukur, rreth 35-40 vjeçe. E mbajtur mirë. Me trup të rregullt. Gjoks mesatar, të rrumbullakuar mrekullisht. Vithe të plota, me forma perfekte. Bel me proporcione të përkryera. Këmbë të gjata, të drejta, jo fort të mbushura, si prej gazele që pret të arratiset në zabel për të qenë sërish vetëm në Edenin e saj.

E tëra skalitur si nga një dorë skulptori ashik.

E heshtur, mbyllur në botën e saj. Tek ajo femër më kishte tërhequr heshtja që përcillej si një dhimbje. Me tërhiqte e panjohura e asaj sjelljeje.

Pushimeve po u vinte fundi dhe ende nuk kisha parë asnjëherë të buzëqeshte, as me ato që lexonte gjatë ditës. Se i shtyva pushimet një herë pesë e një herë tri ditë dhe përsëri fundi ardhi sa hap e mbyll sytë, ose përkushtimi ndaj saj më bënte që këtë lloj fundi të mos e pranoja kaq lehtë. E dija, menjëherë do kërkoja praninë e saj, ashtu në heshtje, siç isha mësuar ta pranoja këto ditë.

Qëllonte të uleshim aq shpesh ngjitur në shezlonë, sa do habitesha sikur dikush të hynte mes nesh. E kundroja ditë për ditë në heshtje, fshehtas dhe më pëlqente një fqinjësi e tillë, e rastësishme.

Ndoshta jo edhe aq e rastësishme...

Por nuk dija ç'bëhej pas syzeve të saj të errëta.

Vishte rrobe banjo të bukura, zgjedhur me finesë, jo shumë të hapura, por model oriental, me thekë dhe fileto tantellash që konturonin copën që mbulonte pjesët më të bukura.

Pas punës së lodhshme vendosa të pushoja vetëm në këtë qytezë të vogël e të qetë, larg zhurmës që përgjithësisht bëjnë pushuesit e shumtë të plazheve më të mëdhenj.

Por që ditët e para kuptova se ishte plazh elitar. Dukej nga ndërtimet e ulëta, me arkitekturë të zgjedhur. Me kopështe të lulëzuar erëmirë nëpër shtëpi e vila jo të mëdha, përshtatur për turizëm dhe me një shërbim për zili.

Gruaja, e zonja e shtëpisë ku bujta, më pa pak me dyshim e keqardhje, kur kërkova dhomë vetëm me një shtrat.

- Vetëm? - tha e habitur.

- Po! Më duhet vërtet të çlodhem.

Ngriti supet dhe më tregoi një dhomë të vogël në papafingo.

- Më të mirë se kjo për një njeri, nuk kam. - tha duke hapur perden e duke më treguar detin.

Shtëpiza ishte majë shkëmbit nën të cilin si në një greminë, mbase njëzet metra më poshtë, dallgët zhurmonin në një sinfoni natyrale.

Më mahniti ajo pamje, por nuk e bëra veten duke pasur frikë se ngazëllimi do rriste çmimin e dhomës. Ndenja kastile në një si dyshim.

- Është edhe me kondicioner. - nxitoi të tregojë telekomandën zonja e shtëpisë, për të më mbushur mendjen.

- Po, po! Do qëndroj. - thashë i vendosur dhe lashë çantën.

- Mëngjesin është në çmim. - plotësoi duke vazhduar reklamën për dhomën, edhe pse marrëveshja qe mbyllur ndërkohë.

- Faleminderit! Por kam një kërkesë tjetër...

Ajo u tërhoq pak, u tkurr nga frika se nuk do mbaja atë dhomën që me siguri s'i gjente dot klient.

- I dua të tre vaktet e ushqimit këtu, kundrejt pagesës sigurisht. Përveç rasteve që do të të them unë kur të ha në restorant.

Ajo rrudhi ballin në shenjë pakënaqësie.

- Nuk kam as kuzhinë, as kuzhinier. - u dorëzua.

- S'ka gjë, do bësh një pjatë më shumë nga çdo gatuani për vete e do ma sjellësh mua. Ose do vij tek ju. - i qesha mirësisht. - I ngjan kaq shumë nënës sime, më ka marrë malli të ha nga dora e saj...

Ajo më tërhoqi kokën e më puthi në ballë si nënë.

- Faleminderit që ma beson këtë!

Kështu u ndamë të kënaqura.

Dhe vërtet ndihesha mirë për ditët që kaluan. Por gradualisht u bëra rob i qenies së asaj gruaje të bukur. Nuk e gjeja dot psenë.

Tani e kisha përballë. E vetme. Shijonte një gotë lëng frutash të shtrydhura. Dhe tymoste. Nuk e kisha parë asnjë ditë të tymoste duhan. Si duket në këtë ndërrim turnesh të pushuesve, edhe për të do qe dita e fundit.

Përplaste lehtë këmbën mbi dyshemenë e drunjtë duke mbajtur ritmin e muzikës që vinte nga altoparlanti.

Para pak vitesh në plazh kisha ndjerë kënaqësinë e të pirit "Tekila" në grup. U bë një piramidë me gotat e përmbysura mbi njëra-tjetrën. Tani kisha pirë pesë "Shootse" e kisha bërë një piramidë të vogël 4+1. Por nuk ndjeja asgjë.

Këtë natë të fundit po shihesha sy më sy me gruan vetmitare.

Ajo tymoste, unë ngrija piramida.

Në gjysmëerrësirën e lokalit i shihja, ose më dukej se i shihja, sytë që s'ia kisha parë asnjë ditë. Ata që kisha përfytyruar.

Kamarieri më solli dy "Shootse" kortezie nga banaku.

- Avash, avash, s'ka pse nxiton! - më tha i qeshur çiltërsisht.

Zot, sa etje po ndjeja! Më gufonte gjoksi.

Në çarçafin e bardhë që shërbente si perde e lehtë për lokalin, konturohej nga dritat hija e profilit të saj të mrekullueshëm. Atje, mbi rërën e plazhit nxitova e mora një thëngjill të shuar e të bërë qymyr nga një barbeque.

M'u duk se preka shpirtin e asaj gruaje.

Nxitova te çarçafi dhe i rashë me qymyr konturit të hijes, duke e lënë vizatuar portretin e saj. Nuk e ndjeva që muzika kishte pushuar dhe të gjithë më shihnin mua. Vetëm se në fund ndjeva duartrokitje, të qeshura gazmore nga klientët dhe ktheva kokën. E pashë gruan e bukur me një tis të kuq në fytyrë. Sa i shkonte ajo e kuqe! Ishte bërë edhe më e bukur.

U ngrit, më kapi nga dora dhe më solli në mes të sallës. Përshëndeti djalin duke i shkelur syrin dhe nisi të më drejtojë në një tango.

- Nuk di të vallëzoj mirë. - i pëshpërita pranë veshit dobësinë time, sikur të njiheshim prej kohësh.

- Di unë! - buzëqeshi duke më parë në sy ngacmushëm.

Më drithëroi trupi nga frymëmarrja e saj.

Mga prekjet...

Iu lëshova në duar dhe ndjeva të më udhëhiqte në lëvizjet e një vallëzimi të mrekullueshëm. Ishim në qendër të vëmendjes së të gjithëve e për hir të së vërtetës, nuk ndihesha aspak mirë.

I ndjeja gjoksin të ngjishej në timin, kofshët mes të miave... Më bëhej të uroja të mos mbaronte kurrë ajo tango...

Ishim djersitur, por me pantallona të shkurtëra

të dy, lëkurët rrëshqisnin e përcillnin dridhje të bukura. Më dukej se shtrëngoja në krahë një qenie të ngarkuar pozitivisht me elektricitet.

Afroheshim... Largoheshim... Provokonim puthje me fytyrat pranë e pranë, me sytë që xixëllonin. Dërgonim sinjale të një mirëkuptimi të dukshëm që kushdo do ta kishte zili.

Flokët e saj më përkëdhelnin dorën që i mbaja në shpinë. Më dukej se po e bënte qëllimisht atë kolovitje, të më joshte edhe më shumë. Përkuli trupin dhe kokën pas, aq sa flokët i prekën dyshemenë e drunjtë. Ndjeva trupin tim të ndiqte të sajin, harkuar deri sa në kofshë iu ngjesh mashkullorësia ime...

U drodha. Më erdhi ta puthja. Iu a frova aq sa i ndjeva nxehtësinë e buzëve, i dëgjova ding-dongun e kambanave të zemrës dhe një "ah" të lehtë ngjitur me veshin tim.

Duke u ngritur, si pa dashur, i mbështeta buzët në qafën e mjaltë.

Duarokitjet e klientëve tregonin se gjithçka kishte mbaruar e unë nuk ndjeja që as muzikë nuk dëgjohej më në atë breg. Por kishte filluar të ushtonte në gjoksin tim. E ndjeja shpirtin tek pulsonte në një vallëzim tjetër.

Gruaja më falënderoi me një përqafim të ngrohtë.

E që në atë moment vendi ku isha ulur m'u duk i ftohtë. Gjeta edhe dy "Tequila" të tjera. I ktheva menjëherë, si për të mbajtur gjallë dalldinë që më kapi në atë vallëzim.

Kurse gruaja ndezi cigare dhe vazhdoi të pinte

lëng frutash që këtë herë e ofroi lokali. Hodhi flokët mbrapa dhe i kapi me një rreth metalik. M'u duk edhe më e bukur.

Piramidës së gotave të mia i mungonte vetëm një në majë.

- Mos e lër për një! - qeshi banakieri dhe mbushi gotën.

- Ah... Kam pirë shumë. - i buzëqesha.

Sytë më ndrinin.

Ndjeva gruan të ngrihej e të vinte tek unë.

Sikur më foli me sy "pije dhe ikim".

Mohova me kokë dhe me sy i thashë "nuk mundem".

- Mundem unë! - guxoi të thoshte më zë.

E mori gotën, e ngriti me fund dhe plotësoi piramidën.

- Ikim tani? Po na presin...

U ndodha i papërgatitur për atë ftesë, por ashtu si në tangon që luajtëm pak më parë, e ndoqa pas. I hodha dorën në bel deri sa dolëm ndjekur nga vështrime ziliqarë. Ecte në krahun tim dhe më shtrëngonte pëllëmbën ngulur në bel.

Po shkonim në det...

Nuk di sa endërra mund të thuren për aq rrugë, por di se thellë tek unë gjithçka kishte nisur të lodronte... Çdo muskul, çdo ndjesi, çdo mendim ma bënte të bukur atë rrugë.

Ndaluam te shezlonët, në breg...

Ajo m'u kthye përballë, kaloi dorën mbi ballin tim si të më fshinte djersët. Dorën tjetër ia bëra unazë në bel. E tërhoqa dhe e shtrëngova fort në një puthje të pafundme.

Ndjeja si ndizesha çast pas çasti...

Ndjeja si ndizej në krahët e mi e s'gjente dot si të rrinte, si të rehatohej...

Ashtu në këmbë përqafoheshim, fërkoheshim, tërbonim njëri-tjetrin...

Koka e saj me timen bënin dy binjakë siamezë të pandarë, bashkuar gojë më gojë tek thithnin e shkëmbenin nektar nga njëra-tjetra...

Gjoksi i saj herë më shtynte, herë më tërhiqte. Gishtat më krihnin flokët, më preknin qafën e si shkopinj magjikë më ngarkonin pa fund me mashkulloritet. Tendosur e ngjeshur te njëri-tjetri lageshim e lageshim spërkatur nga pasthirrma epshesh...

Preka boshtin e simetrisë së saj, që nga qafa deri ku mbaron...

Rruazë më rruazë, si të lozja në piano, po kompozoja një melodi aq të bukur. E në fund, aty ku trupi mbaron, në vithet e rrumbullakëta ndjeva që u lëshua me kokën në supin tim.

- Paskam harruar... - pëshpëriti lehtë.

- Unë jo...

- Kujtomë pra, nëse e luan mirë këtë tango...

I ngrita bluzën e pambuktë dhe nën hënë pashë bardhësinë e panxirë nga dielli si u derdh në pëllëmbët që prushonin...

Humba buzët në atë luginë të mrekullueshme aromëmirë duke e bërë pas çdo sekonde më shumë lakuriq aty nën hënë...

- Prit, nuk ndihem pastër! - tha dhe më shtyu pak.

U ndjeva keq pa kuptuar ç'po bënte.

Zbërtheu pantallonat e shkurtra ngjyrë e kuqe, i hoqi njëherësh me gjithë mbathjet e bardha...

Dhe vrapoi në det.

Hëna tregon si engjëllizohen trupat...

Prekja e saj me detin e bëri mijëra copa hënën e pasqyrës...

Nxitova të zhvishem fare e ta ndjek para se gjiçka të ftohej.

Më priti pranë. Ashtu të lakuriqtë putheshim e shkonim në ekstazë.

Preknim njëri-tjetrin kudo.

Duart më merrnin formën që preknin e peshonin.

Flisnin kudo ku preknin.

Duart e saj linin gjurmë e bënin zhurmë mbi mua...

Ah, ai det i ngrohtë!...

E mora në gjoks shpinën e saj...

I ndjeva vithet të ngjisheshin me padurim në mashkullsinë time...

Ndjeja djersë edhe në det...

Duart shtrydhnin bukur atë gjoks të fortë, gishtat lëviznin sikur numëronin thithat e fryrë, pastaj zbrisnin nëpër bark...

Frymëmarrjet si një duet i përsosur...

Arrita në fund të barkut të sheshtë...

Dora e saj kaloi pas, më shtrëngoi fort aty ku duhej, aty ku ndihesha më i tendosur...

Prekte e dridhej...

Ndjeva si hapi pak këmbët, si u përkul para, si ndodhi pastaj penetrimi i mrekullueshëm nëpër trupin që sikur digjej në ujë...

Ekzekutonim të dy një melodi të vjetër, kompozuar enkas për ne...

Ajo i thërriste hënës, unë asaj nëpër qafën e bukur...

Ecnim me hapa të vegjël, ngjitur nëpër dyshemenë e detit.

Ajo para unë pas.

Ma merrte kokën me dorë pas të sajës, më thithte buzët...

Ndjeja të qante emocionesh pa fund...

Ishim në parajsë diku, pa mundur të bënim dot asgjë për t'u ndjerë ndryshe...

Nuk donim të dilnim nga deti, nuk donim t'i linim trupat të thaheshin...

Ishim fiksuar mbi ujra, ashtu dy koka që nxinin, pahitur me argjend hëne...

E mora në krahë ta nxirrja në breg. M'i mbante duart në qafë dhe sikur flinte aq çaste sa duheshin të shndërrohej në engjëll, pastaj zgjohej sërish për të më kujtuar se ishte ajo në krahët e mi...

E shtriva në shezlon, i kundrova hiret me shpirtin plot.

Sikur u zgjua e bëri të mbulohej me pëllëmbë ku të mundej.

Qesha...

- Ku jam? - pëshpëriti si e trembur.

Ishte pyetje provokuse. E dija.

- Në parajsë... - i thashë dhe u mbështeta mbi të.

Më hodhi sërish duart në qafë e më mbështolli me vete me furinë e një stine të re...

Ndihesha si kurrë nuk isha ndjerë...

- Eja në dhomëzën time sonte... - i propozova me një pëshpërimë.

Më vuri dy gishta vertikalisht mbi buzë.

- Duhet të kthehemi andej nga u nisëm. - tha duke u veshur nxitimthi.

Nuk më bëhej të ikja. Lëvizja ngathët.

Ajo u zgjat, më puthi edhe një herë plot pasion dhe nxitoi të ikte.

- Prit... Ikim bashkë.

- Nuk ka kohë. Shihemi nesër.

Por e ndjeva që...

***

Të nesërmen në mëngjes pija kafen duke pritur ta shihja.

E pashë... Hipur në një taksi të zezë.

Më përshëndeti lehtë me dorë, pastaj ktheu kokën para si të mos më kishte parë kurrë.

Gruaja që nuk i mësova as emrin...

16.11. 2016

SURPRIZA

Në qetësinë e mbrëmjes tingëlloi aq bukur zëri yt:
- Dil pak jashtë!
- Ç'është?
- Po dil pak, dil!
- Më thuaj, pra.
- Po bie dëborë...
- Vërtet? Ja...
Dhe kuptova pse ishte gjithë ajo heshtje. Kishte shtruar aq bukur vetëm për disa minuta.
- Dëgjomë tani!
- Fol!
- Jemi larg, por dije se në gjithë ata flokë dëbore janë fjalët që kurrë s't'i thashë dot.
- Janë të bukur, po... të ftohtë.
Ndjeva një ngazëllim të brendshëm.
- Janë të bardhë, ama. I kam nisur që këtej, nga qyteti im. Përse të pëlqen qyteti im?
- Rri dhe pak aty jashtë sa të të zbardhin flokët...
- Të bardhë i kam... Por do rri. Deri sa të më zbardhin shpirtin.
- Të bardhë e ke...
- Po hijet që le kur ike?! Kujton se janë zbardhur?

Ndjeva të qeshje.

- Sot ka edhe hënë matanë reve të bardha. E shikon?

Ngrita kokën dhe vërtet pashë hënën që edhe ti e shihje së largu.

- E shoh... Fshehur është.

- Do dali dhe foli! Mbase të përgjigjet...

Qeshja. Po ndjeja të ishe mirë.

- Sa kohë u bë që nuk shihemi?

- Nuk mbaj mend. Nuk di data unë, i shënon ti. Ahahaa! Pse pyet?

- Ç'të keqe ka? Pyetje malli...

Ndjeva të heshtje.

- Shijo dëborën tani, natën e mirë!

- Natën!...

E mbylle aq shpejt? Sa ftohtë ndjeva! M'u duk vetja si njeri dëbore që flet me vete dhe shtrëngova shallin në qafë. Shallin vishnje, me të zezë që më dhurove për krishtlindje.

Më dukej se më thoshe:

"- Je mbështjellë me mua... Ndjemë!".

Dhe nuk me ikej, nuk futesha dot në shtëpi. Me dukej se ishim të dy në atë bardhësi ku qenia më lumturonte. Dhe teksa dëgjoja tingujt e fjalëve të tua që më sillnin ata kristale të bardhë, besoja sa më doje.

Pastaj ndjeva përsëri zërin tënd.

- Dil aty ku u takuam herën e fundit. Të kam dërguar një porosi.

- Jashtë jam akoma...

- Vërtet? Ti je i çmendur!

186

- Ahaha! Ku të mbytem pa ty.

Heshtje.

- Ike?

- Jo, jo, këtu jam. Për sa shkon aty? Dikush po pret të të japë porosinë.

- Mbase për një minutë.

- Ooo!... Po mos nxito! Është ulur po pi diçka të fortë ai. Ftohtë...

Nxitova. Një porosi nga ty në këtë natë të bardhë?

Më trokiste trupi si një zemër e madhe.

Arrita.

Shtanga...

Mes bardhësisë ishe ti, bardhësi e shpirtit tim!

Dhe nuk lëviza dot më!

Qeshe me shtangien time.

Më përqafove, më puthe sytë e lagur nga malli.

Mbrëmje e bardhë, nga ato që shpirtrat mezi i presin...

- Po ti? - thashë duke m'u marrë goja.

- Të ta tregoj si ndodhi?

- Po, sigurisht. Surpriza u krye...

- Të mendova tek po punoje dhe doja të të shihja ashtu, veshur me rrobat e punës. Më gufoi gjoksi nga ato emocionet që të kam treguar. Ahaha! Janë mall, e di? Janë ankth, papritshmëri... Më mungoje sa s'thuhet. Nisur nga zëri, sytë, aroma, përkëdheljet dhe prekjet e tua. Më thuaj, si mund të mos nisesha?

- Në rrugë kaq të gjatë, mbi 200 km?

- Rrugën e zgjat padurimi, malli. E shkurton gëzimi që ndjeja të të shihja, të të puthja, të të prekja ty. Ja dhe pak, edhe pak! Ndjeja si shkurtohej largësia dhe mallëngjehesha. Ndjeja të isha e lumtur. Kisha vendosur të mos thosha që po vija. Por e ndjeja që nuk do rezitoja dot, prandaj e fika fare telefonin dhe mbylla sytë të hyja në ëndërrat që thurja. Doja të të shihja si do reagoje. Doja të ndjeje një tronditje të bukur, sepse unë e di ç'janë surprizat... Pastaj të fola për dëborën, pa ditur si të të nxirrja nga strofka. Pastaj... Porosia!

- Edhe?

- Të pashë të vije mbështjellë. I pata zili flokëzat kristalore që të bënin vorbull. Të pashë që mbajte hapat i habitur dhe në shpirt zuri të më lodrojë gjithçka që lidhet me ty. Sa s'më pushoi zemra nga rrahjet që nuk kontrolloheshin dot më. Më erdhe i bardhë siç të dua, më përqafove me sytë e njomë nga malli. T'i putha dhe ndjeva atë shijen e mirë që më jep dashuria për ty. Bota ndërroi përmasat kur hape shallin dhe aroma jote përmyti ajrin përreth. Ndjeva se nuk mund të flisje dot me fjalë. Por fliste qenia jote, ashtu si mund të flasësh ti. Të dua edhe më shumë në heshtje të hutuar!...

Të shihja dhe s'dija ç'të thosha...

Të shihja dhe heshtja para atij rrëfimi.

Më dukej se fjalët do prishnin çdo magji që më kishe bërë ti, e mira ime!

Si mos të të dua?!

23.02.2018

ËNDËRRA E NJË NATE PRANVERE

- romancë -

...E kujtoj si ike.

Me kokën pas. Por me dorën lart tek përshëndesje me buzëqeshje të sforcuar për të më dhënë qetësi të përkohëshme, me lotët e mallit në sy.

Pata ndjerë një zgavër në gjoks. Zmadhohej më shumë, tek zvogëloheshe ti në ikje. Ishte mall. Sepse kam dëgjuar që malli nuk ka as ngjyrë e aromë. Nuk preket dot. Por e sigurtë është që nuk është ajër, është një ndijim që të bën të rrosh, të këmbëngulësh në qenien tënde për ta shuar.

Po ja, stinët u ndërruan dhe ti erdhe përsëri. Sapo kisha hequr veroren, atë fillin e përdredhur bardh e kuq, sepse të pashë ty. Afroheshe e qeshur, me gjoksin e ngjyer në flori në viset e nxehta nga po vije.

- Këtë stinë do ta kalojmë bashkë. - më the çiltërsisht duke qeshur dhe m'u hodhe në krahë.

Dhëmbë të zbardhin aq mrekullisht për të thënë se po qesh. Po, po dhe qeshja ashtu gati e lumtur.

- Po, po edhe më gjatë... - të puthja pa reshtur.

Dhe ti kukurisje duke u gudulisur e tëra, gjer në thellësi të shpirtit e duke qeshur pa fund.

Ecëm nëpër qytet dorë për dorë. Ndjeva të më shihje në sy, ndërsa unë nuk pushoja së foluri. Për ne rruga ishte bosh. Mbase ishin mbledhur në kulte...

- Çdo pranverë ka ringjallje. E di? Në këtë qytet festohen të gjitha festat. Ka katolikë, ka muslimanë, ka të krishterë, ka edhe bektashinj a dervishlerë. Ka Bajram të Vogël, të madh. Ka Pashkë me vezë të kuqe, bukë me qiqra dhe verë të kuqe...

- Po ti ku hyn? - u bëre kurioze dhe më shtrëngove dorën ëmbëlsisht.

Ndjeja që po më pushtoje çast pas çasti, ndihesha i pushtuar gjer në thellësinë time.

Pastaj... Ndalova pak, u ktheva të pashë drejt. Qesha dhe djallëzisht të ngula sytë.

- Në qytetin tim ka plot poete dhe poetë, ka romancë, hëna zbret shpesh mbrëmjeve kur ata recitojnë shpirtin e tyre. Dhe ndan çmime... Ata që nuk fitojnë çmime i grisin poemthat dhe pinë verë, pinë pa fund.

- Vërtet, vërtet? - qeshje ti e mrekulluar.

- Po, vërtet! Sonte do shohësh dhe do dëgjosh qytetin tim. Sepse është kohë ringjalljesh. Është natë e rikthimit tënd...

- Po folenë? E ke ndërtuar siç më ke thënë? Ashtu, me drurë, me gurë, me pak hekur? Edhe pak zjarr dua në oxhak, dritë qirinjsh erëmirë... Se nuk është ngrohur akoma koha...

Të shihja buzëgaz. Dhe ti ndjeje siguri në mbrëmjen që binte.

- Zjarr? Kemi verë nga më e mira, është pashkë. Është festë...

Të hidhja ujë të laheshe nga udha e gjatë, nga shtegëtimi i stinës. Shihja përkuljen tënde, harqet që vizatoje me trup në ajër. Ndiqja në ankth jetën tënde, mallin që më qe kthyer zjarr në gjak, në dëshirën për t'u bërë njësh në shpirt, për t'u bërë njësh në trup.

Pastaj... Ah, pastaj nën peshqir ishin sytë e mi që zbulonin hiret e tua. E ndjeje shikimin tim dhe qeshje, qeshje mirësisht sa xhelozoje pranverën...

Kryqëzuam sytë nën shijen e athët të verës, prekjet morën udhë nën dritë qirinjsh... Aroma pranvere mpleksur në atë heshtje solemne. Nuk e dallonim ku qëndronte magjia e mbrëmjes, ku fillonte e ku mbaronte magjia e së ëmblës që shkëmbenim...

Ndjeja ngrohtësinë e trupit tënd, ndjeje ngrohtësinë e trupit tim. Në atë magji nuk kishte më përmasë. Ajri rrinte pezull dhe ne pa gravitet nanuriseshim bashkuar në lëkundje me amplitudë ringjalljesh... Nuk ekzistonte as masa, as koha, as sasia... Ngjyra të pafundme smeraldesh dhe diamantesh nuk kishin më vlerë. Fotone drite verbonin sytë dhe mbushnin shpirtin plot jetë...

Është festë, është Pashka e Madhe!

Çdo pranverë ka ringjalljen e saj mahnitëse.

Ti, ringjallja ime e kësaj stine...

06.04.2015

E PREMTJA
E TYRE

Sa shpesh e kishin përmendur të premten! Ishte bërë si lojë ku kush e kush më parë i uronte fundjavën tjetrit.

Ah, të premtet!

Ai i tha:

- "E premte" më ngjan shumë me fjalën "premtim". - dhe qeshi djallëzisht.

Ajo e pa në sy me buzën në gaz.

Kaluan disa te premte premtimesh, gjersa erdhi mbrëmja e të premtes që rigonte shi.

- Unë kam ardhur. - dëgjoi zërin e saj t'i pëshpëriste në telefon.

Diçka i kërciti në gjoks dhe nuk u përgjigj menjëherë. Pastaj, për të mos i shtuar ankthin tha:

- Vërtet? Pritmë si di ti...

Dhe u nis. I pihej verë... Po, po!

- Të bardhë merre verën! - i tha ajo - Megjithëse është e mirë, e ka një të keqe.

- Çfarë? - priti ai një çast edhe nga kurioziteti, po edhe për të vendosur çfarë vere të merrte.

- Që s'është e kuqe, pra! - kukurisi ajo e kënaqur që ai s'kapi gjë.

Vuri nën sqetull dy shishe verë të bardhë dhe eci me nxitim. Mendonte, fantazonte dhe qeshte herë-herë duke tundur kokën, pa vënë re se ndonëse binte shi, nuk e kishte hapur çadrën. Kapërcente pellgjet, dukej që nxitonte.

Vërtet po nxitonte. Po pse, nga shiu apo nga dëshira për t'i qenë sa më afër? Ajo aty ishte, e priste.

Buzëqeshi sërish e ndaloi nga fjalët e saj:

- Po hë, ti kur do vish?

- Mbase tri minuta, mbase katër. Mbase... edhe nuk vij fare. - i pëlqeu atij të lozte pak.

Ajo e kuptoi ngacmimin dhe ndjeu t'i këputeshin gjunjët.

Mos i duhen më shumë se tri-katër minuta zemrës të ndalet apo të dalë nga ai kafaz eshtrash thurur enkas nga zoti për ta mbrojtur në raste të tilla?

Ndjeu t'i thaheshin buzët.

"Po ujë? Ah, nuk kam marrë ujë, duhet të zbres e me këtë rast edhe i dal para".

Ajo me dy shishe ujë në dorë, ai me dy shishe verë në sqetull. U përballën. U takuan si të njohur prej shekujsh, që kur kishte lindur bota.

Ajo, me mend pretendoi se e puthi ne faqe, por... s'di si gjeti buzët e tij dhe u skuq e ndrojtur.

Ndërroi vend për në faqen tjetër dhe... përsëri i gjeti buzët.

"O zot! Gjithë fytyra e tij qenka një palë buzë të bukura".

Pastaj foleza... Me delikatesë femre e kishte rregulluar e ngrohur siç duhej.

- Oh! Sa e vockël qenka! - qeshi ai për të rritur an-
kthin e bukur - Po ne nuk kemi si të rrimë ndryshe
këtu, veçse ngjitur me njëri-tjetrin.

Ajo iu hodh në qafë. U puthën plot dëshirë, si një
çast i munguar prej kohësh. Vërtet...

- Zot, sa bukur puth ti! - tha ajo gati në heshtje.

- Më bën ti të puth kështu! - u përgjigj ai me zë
po aq të ulët dhe u mundua me elegancë ta prekte...

- Prit! - kundërshtoi ajo - Prit, jo gjithçka është
ajo që ke në mend ti...

Ai ndaloi dhe e pa ëmbël.

- Ti s'e di se ç'kam në mend unë. E di? Ne po bëj-
më dashuri. Dhe ndihem kaq mangët...

- Pse? - u tremb ajo për një çast.

- Po ç'mund të bëj unë vetëm me dy duar?

Ajo qeshi në një gurgullimë të bukur.

- Ja ku më ke! Ke gjithë kohën përpara. Të ma-
rrësh e të japësh edhe me këto tentakulat që nuk rri-
në rehat. S'janë pak 2 x 5...

U përqafuan sërish, u shtrënguan, u çmendën dë-
shirash pa fund, u lagën e u derdhën në ndjenja të
pafundme ëmbëlsish dhe epshesh. Të ndrojtur e he-
rë-herë të vetkontrolluar si në një herë të parë...

Ai kërkoi t'i vinte kokën mbi krahun e zhveshur.
Ajo e vuri dhe fjeti ca çaste. Sa donte te rrinte akoma
ashtu... Por ndjeu që mërmëriste këngë të bukura në
veshin e saj. Ninullë dashurish çmendurake...

Ai u ngrit.

- Ku shkon?

Në tonin e saj kishte ankth, kishte frikë.

- Të përgatis diçka. - buzëqeshi ai.

- Jo, ngrihem unë...

- Shshshttt! - e puthi dhe i mbuloi shpatullat me një përkujdesje që asaj i pëlqeu pa fund.

Solli në shtrat një pjatë fruta të njoma e të thata, ca çokollata të vockëla elegante që ajo i kishte sjellë nga larg. Edhe dy gota verë që mbushën me aromë ajrin e folezës.

Mistike, çudibërëse ato aroma e shije...

- Ah! Sa bukur i paske vendosur. Më ardhka keq t'i prish këto figura. - tha ajo.

Ai trokiti gotën me të sajën dhe gëlltitën nga lëngu çudibërës duke u parë në sy.

Pastaj... Pastaj... Pastaj...

- Po këto fruta nuk u mbarokan! - u ankua ajo.

Ai qeshi me padurimin e saj.

- Ti pse nuk ha çokollata?

- Më duken të hidhura. - tha ai.

Ajo e pa habitshëm, e pyeti me sy.

Ai qeshi ëmbëlsisht:

- U mësova me buzët e tua... Janë aq të ëmbla...

Ajo u ndje në delir, e mori në gjoks dhe u përhumb sërish. Pëshpërimat, rënkimet ishin këngë që asnjë kompozitor nuk i shkruan dot.

Ishin tretur te njëri-tjetri sa herë.

- Çfarë kimie! - tha ngadalë si t'ia thoshte vetes.

- Po Mendelejevi? S'ka gjetur gjë, ë? - ngacmoi ai.

- Eh... ai! Ka lënë vende bosh në tabelë. - qeshi ajo.

- Unë kam mbetur në kimi me një katër të madhe në librezë. - qeshi edhe ai.

- Ahaha!... Me mua ke kaluar, e ke marrë 10. - qeshi ajo dhe e puthi. - Zyshë budallaçkë paska qenë...

Pastaj...

- Më duhet të iki... - tha kokëulur.

Ajo nuk u mërzit. E përcolli gjer jashtë, por derën e mbylli shpejt. Nuk donte të dilte aroma e tij.

U mbështet me kurriz pas portës së jashtme duke parë folezën ku vetëm para pak çastesh kishin qenë të dy. Iu duk si një gojë e madhe ku duhej të futej me dëshirë e të përtypej nga vetmia.

Në koridor ende nuk ishte shuar zhurma e hapave të tij, kur u ndje e përmallur. Vrapoi në dritaren me avull, e fshiu me një kalim të dorës duke bërë miniaturën e një ylberi dhe pa siluetën e tij.

Si ta ndjente, ai ktheu kokën dhe ngriti dorën e përshëndeti. Ajo puthi pëllëmbën e fryu drejt tij. Pastaj u plas në shtrat si e plagosur...

Po si mund t'i dorëzohej gjumit pas dorëzimit që i bëri atij? Rrinte syhapur dhe i fliste pa fund.

Habitej ku i gjente aq fjalë. Të mira, të bukura...

Ai ecte rrugës. Teproi ca verë dhe ajo ia dha me vete. Kthente shishen. Ujë i dukej. Psherëtiu një çast dhe u fut si kërmilli në guaskën e vet. U mbështoll si embrion dhe u përpoq të flinte.

Të dy mendonin njëkohësisht:

"Tani është e shtunë në të gdhirë"...

21.11.2017

NATA E RRËFIMIT TË MADH

U bënë kaq kohë bashkë. Ti e di që unë përkujti-moret i jetoj sipas mënyrës sime.

Dhe sot, pikërisht sot është për të kujtuar ashtu si e kam quajtur unë, "Nata e rrëfimit të madh".

Ishte verë, gushti ishte në prag, por s'kishte ar-dhur ende. Bëmë plane për një natë mesgushti bu-zë detit, të numëronim yjet që binin duke thënë dëshirat tona, endërrat e pafundme. Do mjaftonin yjet vallë? Qeshja duke të parë në sy e duke tundur kokën mendueshëm.

Më kishe ftuar për kafe. U bëre erë për të ardhur. Më rregullove flokët që m'i kishte ndarë era në mes.

- Akoma je xheloze për erën?

- ...

Rrotulloje gotën e ujit duke luajtur, pastaj filxha-nin që sikur doje ta lexoje, pastaj atë faturën fobike tatimore... E bëre kaush, e shtype, e palose për së gjati si shigjetë dhe si pa dashje e drejtove nga vetja. Nuk fole gjatë dhe nuk po ndihesha mirë.

Për të mbushur boshllëkun, duhej të flisja. Sot nuk mbaj mend ç'kam thënë. Vërtet nuk mbaj mend.

- Dua të të them diçka...

- ...

- Në fakt jo diçka, por gjithçka!

Mënyra si flisje nuk më bëri të ndihem mirë. Kishte ardhur radha ime të heshtja.

Psherëtive gjatë dhe more guxim.

- Dikush ka kthyer kohën mbrapa. Ka zbritur nga legjenda. Më ka gjetur dhe më ka rrëmbyer. Unë... nuk jam më! Ke përballë një mumje që vetëm mund të flasë e të tregojë të vërteta. Të këshilloj t'i gëzohesh këtij fakti. Vetë më ke thënë që i do të vërtetat sido që të jenë.

- ...

- Më prit pak, sa të blej cigare.

U ngrita.

Kur u ktheva, ti mblidhje e fusje në çantë dhimbjen që rridhte si zift mbi tavolinë. Mblidhje kujtimet, çastet e bukura, gjithë qenien time të dikurshme, fjalët... Dhe shihja si mbushej ajo çantë magjike dhe i nxinte gjithë gjërat që them se ishin të përbashkëta.

- Prit, ç'bën? Nuk janë vetëm të tuat... - të fola në mërzi e sipër më zë të ulët.

- Këto janë të miat. - fole vendosmërisht.

Heshtja e të ndiqja çdo veprim për ta futur në arkivën time.

Në fund mblodhe lotët...

- Po këta?

- Janë të mitë! Më duhen për ditët që vijnë...

U ngrite.

- Ti do rrish?

Qesha hidhur.

- Do vij me ty!

- S'bën mirë. I kam thënë fantazmës së legjendës, atë që ty nuk ta kam thënë. Kupton?

Ngrita kokën në qiell. Errët. Më qe ndarë shpirti në copa që ishin bërë yje, mjegulla kozmike dhimbjeje. Pas ca ditësh do bien s'di ku. Dikush do t'i mbledhë, dikush do shprehë një dëshirë me shpresën se do t'i realizohet. Shpirtin tim të mbledhë? S'di...

Nata ishte bërë llastik, zgjatej pa fund si në përralla. Nuk mundja, ndihesha i pafuqishëm të ndryshoja gjendjen. Aorta më fliste me një gjuhë që nuk e kuptoja më. Pulsonte çmendurisht në ekstrasistula që ktheheshin në fruta lloj-lloj për të më ardhur në ndihmë në një si fruktozë, në vend të një serumi që do më ndihmonte të kthehesha në jetë.

Vetëmbrohej nga shpërthimi.

- S'di ç'të të them. Jam i lumtur për ty, takon legjendat që flenë prej kohësh...

U ktheve e shihje e çuditur.

- Për mua bëhesh kështu? Xhami, sinagogë? Nuk vlej aq! Mos e bëj... - thoshe kokëulur.

Ecnim. Pa ditur ku shkonim. Herë e zgjasje ti rrugën, herë unë.

Qëndruam në fundin e një rrugice me drita të zbehta. Nuk e guxonim ndarjen. Ishim dy statuja guri që prisnim kohën të na thyente dorën, këmbën... Sa për zemrën... qe bërë copë sa s'kish ku vinte më!

- Ik tani... - të thashë kokulur.

- Ik ti më parë... Ky është stacioni i fundit për mua.

Vija buzën në gaz nga e keqja, mendime pa fund më vinin në kokë. Askush nga të dy nuk ikte...

- Ik, mos na gjejë legjenda!

- Legjenda nuk është më! Erdhi dhe iku meteor. - nxitove të thuash - U fik. Vetëm se unë e pashë, e preka e më dogji thellësisht shpirtit. Nuk di çfarë i bëra. Këtë nuk e di...

Më kape për mënge tek po ikja.

- Prit edhe pak, fare pak! Kam nevojë të të kem përballë para dënimit me vetmi.

U ktheva.

- Ti nuk je vetëm! - guxova të të them - Ke yjet atje lart, copëzat e shpirtit tim që ndrijnë akoma për ty. Ke atë mjegullim të bukur. Bëje shall të fatit tënd. Parfumoje me atë aromën tënde dhe ma dërgo kur të ndjesh se më duhet.

Medaljonin prej hëne që të ndrinte mbi gjoks, nuk ta kisha parë kurrë më parë. Ishte hëna e plotë aty...

E kisha zili, e adhuroja!

Ti di të zgjedhësh...

21.07.2016

RITMET

Kisha ngjeshur veshin në tokë të dëgjoja afrimin tënd. Nuk e beson? Ta njoh ritmin e hapave që së largu. Pritja gjithnjë ka ankth.

Dëgjoja hapa... Oh, sa shumë hapa dëgjoja! Por nuk ishin të tuat. E njoh tingullin e tyre, sidomos kur janë nisur për tek unë. S'do gaboja kurrë. Sa shumë po vonoje! Me ritmin e zemrës i ndillja ato hapa e dëgjoja, përgjoja, shpresoja...

Ti erdhe nga ajri e qëndrove flokëshpupurisur mbi mua. U skuqa, qesha në faj dhe u ngrita.

- Fluturat nuk lënë gjurmë në tokë. Vetëm në ajër lënë ritmin e krahëve. - të thashë e të përqafova.

Të rregullova kaçurrelat që të mbulonin sytë, të kalova dorën mbi faqe, nën mjekrën e hollë me lëkurën mëndafsh.

- Më lër të rri pak kështu! - rehatove kokën mbi gjoksin tim.

Minuta të tëra mbetëm heshtur. Më dorën mbi gjoks mësoja ritmet e zemrës tënde... Çfarë simfonie!

E njihja, e doja pa fund atë melodi. E përktheja mrekullisht.

U ulëm diku, aty ku na shpunë këmbët rastësisht. Ta mbaja dorën në dorë dhe heshtnim.

Heshtje?

Jo! Flisnim siç dinim ne, me sy, me prekje...

- Jo kështu, ka njerëz. - the ndrojtur duke tërhequr lehtë dorën.

Qesha e m'u kujtua një fjalë e madhe. Vritemi pa mëshirë në mes të ditës, po kemi turp të bëjmë dashuri.

- Një gotë verë, të lutem! - porosite.

- Edhe mua po ashtu!

Diçka nise të thoshe, mbase as vetë s'dije çfarë, ashtu syulur.

Qesha. Ta mora sërish dorën në timen e të fola.

- S'ka gjë, mos fol me fjalë. Shihmë në sy e do të të kuptoj.

Vure buzën në gaz. Kishim mbetur vetëm në atë lokal buzë lumit. Bota aq ishte për ne.

"- E di?". - të pyeta me sy.

"- Çfarë?". - u përgjigje me shikim.

- Ti di ritmet e syve, di si më sheh. Si i lan sytë me qepallat e bukura. Si i mbulon kur ndruhesh. Si të ndrisin nga emocioni... Habitesh? Ti di ritmet e lëvizjes së duarve kur kërkojnë të miat. Kujton?

U fikën dritat e sikur ta dinim u hodhëm te njëri-tjetri në puthje të shumëpritura. Fshehur ta mbusha prapë gotën e verës e të mora në prehër.

Sa hile të bukur e quajta!

Dhe mësova ritmet e trupit tënd...

- Mjerë ne kur të vijnë dritat! - të ngacmova në

veshin që përpinte çdo tingull përzier më këngë bulkthash të një nate vere.

Diku më tutje, zhaurima e një lumi zgjoi bretkosat... Duartrokisnin e brohorisnin.

- Puthe, puthe, puthe!...

Gjithë ç'kishim dëshiruar, kishte ndodhur.

Dritat nuk erdhën më, po ne ndiheshim shpirt-ndriçuar...

Lagëm këmbët në lumë, spërkatëm njëri-tjetrin. Bretkocat heshtën, kënga jonë ishte më e bukur. Bulkthat përshëndesnin në errësirë me fishkëllima gazmore. Deshmitarë të një dashurie të porsalindur.

T'i ndjeja ritmet...

Të gjitha. Sinusoidë përfekte me ritmet e mia.

Të njoha aq bukur sa doja.

Ktheheshim me një heshtje që s'kishte folur kurrë ashtu.

Aq çiltër, aq pastër!

06.08.2016

SA DONTE TË FLISTE

Ajo e pa të shoqin të përqendruar në ekranin e televizorit. Kishte ditë që e shihte ashtu. Ngrihej më herët se çdo herë dhe ngulej aty. Dëgjonte e dëgjonte pa fund. Herë-herë edhe fliste me zë të lartë duke thënë mendimin e tij për çfarë trajtonte emisioni.

Bëri kafen, ia çoi e ia la në tryezë.

Ai sikur u përmend. E falënderoi.

- Më sill edhe një gotë raki...

Ajo e pa e çuditur, por nuk bëri zë, ia çoi edhe rakinë. Ai rrallë pinte në shtëpi.

I hoqi sytë për pak nga televizori, i buzëqeshi të shoqes me admirim dhe pastaj u ngul përsëri në ekran. U ndje mirë nga ai shikim falënderues, por meraku po e gërryente për heshtjen e të shoqit dhe për atë nguljen në tv.

Herë-herë duke mos dashur te fliste me zë, përplaste buzët sikur belbëzonte. Gruaja ndërronte fytyrën sipas situatës që shihte tek i shoqi. Por nuk guxonte t'i fliste. Nuk i dukej normale të fliste me televizorin, aq më keq me veten. Edhe një herë që e pyeti, ai iu përgjigj ashpër e gjithë nerva:

- Ç'ke, ç'po të bëj ty? Më lër rehat aty, mos më çaj kokën!

Që atë ditë ajo nuk hapi më gojë.

Fillimisht me ndrojtje, burri nisi të formonte numrin e telefonit të emisionit të çdo mëngjesi, po kur i dilte i zënë, rrinte me minuta të tëra duke provuar. Ndihej i përplasur mes dy ndjenjash, dy dëshirash të ndryshme. Dëshira për të folur, për të shprehur çfarë mendonte, si gjithë ata që flisnin në emision. Po edhe një si "ishalla nuk e kap linjën", duke mos ditur në do t'ia dilte mbanë të thoshte atë që duhej në një të folur aq publike.

Ngushëllonte veten me "unë e bëra timen, mora në telefon, por askush nuk e hapi". Po ta kishte kapur linjën do bënte kështu e ashtu... E andralla të tjera që shpesh i mendonte gjatë, me një guxim që nuk ishte në natyrën e tij. Herë-herë dukej edhe sikur lëvizte duart, si të shpjegonte më mirë ato që thoshte me zë.

Këtë gjendje e shoqja e shihte me dhimbje e shqetësim.

- Alo, urdhëroni! - u dëgjua zëri i moderatorit në emision.

Burri u habit. Ja edhe momenti që priste prej kohësh! Po tani që kishte ardhur, nuk i besohej.

- Unë? Në fakt...

- Po! Urdhëroni, flisni! Jeni drejt për drejt...

Burri kërkoi me sy të shoqen si për ndihmë.

"- Po kjo dreq ku shkoi?". - mendoi me një farë acarimi.

Ndjente nevojën të kishte një njeri pranë, të qe më

i sigurt. Pastaj vetëtimthi u kujtua që edhe ajo nuk do t'i bënte punë. E ku i dinte ajo hallet e tij!

- Alo? - këmbënguli moderatori - Jeni në linjë? Shprehni shqetësimin tuaj, zoti qytetar. Thoni pra, opinionin tuaj...

- Po, jam! - tha burri me një farë sigurie.

- Ju lutem, uleni zërin e televizorit, se është më mirë për ju, komunikoni vetëm me telefonin tuaj.

- Po, faleminderit! - tha burri.

Mori frymë thellë dhe nisi të flasë. Për fat të mirë po i kujtoheshin ç'kishte përgatitur me mend gjithë ato ditë.

- Nuk kemi punë. Nuk kemi rrugë. Nuk kemi shpresë. Nuk kemi... Ah, asgjë nuk kemi, asgjë!

- Po, vazhdoni flisni, i nderuar qytetar! - u dëgjua zëri i moderatorit si për t'i dhënë kurajë.

Por atij iu duk se në ato ngjyra zëri kishte ironi, kishte justifikim, pafajësi që sikur thoshte:

"- Ju lutem, po unë nuk jam as qeveri, as bashki, as deputet as... as...". - iu bë të dëgjonte.

- Atëherë përse e bëni emisionin, nëse nuk zgjidhni gjë? Përse duhet të humbasim kohë edhe duke telefonuar?

"- Po ju pa punë jeni, keni kohë sa të duash, ahahahahaaa!". - iu bë se po dëgjonte.

- Se kjo qeveri mizerabël...

"- Më falni, po janë detyra të bashkisë këto...".

- Se kjo bashki mizerabël, e korruptuar e hajdute që na ka lënë në pikë të hallit, pa transporte, pa bukë, pa ujë... Uf, pa... pa... pa...

Nuk po ndjente më zhurma në telefon.

Sa vetëm u ndje! Siç duket koha e tij kishte mbaruar. Gjithësesi u ndje i lehtësuar. Ja, kishte thënë gjithë ato gjëra.

Ndezi një cigare dhe e thithi fort.

Duke rikujtuar ç'tha, fliste me vete, i dukej se la shumë gjëra pa thënë. Pak më vonë po i dukej se nuk tha asgjë. Mbase prandaj dhe ai moderator ia mbylli telefonin.

U kujtua t'i ngrerë zërin televizorit për të dëgjuar komentet e të tjerëve.

- Ai burri që foli pak më parë, të mbajë gojën! - tha zëri i hollë i një gruaje. - Sepse që kur kanë ardhur këta në pushtet jemi shumë mirë. Kemi ku të ecim, kemi bukë, kemi ujë, kemi celularë... Te gjitha i kemi!

"Me mua ta ketë kjo?". - mendoi.

- Dhe sa për dijeni, ai burri ta mbajë me shëndet edhe atë prijësin e vet që na çoi në këtë derexhe. Ai ka vjedhur, ai ka vrarë. Ai dhe monstrat e tij që për kaq vite nuk bënë... - fliste gruaja e irrituar pas çdo fjale më shumë.

Burrit po i turbullohej pamja, po ndihej ngushtë. Ta kishte atë zonjë tani përballë, pa të mos e bënte për një lek!

Me duart që i dridheshin në telefon nisi përsëri të formonte numrin e emisionit. Pambarimisht... Por askush nuk hapte më. Me siguri moderatori do ishte i një mendjeje dhe ngjyre me zonjën, derisa nuk ia hapte. I djathtë, i majtë, i qendrës së majtë, i qendrës së djathtë... Uffff, nuk e numëronte dot atë pafundësi qendrash.

Ashtu e gjeti e shoqja.

- Maskarenjtë! Kanë një mikrofon në dorë dhe bëjnë siç duan. - shfryu i mërzitur, i revoltuar në kulm. - Mirë ma bënë, kur iu dhashë shkak!

- Sa cigare paske pirë, o i zi! - vërejti ajo me gjysmë zëri.

- Po! Kam pirë e do pi prapë! - i tha me sy të çakërdisur nga inati. - Ua rregulloj unë!

Mori me vrull xhaketën dhe doli jashtë duke tërhequr e përplasur derën.

E shoqja e ndoqi me keqardhje.

Sytë iu lagën nga trishtimi...

tetor - nëntor, 2017

NIMFA
E LIQENIT

Sapo parkoi dhe doli nga makina kuptoi që e kishte mbajtur kot ndezur kondicionerin. Në atë qytet që tani e quante "të tij" mbrëmja ra me freski mrekulluese. Aroma e blirëve kundërmonte kudo. E njhte atë aromë, ishte aroma e saj, e kishte gjithë qyteti.

Tani po! Tani dëgjonte edhe bulkthet që këndonin në kor. I dukej se ky qyteti i vogël buzë liqenit dinte të këndonte mrekullisht. Nisi të fliste me ajrin, thua e dëgjonte dikush, dikush që pritej të vinte nga çasti në çast.

Mbrëmja e vonë afrohej, qyteti zhytej në qetësinë e natës.

Iu afrua një peme dhe duke qeshur u mat me hijen e saj në dritën e hënës. Ndjeu përsëri vapë dhe zbërtheu edhe një kopsë tjetër të këmishës.

Padashur këmbët e çuan te shtatorja i poetit. U ul në një stol dhe ndezi cigaren duke soditur bronxin. Iu duk se folën për një çast. Pastaj u ngrit sërish, u zgjat, këputi një degë bliri plot lule dhe e la te këmbët e shtatores.

"- Ke pasur të drejtë. Ky qytet është plot jetë. Ah,

kur s'u bëra dhe unë pak poet, t'u kisha kënduar si ty nimfave të liqenit! Do mundja dot? Ky qytet ka vajza të bukura, ti s'do ta kesh pasur kaq të vështirë t'iu shkruaje".

Qeshi pak me ato që tha dhe hodhi sytë andej nga shihte poeti, nga liqeni. Nuk flinte, po si në gjumë dukej.

"Eh, sa po vonohet". - mendoi pak i trishtuar dhe shkoi gjer në breg të njomte këmbët.

Nga duhej të vinte ajo që priste? Herë-herë hidhte sytë rreth e rrotull, mbase shihte ndonjë hije që t'i ngjante.

"Kjo duhet të jetë, erdhi jeta ime". - u lumturua tek pa një hije që nxitonte drejt tij.

Ndenjën një çast përballë, pastaj ranë në krahët e njëri-tjetrit. Nuk flisnin. Shihnin në tokë hijet që bashkoheshin, putheshin dhe tentonin të shihnin njëra-tjetrën.

U kujtohej të dyve se këtë përqafim e puthje e donin pa fjalë.

- Më the se do më prisje? - e prishi heshtjen i pari, pak me qortim për ta ngacmuar.

- Ja, erdha! - ia ktheu ajo me ndrojtje.

Vuri re që po i shikonte veshjen.

- Ç'ka që nuk shkon?

Ai përtypi edhe një herë fjalët, si për t'i mbajtur të mos dilnin ashtu siç qenë dhe nisi të ecte.

Ajo i ndjente dorën në bel, por ndjente edhe që diçka nuk shkonte. Ai shihte para, larg, shumë larg dhe asaj i dukej vetja vetëm përkohësisht e pranishme.

- Kështu më prite? - buzëqeshi ai - Thua se të kanë përzënë nga shtëpia...

Ajo qeshi për ta ngacmuar. E dinte, e dinte fare mirë se ku donte të dilte dhe uli kokën të mos dukej.

- Jam me motrën. - tha pas pak me ndrojtje duke treguar me sy një siluetë femre pak para tyre - Nuk mund të dilja vetëm kaq vonë.

Vuri re që ai nuk u mërzit. Ndjenja të dyfishta e pështjelluan. A nuk qe nisur ai për tjetër gjë? Përse nuk e bënte veten? Përse nuk po binte në atë gracken e bukur që i kishte ngritur ajo?

U ulën të tre në një bar që rrinte hapur gjer vonë.

- Rrimë këtu?

- Mrekulli... - u përgjigj ai duke u mbushur edhe një herë me aromën e blirit çelur mbi kokën e tyre në një kurorë të madhe.

Bisedonin, qeshnin, tregonin, bënin shaka. Vuri re se ai tundte nga pak këmbën. Nervozizëm apo ndiqte ritmin e serenatave?

Shpesh ia zinte pa mendje shikimin dhe pyetjet. I dukej se e pyeste: "ç'ke kështu?". Ai ishte çliruar fare dhe bisedonte e qeshte i lumtur. Ajo ishte si në ëndërr. Qeshi pak me vete dhe mendoi të luante gjer në fund.

U ngritën. Ai nxitoi të paguante, kurse ato të dyja lëvizën ngathtësisht duke buzëqeshur. Kamarjeri iu duk tepër i fjetur për të marrë pagesën, gjersa më në fund sikur u kujtua e tha se tavolina qe paguar.

Ktheu sytë nga vajzat që buzëqeshnin.

Morën të dalin nga lulishtja.

Tani ecnin rrugës pa folur.

Secilit i dukej se qe i tepërt.

Ku po shkonin ato?

Ku po shkonte ai?

- Ky është hoteli! - ndaloi ajo pranë derës prej kangjelle hekuri të një godine shumë të bukur.

Ai u kthye i habitur, ndërkohë që motra bëri ca hapa para.

Ndaluan dhe ai e nuk u ndrojt më. Ia mori fytyrën mes duarve të mëdha dhe e puthi lehtë.

- E kuptova që kur erdhe. Nuk më duhet hoteli. Janë ditë ekuinoksi dhe nata është e shkurtër. Të paguaj për të mos e shijuar këtë natë në qytetin tënd të mrekullueshëm?!

Ajo heshti një çast pa ditur ç'të thotë.

- E kam prenotuar për ty. - pëshpëriti si e zënë në faj - Mbase nuk do kishe vend...

Vërtet, i kishte kërkuar njeri të gjente hotel?

E ndjeu trishtimin e tij.

- Pse thua kështu? Erdhe, u takuam, pimë një gotë siç e kishim lënë. Kaq... Ç'ka për t'u mërzitur?

Ndjente se zëri po e tradhëtonte, edhe sytë që nuk i ngrinte më për ta parë.

Ai nuk fliste, buzëqeshte ëmbël.

Përballë asaj buzëqeshjeje i dukej vetja e vogël, e vogël fare.

- Nuk u mërzita...

- Ke njerëz? Ke miq? - reagoi sikur e gjeti përse nuk e donte hotelin.

Ndjeu që ai nuk po dorëzohej, të bëhej pre e trishtimit, ashtu siç kishte menduar pak djallëzisht ajo. Vazhdonte ta shihte në sy dhe të buzëqeshte ëmbël.

- Po! Kam gjithë qytetin... Liqenin, bliret, parqet. Kam poetin, bulkthet që këndojnë për ardhjen time. Vetëm se ti... Nuk më flihet, është mëkat gjumi në një natë të tillë. Nuk u mërzita, jo. Përse kërkon të ma imponosh mërzinë?

E puthi edhe një herë lehtë, si për t'i thënë se vërtet nuk qe trishtuar nga përcjellja dhe e la të shkonte pas motrës.

Ndërsa e puthi në faqe ndjeu që bëzët iu lagën...

Mori në të kundërt, për nga parku ku mbërriti një orë e ca më parë. Iu duk se ai vend tani qe streha e tij e përzgjedhur. U ul në stol duke tymosur. Nuk e dha veten gjer pak më parë, po tani ndjeu që ishte vetëm.

"- Jo, nuk duhej të ndodhte kështu. - mendoi. - Kjo duhet të ishte nata e të dyve. Ja, këtu, buzë liqenit"...

U kujtua se në makinë kishte një shishe të vogël me pije të fortë. Shkoi e mori. Pinte ngadalë në stol dhe tymoste pa rreshtur, si të mbyste dhimbjen që po i shtohej.

"- Jo! Tani nuk duhet të isha vetëm...".

Me sytë gjysmëmbyllur shihte hënën që kolovitej mbi ujra si një nga mjellmat e gjolit dhe kallamishtet që lëkundeshin lehtë, si nga frymëmarrja e tij e dendur.

Ndjeu një prekje në gjoks, thua një zog u ul mbi të dhe bulkthet heshtën.

Nuk donte t'i hapte sytë. Ajo ëmbëlsi mund të qe një ëndërr, pse ta trembte!

Pastaj dëgjoi një melodi fare afër dhe ndjeu aromën

e qytetit t'i vinte në kraharor. Këtu gjithë njerëzit dinë të këndojnë bukur...

- Dua hënën, dua të ma dhurosh sonte! - dëgjoi një pëshpërimë dhe duart e saj që e pushtuan...

U zgjua pa fjetur fare. Ia shtrëngoi duart në gjoksin e tij dhe ia puthi. Ah, ëmbëlsi e tyre!

Ky qytet është vërtet mrekullisht i ëmbël...

Ajo iu ul në prehër. Kishte veshur fustan të lehtë e të hollë si për mbrëmje vere, aq sa ia ndjeu çdo formë ashtu mbështetur pas tij.

- Më ke thënë se edhe në verë këto mbrëmje nuk mbarojnë shpejt. Por... ekuinoksi...

E shtrëngoi në gjoks. Kur u kthye ta puthte ashtu me krahët e ëmbël rreth qafës së tij, stepi. Sikur u habit, iu tremb ndonjë hakmarrjeje. Po ndihej e fyer.

- Prit! - i tha ai duke e parë në sy - Ti do hënën?

- Bëra shaka, - u justifikua ajo nxitimthi - nuk ishte kusht, zemër...

Ai e ngriti peshë dhe e uli mënjanë në stol.

Pastaj u zhvesh dhe u nis drejt liqenit.

- Po shkoj ta kap. Nëse e do, hajde merre...

Dhe nxitoi drejt ujrave. U hodh dhe hëna në ujë u grimcua mijëra xixëllonja të vogla.

Ajo buzëqeshi dhe e ndoqi ashtu duke u lëkundur.

- Nëma! - i tha kur ai u shfaq në sipërfaqe dhe i zgjati dorën.

- Shiko si u thye në mijëra copa! Hajde t'i gjejmë e ta bëjmë siç ishte...

Ai i qe afruar bregut duke folur dhe i kapi dorën. U mbajtën ca çaste dorë për dorë, ai me këmbët në liqen, ajo me këmbë në bregun e thatë. Ah, sa i pëlqeu njomështia e dorës së tij! Sikur të mundej...

Ai e tërhoqi... Këmbët nuk iu bindën të qëndronte aty në breg. Freskia e ujit i përfshiu trupin, u ndje në krahët e tij, pushtuar nga përqafimi pa fund në njomështi. Aroma e gjolit ishte ndryshe natën, përzihej me aromën e tij në një kokteil dehës.

Qeshte. Qeshte dhe lozte më të, me ujin e ngrohtë të liqenit. Si në një ëndërr që nuk donte të mbaronte kurrë.

"Me gjithë rroba! S'kam bërë ndonjëherë marrëzi të tilla. Por qenka bukur". - mëndoi ajo duke qeshur gjithë shpirt me veten.

Si nimfë...
2013

EDHE NJË BIRRË TË MADHE

Kisha kohë pa u takuar me mikun tim të mirë. M'u kujtua dhe thashë t'i bëj një telefon.

- Humbëm fare, kalo këtej të pimë një birrë!

Në telefon, pas përshëndetjes ndjeva heshtje.

- Dëgjove?

- Po, po! Ja, do vij këto ditë...

- Po ç'këto ditë, aman! Pimë një birrë sot, pa pimë prap "këto ditë". - s'm'u durua t'ia kthej. - U ngroh koha goxha.

- Sot nuk e kam mundësinë.

- E mirë, pasdite të pres.

- Do bëj çmos. - foli thatë dhe u përshëndetëm.

Megjithatë, pasdite u takuam. Rrinte kokëulur.

- Ore, ç'ke kështu ti?

Më pa në sy dhe vuri pak buzën në gaz.

- Nuk kam gjë, jo. Po ja... Nuk kam mundur. Ashtu më kanë ardhur ca punë. Mbrapsh...

Hetova një çast me sy për çfarë po fliste.

- Nuk të kuptoj...

- Vetëm mos mendo që kam shpërdoruar mirësinë tënde. - më tha.

Më kujtoi ç'kishte ndodhur para disa muajsh.

...Hapa me nxitim telefonin që kishte pak që binte.

- Alo? Je për një birrë të madhe? - dëgjova shokun tim më të mirë.

- Hajde! Po m'u pika edhe mua, mirë u kujtove.

U ulëm në lulishten e lokalit përballë zyrës sime, morëm nga një birrë të madhe. Bulëzat mbi gotë e bënin joshëse, të nxisnin të mos e lëshoje nga dora.

E shihja shokun e mikun tim të heshte në një lloj mbyllje jashtë natyrës së tij hokatare e të çiltër.

- Ti se çfarë ke! - i thashë drejt për drejt - Tridhjetë vjet që të njoh. Thuajma!

Ai rrotulloi gotën në një farë mënyre si për të marrë kurajë.

- Më duhen 500.000 lekë, gjer në fund të vitit. Nëse do kishe mundësi të më ndihmoje... - tha me ndrojë.

- Të reja?

Qesha pak me gjithë atë siklet ku ndodhej.

- Jo, jo! Ç'të reja!

- Hajt, tani... Marrim edhe një birrë tjetër. E kam mundësinë dhe për kohën mos u vur në siklet. Mjafton të mbarosh punë.

U çel dhe më falënderoi shumë. E di sa mirënjohës është dhe më erdhi mirë që pata mundësinë t'i gjendesha.

- Aha, kuptova tani. Kuptova. Prandaj s'ke ardhur të më takosh as për kafe, as...

Ai qeshi dhe pohoi pak dhimbshëm.

- Në një farë mënyre, po!...

Më erdhi për të qeshur dhe vendosa ta ngacmoj.

- Domethënë unë veç lekëve, po humbas dhe shokun, ë? Eh, ta dija, nuk të kisha ndihmuar fare.

Dhe qesha për ta qetësuar.

- Nejse... Ndodhi! - bëri me dorë ai si fajtor - Por lekët nuk i ke humbur, jo! Edhe shokun vetëm përkohësisht... Nuk ndihem mirë, ndonëse e kuptoj që...

- Po mirë, sipas kësaj logjike i bie që me 15 milionë lekë, të humbas tridhjet miq të mirë, kështu siç po të humbas ty. Po unë them se miqësia as blihet, as shitet. Si i bëhet? Nuk kam ndërmend të humbas njerëz të mirë për ca para.

Dikur, angazhuar me punë nuk gjeja kohë të takoja shokë e miq, ndonëse më ftonin. Deri në kohën kur pashë se kisha mbetur vetëm. U dhimba me veten. I lajmërova të gjithë ata që bënim grup dhe i ftova në një drekë. Gjatë bisedave u kuptua që ftesa ime ishte për të mbledhur atë shoqëri që po shpërbëhej dhe pagesa më takonte mua.

- Hej, po na blen? - më ngacmuan më hokatarët - Shyqyr që na bëre mbarë të mblidhemi, pa je i falur për gjithë mungesat.

Qesh kur kujtoj që fatura u pjesëtua për sa vetë ishim, pa më përfshirë mua. Si për inat.

Kujtova këtë, po nuk ia tregova mikut tim. Ai nuk ishte mirë vërtet, ndërsa unë i bëra shenjë kamarierit të sillte edhe dy birra të mëdha. Pihej mirë, pranvera po mbaronte dhe temperaturat ishin të larta.

06.06.2015

LODRAT E LOJËS

Të kisha thënë dikur. Gjithë jetën luajmë, vetëm lodrat ndryshojnë. Më pe me frikë e me ankth atëherë. M'u desh kohë ta mbush atë mendjen tënde të bukur, ku vërtet rrotullohen aq shumë shaka e ngacmime çapkëne, pa ditur që të gjitha janë lodra.

- Ashtu rri, mos lëviz! - më the dhe qeshe me sytë që të ndrisnin plot lumturi.

Plotësoja dëshirën tënde pa ditur pse.

- Kjo fryma jote më bie në krahë dhe më flet gjëra kaq të bukura. Më gudulis ëmbël, më çon në ëndërra.

Qesha.

- S'beson? Ja, shikoje krahun tim aty ku fryn ajo dhe lexo ç'ke thënë. Edhe ngjyrën ka ndryshuar. Shiko, shiko sa bukur është!...

Pastaj zgjate dorën tjetër e more një qese.

- Ja, mos u mërzit, do ta mbush këtë qese me frymën tënde e do ta marr me vete kur të iki.

Qeshja.

- Si thua ti? Nuk është lojë kjo?

- Po, është.

Shihja si herë pas here sytë të ndërronin ngjyrë. Lëkura po ashtu. Buzët... Deri edhe flokët.

- Ngjyrat m'i ndërron ti! - the sikur më lexove mendimet.

Dhe përjetoja bukur. Lozja me buzët e tua. Flokët e shkrifët t'i bëja dredhka mbi supe. Të prekja qafën, supet e bukur, këmbët plot hijeshi...

Qeshje ngacmueshëm.

Po pastaj?

U bëmë fëmijë. Loznim me lloj-lloj lojrash nga ato llafollogjitë e orëve të mërzitshme të mësimit, aty te bankat e fundit.

- Po dashuri nuk do bëjmë?

- Ahahaaa! Ja edhe një fjalë tjetër që fillon me D! Fitova! Puthmë tani!

Pastaj fituesi i hiqte një rrobë humbësit. Derisa mbeteshim fare zhveshur. Mbase kishim fituar të dy. Po edhe pak hile e pranonte ajo lojë. Më erdhi të qeshja kur pashë se kisha mbetur me një çorap, si njeriu i fatit me një sandale, Jasoni i mitologjisë.

- Paske fituar ti! - shpërtheve në të qeshura gurgullonjëse dhe u mbulove.

Loznim dhe humbisnim qëllimisht. Ose do isha veshur më shumë unë, ose isha treguar egoist nga padurimi për të parë e shijuar hiret e tua.

Dhe çastet iknin pa u ndjerë.

Një prekje ti, një prekje unë.

Si shkallë të mrekullueshme për t'u ngjitur në qiellin e shtatë. Ai lëngu i kuq, çudibërës në të njëjtën gotë, me të njëjtat buzë. Se buzët e tua janë të miat dhe anasjelltas. Kështu thua ti sa herë.

- Kam uri. Kam uri e duhet të ha diçka.

- Si beb kërkon, sa inat të kam!

Të merrjra nga gishtat fruta të thatë e të ktheja puthjet me to.

Dhe gjenim arsye për të qeshur, për t'u përkëdhelur. Për t'u ndjerë si dikur, në zanafillë...

Në ditëlindje të solla një arush prej pellushi. Qëllimisht, të mërziteshe pak. Për t'i dhënë ngjyrën asaj lidhjeje të bukur.

- Ç'e dua këtë? - the gjithë inat duke e hedhur tutje - Të kam ty!

Unë qeshja, se më pëlqen të lozim.

- Ja, dëgjomë! Të kam sjellë edhe një zilkë. Sa herë të të marrë malli për mua, tunde e unë do të vij. Është magjik tingulli i saj.

S'besoje... Më shihje mëdyshas. S'dije ç'të bëje. Ta çoje inatin deri në fund apo të më hidheshe në qafë?

Po diçka t'u kujtua e nxitove te sirtari.

- Merre dhe luaj! - më zgjate një bilbil - Është i një prej policëve të barcaletave.

Sa qesha!

Të rrëmbeva në krahë e m'u bëre lodër, lodra më e bukur në botë.

Dhe qeshnim, lumturonim pa fund në krahët e njëri-tjetrit.

Prandaj...

Besomë, gjithë jeta është një lojë, ne jemi lodrat më të bukura të saj.

Po, po! Ne të dy...

Beson tani?

27.12.2017

DJEGËSIT
E QYTETËRIMIT

Sot po të tregoj çdo gjë, sepse duhet...

Nuk mund t'i mbaj për vete të gjitha.

Kisha dëgjuar për ty ashtu kalimthi, por nuk të kisha parë kurrë.

As ti nuk më kishe parë, por vetëm pate dëgjuar për mua. Thua vërtet të isha më e bukura e botës? Ndihesha mirë sa herë e dëgjoja këtë, pa ditur sa e vërtetë ishte. Sa herë flisja me pasqyrën kur më krihnin, i flisja çdo tipari tim, por asnjë nga hiret nuk më përgjigjej. As flokët e gjatë e të verdhë, as sytë blu, as hunda imcake. Dhe i merrja inat...

Një lloj kapriçoje më detyronte të bëhesha egoiste. Por atë mbrëmje...

Vije drejt meje, aty anash ku ishte një kolltuk bosh, më i madh nga të tjerët. Nuk duhej! Nuk kuptoja ç'po bëje. Si mundje? Si nuk e dije?

- Është i zënë ai vend! - të tha dikush që ruante lëvizjet e tua. - Është...

Stepe një çast, pa e kontrolluar një qeshje në buzët e bukura. Miratove me kokë ç'të thanë dhe m'u ule përballë. Çudi! Tani nuk po kuptoja pse nuk vazhdove të ecje. Shumë pak rrugë kishte mbetur gjer tek unë. Dhe ulërita me vete.

"- Pse? Pseee?".

Ishte një ulërimë shpirti që s'më kishte ndodhur kurrë.

Të shihja në gjithë qenien tënde si një njeri të ardhur posaçërisht për mua. Shihja krahët, trupin, fytyrën, gjithçka që i pëlqehet një burri dhe ndjeja tërheqjen tënde. Mallkova veten që isha mbretëresha e mbrëmjes, që thuajse gjithë vëmendja ishte përqendruar te respekti ndaj njëra-tjetrës i dy mbretërive që donin paqe. I tëndes dhe times.

Por ne... A kishte paqe më të bukur vendosur pa fjalë? Burri im nuk ishte aty, ai vend do mbetej bosh.

E dija... Qëllimisht i bënte këto mungesa të stërgjata pritjesh. Por nuk dija ku ishte e argalisej i dehur. Ndjeja se ai vend po të takonte ty. Dhe s'di pse një valë e nxehtë ankthi më përshkoi në fillim e më pas u ftoha. Djersë... Që rrallë ma lagnin lëkurën.

Tek unë po lindte një botë e re. Një mori yjësish më digjnin trupin e ma bënin të ekuilibronte me tëndin.

Vizione të reja më turbullonin pamjen. Dëgjoja zëra të rinj, të mrekullueshëm në ëmbëlsinë e tyre dhe s'besoja ç'po ndodhte. Dy ndjenja që grindeshin me njëra-tjetrën.

Njëra më ftonte t'i largohesha atij përjetimi magjepsës. Tjetra m'i mpinte këmbët të qëndroja aty, përballë miklimeve të ëmbla. Tunduese, e pamëshirshme duke i futur vetes fitila zjarri që digjnin duke pëshpëritur:

"- Rasti vjen vetëm një herë. Ji e zonja ta mbash dhe njerëzit do të kuptojnë. Ti do ndryshosh botën?".

Në sy të pashë zjarr, zjarrin që ngjall një shpirt dhe djeg një qytetërim. U ndjeva e dorëzuar...

Me kupat qeramike të verës uruam së largu njëri-tjetrin duke vendosur të digjnim gjithçka ndërtuar deri atëherë. Të digjnim paqen false vendosur prej aq kohësh, por t'i jepnin ngjyra brendisë sonë.

Nuk e dija gjuhën tënde. As ti timen. Por të gjithë sytë e shpirtrat flasin të njëjtën gjuhë.

E dija që do më ndiqje, ndaj u ngrita dhe eca.

T'i ndjeja hapat pas vetes, drithëroja nga frika se do bija e mbahesha mureve ndriçuar aq sa duhej për t'u parë vetëm ne të dy, askush tjetër.

Sa habi!

Flisnim njësoj, herë unë në gjuhën tënde, herë ti në timen. Putheshim si të kishim zbuluar të parët dashurinë. Bënim dashuri mes perdeve të mëndafshta që flladi i natës i fërfërinte si fëshfërimë shpirti.

Zhveshja jote aq e paqtë! Tinguj të bukur, të aq mezipritur që më drithëruan....

Sa dashuri bëmë atë natë! Sa asnjëherë tjetër. Sepse unë nuk kisha bërë kurrë me të, as dashuri, as seks.

Ai me mua po. Vinte mbrëmjeve vonë i dehur. Më zgjonte me vringëllimat e hekurishteve që mbante në trup dhe hidhej mbi mua si mbi hasmin. Përdhunime të shëmtuara që më helmonin jetën.

Kënaqej nga britmat e dhimbjeve të mia. Kënaqte epshet e tij, i mbushte mendjen vetes se klithmat ishin rënkime kënaqësie. Derisa as frymëmarjen nuk ia duroja dot. Më dukej vetja skllave. Nuk ndjehesha fajtore, as atëherë, as tani. Nuk jam bushtër e përdalë, siç nisi të thotë ai. Ti je ndryshe. Nuk e di akoma, luftoje ti atëherë? Por e dua pa fund butësinë tënde njerëzore.

Pastaj ikëm, ikëm larg. Më digjte prania jote, të digjte imja. Me veten kisha nisur të isha unë. Vetja. Lumturoja brendësisht. Edhe ti lumturoje, e ndjeja. E ndjeja në sytë e tu, në lëvizjet e tua, në zërin tënd. Në prekjet që më jepje. Në aromën që më dhuroje. Lëkura të zbutej e të shkëlqente edhe më shumë. Nisa të të doja edhe më çmendurisht. Ndjeja që bota gjithë po ndryshonte nëpërmjet nesh. Po kush ishim ne? Qytetërimi u dogj. Edhe bota u dogj e ndryshoi. Thonë se një i verbër shkroi për ne.

Po si shkruaka njeriu pa sy?

Nuk e di, nuk e di...

Jam krenare që të desha me shpirt!

Dhe të dua akoma, ndonëse nuk e di ku je...

01.01.2018

DHOMA E RRËFIMIT

Prandaj thonë rasti është mbret. Megjithëse unë e prisja. Vërtet prisja të të shihja në rrugë, me shami në kokë, me syze dielli të mëdha vënë qëllimisht që të mos njiheshe.

Unë me frak, borsalinë të zezë e bastun, në trotuarin tjetër. Hej, çfarë veshjesh! Prerë për të mos qenë ne. Pavarësisht njëri-tjetrit nxitonim për aty ku ishim nisur. Unë mbërrita i pari, ti më pas. Aty, perdeve të errëta e të trasha ku zërin mund ta dëgjojë vetëm ai që flet brenda tyre. Unë në dhomën time, ti në tënden.

Diçka trokite, si për të provuar nëse kishte njeri tjetër në atë rrethinë të veçuar nga bota. Ti me siguri hoqe syzet, shaminë me lule dhe u ule.

- Ka njeri?

Unë heshta, sepse ajo pyetje nuk qe për mua. Hoqa borsalinën, frakun, përvesha mëngët e këmishës së bardhë për të qenë vetja.

- Dhe sigurisht më mirë që nuk ka. - ndjeva të pëshpërisje.

- Erdha këtu, zoti im të të rrëfej për dhimbjet e shpirtit. Sepse nuk kam më kujt t'ia tregoj. Dhe as t'i

besoj. Thonë që duhet t'i besoj sekretet vetëm nje-
riut që dua dhe më do. Po a më do akoma ai? Ndaj
erdha të rrëfej e të zbraz shpirtin këtu. U bënë shumë
kohë që nuk jam parë me të. Nuk e di ku është. As ai
nuk e di ku jam. Por... Ai gjithmonë thoshte se ka ca
fjalë që nuk thuhen shpesh e nuk i thuhen kujtdo. Po
mua m'i tha. Dhe sa herë më thoshte: "faleminderit
që më zbukurove jetën", kuptoja se ndihej i lënduar
dhe do mungonte për një kohë të gjatë.

- Çdo thoshe nëse këto janë të vërteta? - pëshpë-
rita matanë perdes që na ndante.

- Nuk e di, ndihem ngushtë, nuk e doja këtë pye-
tje aq më tepër tani.

Pastaj heshte si për të verifikuar nëse dëgjove gjë
vërtet apo vetë pyesje e vetë përgjigjeshe.

- Fol pa merak! Gjithçka do mbetet këtu dhe per-
det do t'i shkundim para se të ikim.

Në mospërgjigje ndjeva të më kishe njohur nga
zëri.

- Zot! Po ti çdo këtu, si më gjete?

- E njoh kaq mirë kohën tënde, vendet e tua, pas-
thirrmat e tua. Unë ta njoh edhe hijen. Edhe aromën,
si askush tjetër...

- Dhe çdo nga unë?

- Të vazhdosh rrëfimin. Pastaj të kem radhën unë.

Stepe pak, e pashë perden të tundej nga një pshe-
rëtimë e fortë.

- Çfarë do të dish, më thuaj!

- Asgjë më shumë se çdo flisje mes këtyre perde-
ve të rënda...

- Po unë nuk të kam kërkuar.

- Jo gjithnjë të dy kemi kërkuar njëri-tjetrin. Ja që kësaj radhe...

Nuk fole.

- Po! Do marr guximin të tregoj. Nuk janë kaq të thjeshta për mua, nuk janë aq të bukura për ty... Por gjithsesi ndjej se duhet të flas.

Dhe prita zërin tënd që ndërronte stinë pas çdo fjalie.

- Shpesh më është dukur sikur mezi e ke pritur çastin të të pengoja të largoheshe nga unë. Ka pasur çaste që jam ndjerë vetëm, shumë herë. Nuk kam gjumë. Shumë herë më duket se gënjej veten kur mendoj se nuk të dua. Pastaj ndihem keq dhe mendoj të kundërtën. Çuditërisht ndihem më mirë. Por me ty larg vetmia ka marrë përmasë tjetër. Pa ty, më është dukur vetmi e hidhur. Pa përkushtimin tënd, pa vëmëndjen tënde... Dhe e di? Vetëm me pak emocion kam pirë kafe me dikë. Ardhur nga shkretëtira njerëzore, pa ndjenja. Vetëm kafe në këmbë. E përcolla me një buzëqeshje për të ikur e për të mos ardhur...

- Kur?

- Atëherë kur zëri yt nuk dëgjohej më.

- Sa mirë... - pëshpërita.

Pashë mbi këmishën e bardhë, nën frak, një petal të kuq trëndafili të më çelte nga shpirti e të më lagte lëkurën. Sigurisht që e dëgjove, por nuk e di sa e kuptove.

- E di? Dua të mbledh ç'kam këtu, të shtrenjta e të lira, të paketohem e të iki larg.

Unë heshta.

- Më dëgjon? Aty je?

- Po, po. Tregomë!

- Sepse nuk ndihem mirë këtu me ty, por pa ty...

- Çdo të thuash? Më ke shtyrë tutje prandaj kam ikur.

- Jo, nuk është tamam kështu. Më kanë thënë fjalët që thua ti. Por nuk ndihem të jem unë në to. Mbase se edhe nuk e kam pritur këtë gjë.

- Ashtu? Ja, po të flas tani dhe thuajmë nëse e gjen veten në këto fjalë apo jo.

Dhe tregova e tregova...

- Mjaft! Tani jam në lotë...

- Fol, të vërtetën pra, siç jemi mësuar të flasim ne! E gjen veten?

- Po, e gjej. Dukem një copë akulli që lëviz kuturu. Dhe s'dua të të humb!

Pastaj heshtëm. Ato minuta m'u dukën orë.

- Nuk e di, vërtet nuk e di ç'do bëja nëse ti tregon çdo gjë. Për mirë a për keq. Sa do duroja?

- Vërtet do të më dëgjosh, apo do të provosh veten?

- Vërtet! Tani rrëfehu ti për veten. Ç'ke bërë kohës që nuk kemi qenë bashkë? - fole me mosbesimin që do tregoja.

E përgatitur për një zhgënjim, psherëtiva me një "uf" të gjatë.

- Më dhe fjalën, fol! Janë perdet, është dhoma e rrëfimit. Nuk jam unë...

- Po, do flas! Atëherë kur unë flisja, por ti s'ma dëgjoje zërin, kam pirë dy herë kafe me të njëjtin person. I ardhur nga larg, jo për mua. Por... Në të njëjtin vend. Edhe unë në këmbë i kam pirë.

- Vërtet? Tamam atëherë? Më duket e pabesueshme. Më duket si film. Edhe? Tregomë, ç'ndodhi? - prisje në ankth.

- Ishte njeri i bukur. Por nuk e kishte aromën tënde. Kaq. Mjafton?

- Pothuajse... Kuptoj. Më ardhka vërtet keq!

- Jo, jo. S'ka asgjë për keqardhje. Kjo botë është plot me njerëz, por çdokush ka vendin e vet. Edhe për ty, edhe për mua.

Dhe na ndau një heshtje e gjatë.

- Tani çdo bëjmë? - mezi pyeta.

- Takohemi jashtë? Mbase mbaroi rrëfimi...

- Po!

Me këmbë të mpira dola jashtë, por nuk kishte njeri.

- Ku je? Ku jeee? - thirra nga ankthi që nuk po mund të të shihja.

- As unë nuk të shoh dot. Folmë, mos më lër përsëri vetëm!

Era më sillte zërin tënd që dridhej.

04.01.2018

ARRATI
E TRISHTË

Ulur pranë telefonit, Adi priste të lirohej linja. Grumbulli i cigareve të fikura tregonin se kishte shumë që priste

Kaluan kaq muaj dhe malli e kishte djegur për tërë atë vend dhe ata njerëz që la aq pa pritur. Po aq e tmerrshme i kujtohej mbërritja, ëndërrat e netëve të para mbushur me kufoma njerëzish të mbytur që vetëm numëroheshin dhe dilnin ndryshe pas çdo numërimi. Ëndërra të mbetura në mes, lot grash që rridhnin nga kacavjerrjet pa fund mbi parmakë anijesh...

Tani jeta kishte ndryshuar kaq shumë dhe gjithçka kishte mbetur larg... Sa larg!

Me xhaketën e hollë bluxhins hedhur krahëve, priste telefonatën... Sa larg e sa afër ishte vendi i tij! Nuk kishte telefona atje. Thuhej se në karroceri autobusësh kishin montuar kabina telefoni sa për urgjencë.

Emocionet e para të pritjes kaluan dhe ashtu si çdo herë, mundohej e mundohej të radhiste ngjarjet siç ndodhën në të vërtetë. E dinte që megjithëse ua kishte treguar në letra e në telefon, do t'i duhej t'i tregonte të gjitha nga e para, një e nga një, kur t'i takonte nga afër njerëzit e tij. E dinte që do t'i dhimbte aq shumë kur ta pyesnin për ata që nuk gjendeshin më.

Ç't'u thoshte?

Mbaroi inxhinierinë mekanike dhe e emëruan në një qytet të vogël industrial. Si tani i kujtoheshin lotët e Majresë, së ëmës, tek e luste të mos shkonte.

- Mos u paraqit, Adi nuk duhet! Mos ik, dëgjo mamin! Nuk na ngroh ajo rrogë. Ti e sheh që edhe unë, edhe babi po bëhemi copë pas Anës, jemi ngushtë sa s'thuhet, bir... Po ja, mbase na ndihmon këtu. Të lutem...

- Mjaft, Majroo! - ia ktheu Adi duke marrë çantën e rrobave.

I bëri vetë gati, se të ëmës nuk i bënin duart ta niste. Ana ka njëzetë e pesë vjet që po e torturon. As ka shpresë shpëtimi dhe kjo është e vërteta e hidhur.

- Mjaft hëngra qyl edhe unë. Copë-copë, por e bëra atë dreq shkolle për një copë brigadier fundja, jo për të më ushqyer ju.

Ana si gjithnjë, pa dashjen e saj vazhdonte të ishte pengesë për shumë gjëra në atë shtëpi. Që në fëmijëri kaloi një sëmundje që Adi nuk ia dinte emrin. Majreja sa herë donte ta përmendte nëpër mjekë, e mbysnin dënesat e nuk e thoshte dot. Që dy vjeçe ajo nuk reagonte më, nuk kuptonte, nuk komandonte, as fliste. Bënte lëvizje të pakontrolluara, qante e ulërinte pa ndërgjegje.

Në fillim Adin e patën nervozuar këto sjellje, pastaj qe rritur dhe kuptonte se ç'qe motra. I afrohej, e përkëdhelte, po ajo ashtu kishte mbetur. Arriti vetëm të shprehte a tregonte ndonjë gjë me gishta. Po gjithësesi këto nuk patën qenë shpresa që të afrohej me moshataret e saj. Në spitalet neuropsikiatrike merrej përgjigjja: "E parikthyeshme". Ç't'i bënin më, kaloi atë dreq sëmundjeje që s'i pëlqente njeriu as t'i dinte emrin. Një mik i familjes u pati thënë se po të kurohej jashtë... Po kush do ta nxirrte, kush do shpenzonte për ta! Ishin lodhur. Ndonëse ajo jetonte me një përkujdesje të veçantë, mbeti me të njëjtin zhvillim minimal. Asnjë vit në plazh si shokët me familjen, asnjë ditëlindje e festuar në shtëpi si shokët. Asnjë, asnjë... Oh, asnjë kënaqësi për hir të Anës, motrës së tij të pafat!

Adi kishte zënë e qeshte hidhur me vete. I ishte bërë si zakon. Vonë-vonë ua tregoi shokëve plagën e familjes së tij, plagën që nuk mbyllej kurrë, por mahisej gjithnjë e më shumë, sepse ai e kishte jetën para dhe prindërit po plakeshin.

I kujtohej që sa herë shokët i vinin deri te shtëpia, ai u dilta shpejt te dera dhe nuk i ftonte të hynin. Ku të hynin? Në një hyrje 1+1, që nuk mjaftonte as për ata të katërt e jo më për miq e shokë që mund të shihnin Anën në atë gjendje! Çastet e gëzuara në atë familje qenë aq të rralla.

Po fundja kështu bënte edhe i ati, edhe e ëma. Kishin mbetur kaq të mbyllur, kaq larg njerëzve dhe botës! Këto kushte e bënë Adin të mësonte nëpër biblioteka, në shtëpi shokësh, të humbte dy vjet të atij fakulteti të vështirë. Tani që kujtonte këto, s'pendohej që nuk ia kishte shtrirë dorën askujt.

Vite të tëra përpjekje për zgjerim, kërkesa pa fund, shpresa pa fund... Të ngopur me gënjeshtra e të tej-n-gopur me zhgënjime, të lodhur e të sfilitur nga jeta, edhe prindërit nuk kërkuan më, heshtën, e lanë me aq.

Vite të tëra ëndërroi për një shtëpi të gjerë e të mobiluar si shokët. Po ç'faj kishin prindërit, fundja! Majreja qe shkëputur shpejt nga puna që të mbante të bijën. Kishte një pension invalidi që pension i thënçin e që ajo shumë shpejt e bënte tym duhani nga dhimbja.

Beqiri, babai, punëtor i kualifikuar me një pagë si gjithë të tjerët. Kishte punar sa herë bëheshin palla-te me punë jashtë orarit, por ja, nuk kishte përfituar gjë. Ç'mund të pritej më shumë?

Ana... Oh! Nuk donte ta pranonte atë mendim të kobshëm, sado lehtësues të qe. Ajo ishte gjaku i tij, e sëmurë apo e shëndoshë, e mirë apo e keqe. Po si nuk e pranuan as në shkollat e posaçme për njerëz me atë problem? Ajo tregonte me gishta, kuptonte...

Po ç'rëndësi kishin tani këto!

I kujtohej dita e fundit kur u largua nga vendi, ajo dilema të ikte apo jo? Po si, pa takuar asnjë? Fare as-një? A kishte kohë të ikte e të vinte? Sa të gjatë, por edhe sa të shkurtër qenë ata çaste!

Qe ditë e premte dhe ai do kthehej në Tiranë për fundjavë. Mblodhi rrobat në çantë dhe u nis për te treni. Në qytetin bregdetar ishin mbledhur njerëz. Flitej për një eksod të ri. E kishte dëgjuar në qytetin ku punonte. A thua të ishte e vërtetë? A do t'i linin të iknin, siç ikën njerëzit e ambasadave?

Zbriti nga treni me dy shokë dhe vendosën të tre bashkë t'i hynin aventurës. Tirana aty ishte. Të dilte ku të dilte, mbase arrinin në botën e ëndërrave! Dhe ashtu u sfilitën nëpër anije, u bënë atë ditë sa edhe tani që e kujtonte, ngjethej nga tmerri, pasiguria, frika, ankthi, jeta që linin pas dhe ajo që i priste.

Po Lindita?

Ah, Lindita! Me të kishte pasur një telefonatë. I kërkonte të shkonte edhe ajo në qytetin ku punonte dhe të shtunën të ktheheshin bashkë.

U njohën në kampingun e studentëve. Ajo ishte për mjekësi. Pastaj në ca mbrëmje te konviktet. Nuk donte t'iu hynte punëve të thella që tani, sado që nga Lindita nuk ndahej dot lehtë. Ishte shumë tërheqëse. Adi, si rrallë kujt i pati treguar gjithë hallet e tij dhe ajo me shumë zell kishte pranuar të ndante hallet e saj me të. Vendosi ta ftonte në shtëpi. Të bëhej ç'të bëhej, një ditë ajo do shkonte gjithsesi.

Që në çastet e para kur qe takuar me motrën, ai pa reagimin e Linditës dhe u pre...

Majreja dhe Beqiri heshtnin. Lindita e mori veten shpejt, e kapi situatën dhe e ktheu në favor të të gjithëve. Prindërve u pelqeu shumë Linda. Mbase edhe ngaqë prej kohësh e prisnin një gëzim të tillë. Majreja qe përlotur... Ku do futej kjo e bukur në këtë shtëpi? Linda e shpenguar vazhdoi bisedat, por ndjeu plot heshtje e psherëtima. Mos vallë ata... Kur ikën, e lehtësuar edhe nga njohja e puthi Anën në faqe... Adi u prek. Edhe vet rrallë e kishte bërë këtë.

Po kur dolën, Linda nuk foli më.

Mos ishte penduar për këtë vizitë, për?...

Ai diçka dërdëlliti si i fyer, por ajo e ndërpreu:

- Nuk erdha te ju për keqardhje, as për lëmoshë. Edha se duhet të vija. Unë i dija dhe i kisha pranuar të gjitha, jo vetëm për hir tënd, por edhe për të njeriut që do dhe duhet të jetë njeri...

Adit i erdhi turp.

Ah, Linda, Linda! Ku je tani, ku? Pse kaq larg? Edhe ti po pret diku radhën pranë një telefoni? Tani do ishim të dy, por ah! Ç'ters paska qenë ajo e premte!

Linda atëherë takoi Ilirin, shokun e tij dhe i tha:

- Jam nisur për tek Adi, Lir. Flitet për një eksod të ri...

- Linda, lëri budallallëqet, llafe janë. Kush iku, iku. Po sikur... Lëre tani, mos ia ngri edhe Adit mendjen për aventura. Ti sikur s'i di hallet e tij! Edhe këtu mirë do bëhet, duroni ca...

- Mirë, mirë. Po kur, Lir, kur?...

U kujtua që edhe Adi nuk e kishte kurajën dhe iniciativën e saj. Ah, këta djemtë e inxhinierisë! I dukeshin të gjithë njësoj. Pastaj edhe Iliri kishte të drejtë. Hallet e Adit nuk mund të injoroheshin. A do pranonte ai që?...

- Po unë duhet të iki, Ilir. Duhet të iki, të jem pranë tij. Ti nuk mund t'i kuptosh të gjitha...

- Mirë, mirë, Linda! Bëj si të duash, mbase bëra gabim që ndërhyra, por kujdes, mos ngatërroheni rrugës. Adi do qeshë me ty, kur ta marrë vesh për ku je nisur. - mbaroi ai duke i dhënë dorën.

E pasigurtë, ajo nuk qe nisur fare, se edhe për transport qe bërë keq. Po të qe e thënë, le të takohej me Adin pasdite, të flisnin dhe fundja iknin të shtunën.

Ai s'qe dukur fare për fundjavë. Pastaj, oh pastaj erdhi Alma, motra e Gjergjit dhe i dha atë lajmin... Uf, atë lajmin e keq për atëherë, por tani... Po edhe tani nuk dihej mirë, akoma s'dinte si do shkonin punët.

Dhe Linda pale si do qe bërë. Ah, Ilir, Ilir! Ja si hynte dikush vetëm për një moment dhe të ndërronte rrugët e jetës...

Pastaj kishin folur në telefon, i tregoi për jetën në kamp, se si bleu ca gjëra të vogla, por ia vodhën... Po kush vallë? Eh, më mirë të mos ia tregonte fare, se ja, ajo po heshte, ndoshta qante.

- Alo, Linda, Linda! Alo, më dëgjon?

- ...

Dëgjohej vetëm dënesa.

- Adi, jam... shtatzanë...

Nuk foli më ai. U shtang e nuk donte ta besonte.

Atë mbrëmje kur festonin, pinë ca dhe...

Ç'të bënte? Të qante edhe ai? Ç'qe kjo bombë tjetër?

- Mos u mërzit, Lindtë! Do vij vetë, do vij patjetër! - e gënjeu pa dashje, ngaqë i dukej se mund të nisej menjëherë, që atë çast.

Po ja ku ishte Shqipëria...

Telefonatat e tjera mezi i priste.

Ne fakt edhe një merak më shumë e kishte. Atë natë pinë ca si shumë e në këto raste fëmija... Mos do lindte një Anë tjetër, mos edhe ai do kishte fatin e prindërve? Mos, o zot!

Por barra vazhdonte normalisht.

Adi filloi një punë pa leverdi.

Në çdo telefonatë i kumbonte zëri i të atit:

- Lëre atë punë, s'je për pashallëqe atje, djalë! Ik diku tjetër, shtroju punës, puno e fito!

Beqiri qe burrë i urtë, i pjekur, po jeta e kishte vra-rë e lodhur shumë, ndaj dhe zëri i dëgjohej rrallë në shtëpi.

- Babi, kishit një barrë, ju bëra me dy. Tani edhe një tjetër... Ma bëni hallall, do t'ua shpërblej. Mos më gjykoni! Majreja s'donte as për në Fier, kurse unë... Unë ika fare.

- Shiko veten, djalë! Lindën e kemi marrë nga ne. Do zoti na bën një vajzë të bukur, për ty e Majrenë, pa unë djalë e dua, edhe Linda. Hajt, mos u mërzit, bir!

Kaluan muaj. Adi priste lajme nga Tirana e largët. Eh, ç'e largët, disa e bënin vajtje-ardhje edhe dy he-rë në ditë.

Dhe ja, një mëngjes!

- Djalë, Adi, djalë! - thirri Vera, fqinja ku flisnin në telefon - Ata kanë dalë, kanë shkuar te Linda.

- Marjo... - belbëzoi Adi.

- Jam Vera, ore jo Majreja! - qe dëgjuar zëri.

- Faleminderit, Vera! - fliste ngadalë, i mallëngjy-er - Për nder të nënës, thuaju t'ia vënë emrin Marjo!...

Mbylli telefonin dhe nisi të dëneste. Dënesa po i merrte frymën. Nuk e kuptonte, ishte lumturi apo trishtim që nuk qe pranë tyre. Ra në krahët e Gjergjit, pastaj dolën dhe u bënë tapë atë natë.

Gjithë ato ditë ishte në merak të Lindës e Marjos. Hallet e pa fund të vendit të tij!...

- Djalin nuk e regjistrojmë dot, nuk është bërë celebrimi i martesës...

Qeshte me vete.

Po si do jetonte Marjoja, "i biri i emigrantit, si "Cuca e maleve",* pa emër? Ai, qenia e brishtë, e pafajshme... Kush kishte faj? Adi, Lindita, Marjo?

Kush vallë, kush?

E me gjithë ato halle, përballej Linda e tij, Linda e lënë vetëm. Po prindërit pleq? Ç'mund të bënin më?

Vuajtje pa fund, si deti i asaj nate që mbërritën këtu. Linda i tha në telefon se kishin shkuar të gjithë shokët për urim. Ah! Dhe ai nuk ndodhej! Sa larg...

...

Në turbullim e sipër, e përmendi dora e të zotit të shtëpisë.

- Përse nuk e ngrite telefonin? Po flije? Morën nga Tirana, të dërgojnë të fala...

Adi u ngrit shumë i vrarë. Kishte fjetur vërtet? S'kishte mundur ta dëgjonte zilen e telefonit vetëm dy pëllëmbë larg. As zërat e tyre...

I pa edhe një herë kartolinat mbi tryezën e bukur dhe nisi t'i shkruajë një e nga një, Marjos, Linditës, Majresë e Beqirit, Verës, Almës, Ilirit...

Gjithë vendlindjes së largët që ia përloste sytë kaq shpesh...

05.11.1991

---

* personazh i një drame ky heroi kryesor
  thirrej thjesht Cuca

VJEDHJA
E EIFEL

- Ooo!... Njëzet e dy thirrje të humbura! - vrejti vetullat Fabien, duke parë telefonin.

Iu duk si një gërmadhë bisedash të pabëra, por nuk i vuri fort rëndësi. U kthye në anën tjetër për të fjetur duke pëshpëritur:

"Ti je i marrë, Rëne! Asnjëherë nuk e gjete kohën kur duhet të komunikosh".

E megjithëse kërkoi në stacionet e ëndërrave se ku e kishte lënë fillin, kuptoi se gjumi nuk do ta zinte më si pak më parë, në atë thellësi e qetësi.

U kujtua për kutinë e mesazheve dhe e rrëmbeu sërish telefonin. Mbase e merrte vesh këmbënguljen e Rënesë. "SOS, Rëne! Më merr sapo të lexosh mesazhin. Nuk e mbaj dot vetë".

Si në një gjendje të pakontrolluar i vinte e mbrëmshmja e alkoolizuar gjer ku s'mbanin më. I kujtohej që shihte në kalldrëmin e rrugicëzës nga ku ktheheshin dhe i bëhej të numëronte gurët e shtruar.

Po, po, kishte qenë Rëne, Filip dhe Thierry.

Por nëse dy të tjerët nuk u ndjenë, Rëne bëri një presion e mësyu në telefonin e tij. Mbase e kishte bërë edhe me të tjerët, por me siguri do t'i ketë dalë pija kaq herët dhe nuk ka ditur ku të shfryjë. E të tjerët si ai, vërtet flinin. Me telefona të mbyllur, ose pa zile.

Por tek dëgjoi zilen e derës, ndjeu se me siguri do ishte Rëne dhe gjumit tani duhej t'i linte shëndenë.

- Fabien, Fabien! - dëgjoi ta thërriste një zë i mbytur që nuk dinte ta fshihte ankthin.

"Ah, sa i padurua! Si mund të prishë qetësinë e një fundjave ky njeri, thua se e ndjekin?".

- Erdha, duro! - foli me inat duke mbërthyer robdishanin.

Tani edhe kërcitja e dërrasave të dyshemesë i jepte bezdi, ndërsa llampadari iu duk se u lëkund. U mbajt një çast te muri në të djathtë dhe eci drejt derës.

- Ufff... - nxori padashje një psherëtimë.

- Fabien... Eifeli nuk është më! - ia plasi Rëne me sy të zgurdulluar, i zbehte sa s'thuhet, sapo iu hap dera, sikur mezi kishte pritur ku të shkarkonte një të fshehtë të jashtëzakontë që askush nuk e dinte.

Një kob...

- Ulu, ulu! Të katër pimë, por jo gjer në këtë gjendje... - i tha Fabien me një lloj përçmimi për gjumin që i kishte prishur e duke i bërë pak masazh fytyrës për t'i dalë gjumi.

U bë ironik që shoku të mendohej edhe më mirë kur fliste budallallëqe si ato që tha. Se fundja, nuk kishte kohë për të humbur.

- Dëgjon? Eifeli nuk është më!

- Çdo të thuash? - u bë serioz Fabieni - Monumenti? Varri?

- Oh... Sa mirë do ishte! - bëri Rëne duke vënë bë-
rrylat mbi gjunjë e kokën mes duarve - Ato as i dimë
më ku janë.

- Atëherë?

- Kulla, Fabien, kulla! Nuk është më, e kanë vje-
dhur! Nuk dëgjon apo nuk kupton?

Fabien shkoi gjer mbi banak, mori ibrikun e çajit
dhe dy filxhanë me një qetësi që çdokush do ta pël-
qente për fundjavë. I mbushi ngathtësisht dhe njërin
ia dha shokut. Pastaj zgjati dorën te kristaliera mbi
kanapenë ku qe ulur Rëneja, mori konjakun, hodhi së
pari në gotën e tij dhe ia zgjati Rënes me një propo-
zim të heshtur.

Rëne mohoi gjithashtu në heshtje me kokë.

- Ç'ke? Të bën mirë, të zgjon, të kthjellon...

Rëne tundi sërish kokën në mohim. S'ia ndante
sytë Fabienit, e shikonte në një mënyrë si të kërkonte
shpëtim prej tij. Fabien ndihej i qetë dhe këtë qetësi
pretendonte t'ia impononte edhe shokut.

Mori telefonin, gjeti numërin dhe priti.

- Alo, Vivian? Mirëmëngjes! Sot planifiko të hamë
drekë dhe të bëjmë dashuri. Më ka marrë malli për
ty... Po, po, kaq thjeshtë e them.

Buzëqeshi duke i shkelur syrin shokut.

- Ti je i çmendur! - bëri të bërtasë Rëne mbytur,
aq sa të mos dëgjonte Vivian në telefon.

- E pse? Se dua të bëj dashuri?

- Je i çmendur të them! Kaq. Dhe nëse ka njeri që
nuk i ka dalë alkooli ende, je ti!

Pastaj u ngrit me vrull sikur u kujtua për diçka dhe

shkoi te dritarja me një inat që nuk ishte në natyrën e tij. Fabien po ndiqte me vëmendje. Pa që mënjanoi perden, hapi grilën me vrull dhe më tej dritares. Ajri i freskët vërshoi në dhomë dhe Fabien ndjeu të zgjohej vërtet.

- Shiko, pra! Hë, gjeje Eifelin! Ku është, i dashur Fabien? - gëzoi ironikisht Rëneja duke i treguar me dorë vendin bosh ku duhej të ndodhej kulla.

Fabien iu afrua dritares. Me siguri mjegulla e atij mëngjesi ishte bërë pallto në ngjyrë qielli dhe kishte mbuluar kullën.

- Edhe? - pyeti me indiferencë kokëfortë.

Rëne e kapi dhe e shkundi nga supet.

- Edhe? Ndihesh akoma parizien? Folmë, të plaçin sytë! Ku është kulla? Apo të duket ende se je diku me pushime dhe kulla s'ka pse të jetë?

Fabien mori telefonin dhe bëri sikur formoi një numër.

- Alo?... Policia?

Rëne nuk duroi më. I mori telefonin dhe e hodhi mbi kolltuk.

- Vazhdon të tallesh?

Ndezi televizorin për t'i thënë Fabienit se mund t'ia mbushnin mendjen lajmet.

Fabien u ndje i dobët. U vesh dhe në heshtje dolën të dy për nga vendi ku... Ah, nuk ia nxinte mendja që të ishte vjedhur kulla Eifel. Sepse, sepse... Kishte aq shumë "sepse" që kulla nuk mund të vidhej.

Në shesh gëlonin mijëra njerëz të hutuar.

Të heshtur.

- Më duhet të iki. - mërmëriti një burrë duke pulitur sytë.

- Ku? - pyeti një i panjohur tjetër i hutuar, thua se burri i foli atij, apo i mori leje.

- Të iki... aty ku është kulla. Nuk ndihem më parizien pa kullë. Ç'kuptim ka? - ngriti supet duke dhënë shpjegimin më të mundshëm që i erdhi në mend.

Dukej se halli që ndienin i kishte bërë njerëzit më të afërt. U dukej se njiheshin. Por çasti i zgjidhjes së kësaj afërsie kishte ardhur. Ajo që i bashkonte, tani nuk ishte më.

- Është lajmëruar policia?

- Di gjë presidenti, kryeministri?

- Si të ketë ndodhur?

- Të protestojmë! Në burg kush nuk ka bërë detyrën! Të burgoset gjumi i të marrëve!

Një zonjë fshinte lotët fshehur duke psherëtirë.

- ...Se aty u njohëm, Poli im... Aty u puthëm për herë të parë...

Diku më tutje një turmë turistësh që pyesnin me harta në duar:

- Duam të shohim Eifelin, me siguri kemi ngatërruar rrugën. A mundeni të?...

Asnjë francez nuk kishte kurajë t'u fliste.

U kthenin kurrizin të trembur.

- A e kuptoni që Parisi nuk mund të kuptohet pa kullën? Ku është krenaria jonë? Shikoni sa njerëz vijnë ta shohin nga gjithë bota!

- Franca e marrë fund!

- Ku je, Napoleon, ku je? Na kanë marrë kullën...

...Përçartje ndihej kudo. Zogj të hutuar që fluturonin pa adresë, orientime të humbura...

Dikush u kujtua për Shanz Elize... Pastaj për Harkun e Triumfit...

- Mos i kanë marrë të gjitha?

- Joo, s'ka mundësi!

- Mirë të na e bëjnë! Kujtojmë se vrapojmë si lepuri, por na e kalon edhe breshka. Kështu bëmë me futbollin, me makinat, me muzetë. Me...

Ah, ah medet!

Dikush nxori telefonin dhe kërkoi në internet "La Fontaine". Search...

- Ah, La Fontaine nuk është më në fjalor. Na e kanë marrë...

- Po të kujt mbeten fabulat?

- Janë tjetërsuar...

- Po flamuri, po himni?...

Shumë telefonë u hapën në çast dhe rrëmonin ç'u kishte mbetur. Të panumurta psherëtimat...

- As Platini!...

- Po Lui De Fyne? - zgjati kokën dikush mbi kërkimet e një tjetri.

Turma nisi të mizërinte nga fjalë të ngatërruara dhe lëvizje çorjentuese.

- Po aktorët që janë gjallë? Ata duhet të jenë doemos...

- Janë... Por jo me madhështi, janë njerëz të zakontë, si ne...

Një psherëtimë turme u bë re...

- Po hajde, pra të kërkojmë çna ka mbetur akoma!

- bërtiti një burrë i vjetër që ishte gati të jepte gjith-
çka, vetëm të vdiste si francez.

Fabien dhe Rëne kishin mbetur në një cep të tur-
mës dhe nuk flisnin, deri sa:

- Të thashë të mos pinim aq shumë mbrëmë? - fo-
li Rëne me një ton hakërryes.

Fabien e pa i habitur.

- Ç'lidhje ka?

- Ka! Po ti nuk e kupton akoma. Mezi pret të dre-
kosh me Vivian. Vërtet, po Vivian?

Fabien nxori telefonin dhe e thirri. Pas pak një fy-
tyrë e zbehtë i rrinte pranë.

- Si mundët?

Fabien ngriti supet. Ajo, si një mackë ledhatare iu
fërkua pas supit me sy të lagur.

- Nuk e di... Do bëjmë më dashuri si më parë?

Ai e pa i habitur. Sot edhe njerëzit se si i dukeshin.

- Si francezë!? - plotësoi ajo.

Ai e rrëmbeu dhe e puthi në buzë.

Oh, sa i dhembi ajo puthje! Nuk ishte më ajo pu-
thja e famshme, ajo që shijonte më parë.

Puthja e tyre e shijshme...

U kthye majtas, diku pa një femër tjetër dhe e rrë-
mbeu në krahë. E puthi edhe atë me pasion, po përsëri
nuk i shijoji...

- Nuk qenkemi më francezë...

Gjithçka nisi të dhimbte edhe më shumë.

Një grua rreth të gjashtëdhjetave i fliste shoqes
së saj.

- Nuk mund ta përballoj më këtë mynxyrë. Kam

dyzetë e pesë vite që e adhuroja. E di? Nuk kishte mbrëmje atëherë që të mos kaloja e ta shihja kullën. Më dukej imja. Dhe kishte... Ah, kishte një formë aq të bukur erotike...

Vivianë e pa me një lloj neverie për krahasimin që bëri, por gruaja u ndje edhe më krenare.

Pastaj të tre kaluan aty ku mbrëmë ishin këmbët e kullës dhe morën nga një grusht dhe. Kishin nisur të hapeshin katër gropa të mëdha, të trishta si varre, ku pritej të varrosej krenaria e tyre.

Në xhep, Fabien ndiente dorën e ftohtë te Vivian, ndërsa pas dëgjonte fëshfërimën e këmbëve të Rënes, që sa vinte e shtonte zvarritjen.

Ndjeu t'i dridhej telefoni.

E nxori me bezdi dhe pa një numër të panjohur.

- Alo, alo?

- Mirëmëngjes, Vivian jam! Marr nga biblioteka, kam harruar telefonin në shtëpi. Eja më merr. Hamë atë drekën dhe bëjmë dashuri. Më ka marre malli... Dakort?

Fabien ktheu kokën nga krahu ku ishte Vivian, i trembur me ç'po ndodhte. As Rëne nuk ishte...

Duke ecur para nuk ndjeu se mbeti vetëm... Tentoi të nxitonte për t'i gjetur, por u ndje më mirë prej një shtriqjeje e një psherëtime që e nxirte nga një ëndërr e keqe...

- Po, e dashur, po ngrihem e po vij të të marr. Them se do kalojmë bukur...

FATI I VIRGJËRISË

- Ai erdhi përsëri që në mëngjes dhe u ul jashtë, në qoshen tjetër të verandës së barit. Unë nuk shkova të merrja porosi. E dija çdo merrte. Një dopjo fërnet dhe kafe të zakonshme, hedhur në filxhan çaji. Shpejt e shpejt bëra gati tabakanë dhe u nisa t'ia çoja.

U habit. Ngriti kokën e më pa me buzëqeshje.

"- Të bëftë mirë!". - i thashë si kujtdo, pa e parë në sy dhe u ktheva për në banak.

"- Prit!". - dëgjova të më thotë, gati të më kapte nga dora.

U ktheva, lëviza kokën si për t'i kërkuar t'i thoshte çfarë donte. Nuk kam qejf të flas me zë, sepse ka kliente të bezdisur që aq duan dhe nisin muhabetin.

"- Sot do merrja një lëng portokalli dhe...".

E ndjerë në gabim, por e qetë në dukje, iu afrova tavolinës të merrja çfarë solla. Gabim që nuk e pyeta.

"- Prit! Nuk thashë t'i marrësh". - tha sërish si me urdhër.

Ngriti kokën e më pa në sytë e hapur nga habia dhe një farë nervozizmi.

"- Nuk po kuptoj çfarë do... Nuk bëra ndonjë gabim të madh. Po tërheq porosinë që mendova se do merrje si përditë dhe po të sjell atë që kërkon. Kaq".

Ai vuri buzën në gaz ëmbëlsisht. Ndjeva që zëri im i kishte pëlqyer. Deri atëherë nuk kisha thënë asgjë tjetër, veç urimit "lu bëftë mirë", që të gjithëve ua thosha njësoj.

"- Jo, jo! Këto do mbaj! S'di pse më erdhi të të ngacmoj pak, kështu mirësisht. Mos ma merr për keq. Ja, kaq ishte!".

Pastaj u nisa të shkoj te vendi im, në banak. S'besoj të më ketë parë teksa vrejta vetullat me indiferentizëm, duke bërë një "phh", që në fakt doja ta dëgjonte. Ja, ky ishte fillimi.

Sidita i tregonte Borës, shoqes së saj pa e parë në sy, thjesht si të qe një ditë e zakonshme e punës së saj.

- Po! Dhe pastaj? - e pyeti Bora duke e hetuar me sy.

- Dhe pastaj... Asgjë! - bëri të mbyllte bisedën Sidita.

- Për kaq më kërkove për kafe? - ngacmoi Bora për ta vënë në sedër.

Sidita dukej e menduar, si në mëdyshje nëse duhej ta vazhdonte apo jo. E kishte një dilemë. Mbase nuk ishte vërtet aq e rëndësishme për t'ia thënë e mund të mbetej keq nga reagimi i tjetrës.

Bora e kapi për dore si për ta shkundur të vazhdonte.

- Po, pra po, por ai më tha se ishte i martuar. - foli disi e irrituar Sidita.

- Në qytetin tonë ka shumë burra të martuar, çfarë ka këtu për t'u habitur?

Shoqet u panë sy më sy.

Sidita dukej më e vendosur.

- E vërtetë, por... Ishte ditë shiu, nga ato që unë iu them "ditë dembele", ngaqë nuk kam shumë njerëz. Edhe banakierit i thashë në telefon të mos vinte, mund ta mbaja vetë lokalin. Le të mësonte, se është student. Ai erdhi përsëri. Shkoi te vendi i tij, megjithëse ishte ftohtë dhe lagështirë. Mori fërnetin, kafen dhe po tymoste pa fund, në heshtje. Dukej sikur bluante për të zgjidhur gjithë hallet e botës. Fytyra i ndërronte shpesh. Nuk ishte e lehtë t'i kuptoje gjendjen. Ti Bora më njeh. Rrallë më bëjnë përshtypje njerëzit. Kam dymbëdhjetë vjet ardhur në qytetin tuaj, mbaj këtë lokal që më mjafton si punë e si të ardhura dhe shoh hallet e mia, nuk përzihem. Por nuk jam kaq e ngurtë, sa të mos i vë re meshkujt që më shohin edhe si femër. Gjithësesi, me buzë në gaz u them "mirëardhsh" dhe kaq. E ndjej që shumë bëhen klientë me shpresën e një fjale më shumë, për një buzëqeshje... Po gjella me kripë, kripa me masë. Pas ca kohësh pozicionet sqarohen i dua e më duan si mike, familjarizohemi dhe...

- Normale, ti je femër e bukur... - e ndërpreu Bora.

- Ndoshta, por ky tipi që po them, asnjëherë nuk e ktheu kokën të më shihte ashtu. Nuk më vjen inat jo, mos më keqkupto. Po u bë aq kohë që vinte dhe ikte. Më dukej misterioz. Kisha nisur pa dashje të lusja shiun që në lokal të ishim vetëm, të mund t'i zbuloja diçka më shumë nga heshtja dhe helmi që gëlltiste me atë alkool dhe atë duhan që nuk i ndante një minutë. Ashtu dhe atë ditë shiu. Më vinte keq që ai tymoste aty jashtë. Kuturisa dhe i shkova pranë.

"- Është ftohtë dhe lagësht... Mund të vish brenda.

- Faleminderit! Po unë pi cigare.

- S'ka gjë, do bëjmë si të bëjmë...".

Më falënderoi butësisht dhe hyri. U ndjeva ngushtë, se kafen e kishte mbaruar dhe fërnetin e kishte në fund fare. Njerëzisht i hodha edhe një fërnet.

"- E ke nga lokali këtë, ke kaq kohë klient". - i thashë pa e parë në sy.

Më pa me një lloj falënderimi.

"- Domethënë nga ty, se ti je lokali"...

"- Nga unë do qe personale, por të thashë nga lokali, që të mos...".

Falënderoi me një lëvizje të shpejtë koke të më pengonte të mbaroja sqarimin.

"- Unë jam Tani. S'di si u familjarizova me vendin aty jashtë dhe më vjen mirë të rri qetë e të bluaj...".

"- Si mulli...". - s'durova.

Hapja e tij më bëri të flas. Një guxim që edhe sot nuk di nga më buroi.

"- Si?". - më pa çuditshëm.

"- Si mulli." - guxova ta përsëris.

Butësia e tij më krijonte situatë të ndihesha e fortë.

"- Duket sikur bluan gjithë hallet e botës".

"- Prit, pse ma thua këtë? Kush je ti që mund të gjykosh gjendjen time?".

Ndjeva që kuptoi se e kisha ndjekur gjatë, ndjeva të ndihej i survejuar në barin tim. Gabova...

"- Më fal, nuk e kisha me të keq! Desha të të qerasja një raki shumë të mirë për qejf, edhe me cigare".

Siç duket e kapi çiltërsinë në fjalët e mia dhe buzëqeshi. Nuk di pse m'u duk aq e bukur ajo buzëqeshje. Ishte hera e parë që po ndihesha ashtu. Nuk doja asnjë klient në lokal, doja vetëm ta dëgjoja. Po pse? Çfarë ishte ai njeri për mua? Po unë për të? Asgjë, fare asgjë, gjersa nuk kisha ndjerë sikur edhe një herë të vetme sytë e tij të më ndiqnin. Mos po gaboja? Së pari me veten time, pastaj edhe me të?

Sidita pushoi duke parë nëse e ndiqte Bora.

- Të ndjek. Të ndjek me vëmendje...

Heshti një çast si për të kujtuar ku e la.

"- Ok, meqë më tregove. Ja, edhe unë quhem Sidita. Kam ardhur para dymbëdhjetë vitesh në këtë qytet, mora këtë bar me qira dhe jetoj e kënaqur".

Ai më pa me pak mosbesim e ironi.

"- Kam ca shkollë, kam. - i qesha si për ta siguruar se në fakt nuk ishte puna më e preferuar - Por nuk kam turp të punoj kudo. Mbase më vonë... Po ja, kam marrë një shtëpi me qira dhe...".

Për dreq, bari u mbush me njerëz si një shi vere. Ishte orari i kafes së dytë që pi qyteti. U ndjeva keq, isha vetëm. Edhe në banak siç të thashë s'kisha njeri. Ai hyri pas banakut. Më erdhi zor ta kundërshtoja.

"- Kam punuar jashtë, rri pa merak, do t'ia dalim!". - tha dhe më shkeli syrin.

Vërtet, punonte shumë shpejt dhe bukur. Gjatë gjithë kohës përtypja ato pak fjalë që kishim shkëmbyer dhe në një farë mënyre ndihesha e marrë peng.

Kurse ai me buzë në gaz vazhdonte të bënte kafe, të mbushte gotat. Sikur kishte një kohë të gjatë, i dinte ku ishin të gjitha. Lante gotat e filxhanët rrufeshëm dhe herë-herë thante banakun. Po e adhuroja.

Kur vala e klienteve ra, si për të më nxjerrë nga situata e rëndë që më kishte kapluar, lau duart, i fshiu me elegancë, uli mëngët dhe tha serioz.

"- Tani më duhet të iki. Uroj të kalosh mirë!".

Në atë duartakim diçka më kërciti në gjoks. Mbase ishte ai "trak" që presim gjithë jetën ta ndjejmë...

"- Prit, si kështu?

- Ahahahhaa, do më paguash?".

Duart na kishin mbetur tokur.

"- Një herë tjetër kur të jetë ditë me shi". - tha me të qeshur dhe iku, më la vetëm.

Sidita heshti përsëri. Me sa duket këto kujtime i jepnin kënaqësi e mall.

Bora e pa, e nxiti me sy të vazhdonte.

- Edhe ti, sado të dish! - i tha me të qeshur.

Bora i trokiti me gisht mbi kurrizin e dorës si për t'i thënë: "vazhdo"!

Sidita psherëtiu lehtë.

- Dëgjo, Bora! Të tregoj, sepse dua të lehtësoj shpirtin tim, por pa ngarkuar tëndin. Kam nevojë të flas diku...

- Vazhdo! - urdhëroi Bora pak me qesëndi e pak me të qeshur, për të treguar se gjithçka ishte normale.

- Atë pasdite nuk e di si ndihesha, nuk isha ndjerë ndonjëherë ashtu. Doja të rrija vetëm, por doja edhe zhurmë. Përpiqesha të kujtoja gjithçka e përsëri doja t'i harroja të gjitha. Më dukej se të nesërmen që në mëngjes do ta gjeja te banaku... Por të nesermen ai nuk erdhi. As të pasnesërmen. Nuk e gjeja dot arsyen. Mungoi disa ditë rresht e kjo ma shtonte ankthin. Më dukej sikur kishte lexuar gjendjen time dhe si mashkull gjuetar, po më lodhte me pritje. Nuk doja të ndodhte kjo. Kur erdhi...

"- Një dopio fërnet dhe një kafe, të lutem!". - më tha që nga dera e lokalit, si për të mos më munduar të merrja porosinë.

Më erdhi pak inat për largësinë që tregoi. U gëzova pa masë, por nuk e dhashë veten. Bëra me kokë dhe mora t'i çoj porosinë.

Në tavolinë më zgjati dorën. Ajo prekje më drithëroi. Siç duket e ndjeu.

"- I paske duart të ftohta. S'ka ardhur përsëri banakieri?".

"- Jo, jo aty është". - ia ktheva pa e parë në sy, me ndrojtjen që më vinte vetiu.

U ktheva në banak, i ndiqja lëvizjet çdo moment. Nuk e komandoja më veten, zieja përbrenda. Dhe i sulesha vetes:

"Çfarë po ndodh?".

"Sidita, mblidh veten, mblidh veten!".

"Nuk është gjë, do kalojë".

Po ndihesha e mpirë, nuk mundja dot t'ia dëgjoja zërin vetes. I shkova te tavolina.

"- Çfarë do marrësh tjetër?".

"- Po më përzë?". - qeshi si ta dinte gjendjen time.

Guxova ta shihja në sy. Kishte sy jeshilë. Të bukur.

Kur qeshte dhëmbët i zbardhnin si asnjë mashkulli tjetër. Epo aq fërnet dhe aq cigare e dhëmbët borë të bardhë! Duart kishin lëkurë të errët, ndërsa në fytyrë ishte ezmer me pigment të bukur.

Ç'po bëja? Po e pikturoja, po heshtja para tij?

"- Nuk po të përzë, rri sa të duash. Por ndjej të kem një lloj detyrimi me ty".

"- Që të ndihmova atë ditë? Ahahaha!".

"- Jo, jo! Por...".

"- Mos e vrit mendjen, të lutem! Nëse nuk është për shpërblim, na duhet të pimë diçka, po jo në lokalin tënd...".

Më vuri në pozitë. S'di si më futi në atë çark që nuk e prisja.

"- Mirë, faleminderit! Ndoshta... një herë tjetër".

Më kapi dorën mirësisht, në një lloj mirënjohjeje, si për të thënë se e kishte kuptuar korrektesën. Ç'të të them më, Bora? Edhe ti... Nuk më ndërpret fare, nuk më pyet fare. Më vë në një lloj pozite që...

- Po ç'ke që shqetësohesh, Sid? Ti tregon kaq bukur dhe unë nuk kam për çfarë të pyes. Më duket se jam aty në vendin tënd sekondë pas sekonde e jo më ditë pas dite. Më thuaj tani, u takuat?

Sidita heshti një çast, ngriti kokën dhe pa Borën në sy.

- Ah, këtë doje të më thoje? Do të të pyes? E ke më kollaj të më tregosh?

Qeshi një çast.

- Po, u takuam dhe pimë kafe pasdite.

- Edhe?...

- Një ditë tjetër lamë orar. S'di si vinin gjërat aq na-
tyrshëm. Dukej sikur kishim një jetë që njiheshim.
U vesha me shumë kujdes. U kreha e u zbukurova.
Më dukej sikur ku do shkoja. Në tavolinë s'po na vi-
nin fjalët as mua, as atij. Gjeti një moment... S'di si e
gjeti atë moment dhe... më kapi dorën. U ndjeva pak
ngushtë, nuk dita ç'të bëja. Më pëlqente dora e tij,
por jo kaq shpejt. Timen e kisha të mpirë dhe nuk
e tërhiqja dot. Nuk mundesha. Ndoshta do fyhej. Po
edhe ashtu nuk duhej. Bëra si bëra e tërhoqa dorën.

"- Jo, nuk duhet". - pëshpërita si e zënë në faj pa
e parë në sy.

Ai ndoqi dorën që tërhoqa unë.

"- Kemi ardhur të pimë diçka si miq, sepse e ndje-
ja që duhet të vija. Por... mua nuk më ka... prekur as-
një mashkull gjer më sot". - i thashë prerë.

S'di në m'u duk mua, apo ashtu ishte. Qeshi ironik.
Më erdhi plasja... Isha gati të ngrihesha e të ikja. Nuk
kisha shkuar aty të injorohesha.

"- Dëgjo! - më tha me nje lloj imponimi - Këto gjë-
ra nuk kanë më rëndësi. Erdha të pi diçka me ty, se
ndihem mirë. Kaq, të tjerat vijnë më kohë, nëse do
vijnë...".

U ndieva edhe mirë, por edhe e kërcënuar se mos
nuk vinte më. Mungesën ia kisha provuar, e kisha
parë si ndihesha pa të.

"- Tani...

"- Mos fol, ska nevojë të di për virgjërinë që e ke
ruajtur për natën e parë të martesës. S'ka kurrfarë
rëndësie për mua, por edhe për shumë meshkuj të

tjerë sot. Ja edhe e ke bërë. Pastaj? Do ta shijojë ai që do marrësh e pas ca kohësh do ndaheni. E për çfarë e ruajte?".

"- Ç'thua kështu? Mjaft! Nuk lejoj të thuhen gjëra të tilla, aq më tepër me ty! Divorce... Ç'kanë të bëjnë divorcet në këtë bisedë?".

U ngrita e nervozuar, e fyer. Nuk ndihesha më femra elegante që isha para pak kohe.

"- Mirë, kështu them edhe unë. Mjaft për sonte. Nëse u fyeve kërkoj ndjesë. Tjetër gjë desha të të tregoja. Me divorcin desha të them se vetë jam... në prag të një divorci...".

U ktheva, e pashë në sy e penduar që isha ngritur ashtu, aq egër.

"- Ti?".

"- Po, po unë! Jam i martuar dhe po mundohem të mos jem më unë".

Sytë iu zvogëluan, iu errën, iu përvuajtën në çast, por nuk mund të ulesha më. Edhe më keq u ndjeva kur kamarjeri tha se zotnia kishte paguar. Gjithësesi pranova të më shoqërojë me makinë në shtëpi. Rrugës nuk folëm. Në shtëpi bëra dush për t'u ndjerë qetë, me shpresën se me ujë do largoja nga vetja gjithë ç'kishte ndodhur. Po përsëri nuk u ndjeva aspak Sidita e parë.

Mungoi për shumë ditë. Nuk ndihesha mirë. Këtë po ta them vetëm ty. Mendova se qe fyer. Ndjehesha në faj të pajustifikuar se fundja, në një situatë të tillë ashtu do veproja përsëri. Erdhi një ditë me shi dhe u ul te vendi i tij. Nuk më foli. Ishim bërë si të panjohur. Shkova të merrja porosinë. E pashë më të hequr në fytyrë. Qeskat nën sy m'u dukën me të varura. Më buzëqeshi sforcuar.

"- Si je?".

"- Çfarë do merni?".

"- Një portokall të shtrydhur, një dopio fërnet dhe kafen e madhe njëporcionshe".

E pashë ngultas për atë lëngun e portokallit, por nuk m'u duk se tallej. Ia çova.

"- Ulu pak aty". - më tha paqësisht.

Ndihej edhe dëshirë, edhe këmbëngulje.

"- S'kam përse të ulem...".

"- Nuk të urdhërova, kam dëshirë të pish një lëng portokalli. Nëse do vijnë njerëz, jam dhe unë. Shoqërisht...".

U mendova një çast dhe i thashë të hynte brenda. S'ka gjë, le të pinte cigare.

- Bora, besomë! Nuk di si më tregoi aq gjëra sa nuk e prisja... Nuk e di, po sikur kishte porositur të mos hynte këmbë njeriu në lokal, veç një çifti që u ul në cep, secili përmbys mbi celularin e vet. Edhe ata...

- Tregomë tani, hë se me çmende! Sa gjatë i bie, zemër! - u padurua Bora.

- Ç'të të them? Një jetë e mbyllur brenda një martese të palumtur.

- Amaaan! Kështu qurraviten këta dhe pastaj kthehen te gruaja e fëmijët...

- Nuk ka fëmijë, jo. Për të mos prishur qejfin e së ëmës, mbi tridhjet vjeç, pranoi një martesë që nuk guxoi ta refuzonte. "I kalove të tridhjetat. Të shoh dhe unë ca ditë të bardha, të të shoh të rregulluar. Dua ndonjë nip a ndonjë mbesë. Ajo është nga derë e mirë. Do ta shohësh vetë", i këmbëngulte e ëma. Dhe më në fund i prezantuan. Tani, se s'të thashë që kështu e quajnë, nuk ndjeu gjë, nuk pa ndonjë virtyt tek ajo që do bëhej nëna e fëmijëve të tij. Përveç këtyre, i dukej se... "Do ndjesh më vonë, vjen dashuria, vjen, ashtu na ka ardhur të tërëve. Pastaj, se mos gjete vetë ti e të thashë unë jo!", e nxiste nëna.

Dhe ashtu ndodhi. U martua pa ndonjë dëshirë. Asgjë nuk ndjente për atë grua që rrinte si kukull në shtëpi. Kishte nisur t'i dukej edhe e mefshtë, por e ëma këmbëngulte se ishte e urtë dhe e mirë. Vetëm se e shokuar ca ngaqë i kishin vdekur i ati dhe vëllai në një aksident. "Kjo duket në depresion", kishte menduar Tani një ditë në nerva e sipër. Nëna e shihte nusen në dritë të syrit për ndonjë lajm të gëzuar, po aha...

"Shiko tët bir, mos më shiko mua", i kishte thënë një ditë plakës me të egër, aq sa ajo qe trembur dhe i qe hapur të birit:

"Nisuni spitaleve e bëni analizat, mos bëni sherr me njëri-tjetrin kush e ka fajin. Ikën koha...".

"Më lër rehat me gjithë analiza e me gjithë kohë! Le të iki koha, rrugë e mbarë i qoftë! Nuk e shtyj dot me të, kupton apo jo? Nuk thua shyqyr që s'ka mbetur shtatzanë!".

"Ç'do të thuash?" - qe trembur e ëma.

"Që nuk e shtyj dot me të një jetë të tërë. U bënë dy vjet e më duken njëzetë. Po të qe për të ngelur, do kishte ngelur deri tani".

"Po si, ore ta lësh bijën e botës? Bota çdo thonë?".
"Ohu, të thonë ç'të duan! Mjaft tani!".
E shoqja qe bërë indiferente për çdo gjë. Ikte kur donte, vinte kur donte. Aq sa Tani uronte të mos vinte më, po të kthehej vete tek e ëma. Kështu gjërat bëheshin më të thjeshta. I qe bërë dita ferr. E që të mos e zgjas, o Bora, o mikja ime, u ndanë...
- E sigurtë?
- Po, po e sigurtë! E ndjeja se kisha hyrë bukur në jetën e tij dhe prisja t'i bënim një premtim njëri-tjetrit. Më pëlqente. Llogarisja kohën që ishim njohur dhe më rezultonte që nuk isha unë shkaku i gjendjes mes tij dhe së shoqes. Nryshe nuk do ndihesha mirë. Përveç kësaj, isha e pastër, ne as nuk ishim puthur jo. E ndjeja se më donte, por tani që më kishte treguar kaq shumë nga jeta e tij, nuk kishte më guxim për më shumë. Më në fund, pas disa muajve nga divorci, vendosëm të lidhemi dhe të martohemi. Ashtu edhe u bë. Jo me ndonjë dasëm të madhe, por të them të drejtën, veshja me të bardha... Ti e di, që të vogla bënim garë cila nuse do qe më e bukura... Fustani i nusërisë më shijoi. Të tjerat... Më dukej sikur njerëzit më shihnin dhe më paragjykonin mua, Tanin, mbase edhe ish - gruan e tij. Unë....
Sidita heshti.
- Ç'ke, vazhdo!
- Epoo, janë ca gjëra që....
- Vazhdo, vazhdo!
- Nuk më... preku natën e parë të martesës. Më vrau shumë kjo gjë. U ndjeva keq, e fyer si femër. Na-

ta e parë... Jo për ndonje qejf kushedi se çfarë timin. Jo! Unë kisha aq vite vetëm, nuk isha më ajo adoleshentja e dikurshme. Atëherë edhe donim ndonjë djalë larg e larg, pa e marrë vesh njeri, as ai vetë. Kishte kaluar ajo kohë. Po fundja për çfarë po martoheshim? Vetëm për ato pak puthje të paramartesës? Edhe ato... të ndrojtura e të pasigurta. Nuk ndjeja se duhet të isha unë e ndrojtura. Më dukej se ajo virgjëria ime... Ajo e bënte Tanin të pavendosur, të kishte një si brengë me veten.

S'mjaftuan këto telashe. Dy ditë pas dasmës vjen një lajm. Ish-bashkëshortja ishte... shtatzanë. Në shtëpi ra mynxyra. Ai u nxi si asnjëherë. U bë xhind. Mbase ajo po luante me jetën e tij. "Kurvaaaa", thirri me sa pati në kokë dhe doli me nxitim, i egërsuar.

E ëma e ndoqi pas. Unë nuk dija çduhet të bëja. Dëgjoja që ajo e merrte me të mirë, i thoshte se kishte mundësi që...

"- Nuk e kam prekur, s'mbaj mend qëkur! Se nuk më bëhej ta prekja. Ti e di... Ç'më thua tani?".

"- Mos ngul këmbë. Ndonjë natë i pirë... s'mban mend. Se fëlliqemi pastaj, hë të keqen nëna!".

"- Po mjaft, pra mjaaaaft, mbylle tani! Nuk më bënte dot mashkull as esëll, jo edhe të kisha pirë".

Po ndihesha e huaj në atë shtëpi.

"- Rri qetë ti!". - më tha kur hyri në dhomë".

U afrua e më puthi në ballë. Por ishte akull, i bardhë në fytyrë.

Pasi iku ai, nuk mund të rrija më. Iu afrova butë së ëmës që qante dhe i thashë:

"- Unë po iki në shtëpinë time. Kështu... kam ca punë për të bërë... Mos u mërzit. Është aq i zoti sa ta zgjidhë këtë ngatërresë. Sido që të bëhet e sido që të jetë e vërteta, do t'ia gjejmë zgjidhjet".

Dhe i buzëqesha për ta qetësuar.

U mbylla në shtëpi, qaja pa fund. Gjithë ajo kënaqësi, ato ëndërra po zhbëheshin nga incidente që më dukeshin kaq të sajuar e kaq banalë.

Në darkë Tani erdhi më mori.

"- Eja ikim në shtëpi dhe këtë mos e bëj më! Nëse më do, mos e bëj! Të kam thënë gjithçka duhej të dije dhe duhet të më besosh".

Me lot në sy u ktheva në shtratin e martesës. Ai më kishte në krahë dhe më fshinte lotët. Ishte një natë e gjatë, më premtonte se... do vazhdoja të isha e virgjër. Po ç'dreq rëndësie kishte kjo tani? Kjo duhej diksutuar akoma mes nesh?

Për fat gjërat shkuan për mbarë. Gjithçka u sqarua në pak ditë. E dëshpëruar, ish-gruaja kishte bërë një shaka xhelozie që i kushtoi shumë. Iu hap çështje penale. Më dukej aq e trashë, sa... Si kishte mundësi të bënte një denoncim me shkrim e pastaj të pranonte se: "më duket se..." apo "kështu u ndjeva"?

Tanit i duhej një pushim i gjatë dhe i mirë. Ditët kalonin. Ndjeja se nuk e bëja dot mashkull. Ndihesha dita-ditës më keq. Dy muaj kështu... Nisa të mendoja se mos ishte ky shkaku i problemeve edhe me ish - bashkëshorten. Kaluam nëpër mjekë. Secili veç e veç pranonin se ne kishim fizik tepër normal. Analizat dilnin mirë dhe na gëzonin. Por...

- Mos më thuaj se... je akoma e virgjër!

Bora e ndërpreu me ankth.

- Prit... Bëmë seanca te psikologu. Por sa më butë e sa më e duruar sillesha unë, aq me ngushtë e keq dukej ai. "Dëgjo këtu, unë jam jotja. Do të të ndihmoj deri sa të jem. Nëse vërtet nuk ndihesh mashkull me mua, unë të rri pranë deri në qetësinë tënde. Më pas iki. Ose rri, nëse ti do. Më thuaj çduhet të bëj dhe prapë mbetemi miq. Ka ca gjëra që nuk i shpjegojmë dot as ne, as mjekët, as psikologët. Ose... Nëse do që të kthehet ajo...". Kështu ndava mendjen dhe i thashë një fundjavë.

Më pa vëngër, aq sa nuk guxova të vazhdoj më. Po ndjeja se duhej t'ia thosha të gjitha. E doja, por nuk mund të mbetesha peng i një dashurie që nuk po kurorëzohej. Kisha ëndërr një familje të bukur, një fëmijë që do t'i përkushtohesha. Si gjithë njerëzit, siç ëndërroja qysh kur loznim me kukulla...

Ai më përqafoi. Ndjeva edhe të më puthe lehtë. Po ishte puthje ndryshe, ishte e lagësht, ishte e ngrohtë, njerëzore. Hera e parë që drithërova siç e mendoja... Më tërhoqi nga ballkoni në dhomë, ndjeva t'i merrej fryma si asnjëherë në ata gjashtë muaj të mundimshëm. Kisha ankth. Mos vallë gjithçka do ftohej siç kishte ndodhur gjer tani?

Por nuk duhet ta çoja mendjen askund tjetër. Në djall të shkonte edhe ajo... virgjëria ime! Tani i takonte atij. Po ndjehesha femër, derisa edhe ai po ndjehej mashkull. Me një lëvizje dinake e mora sipër vetes, e shtrëngova me një lloj epshi që edhe ia imponova pak vetes. E ndjeja tek më merrte gjënë më të çmuar... E paskisha ruajtur për këtë njeri të mirë që po bëhej më i rëndësishmi i jetës sime. Po provoja shkallët për në qiellin e shtatë... Nuk i pata provuar kurrë... Gëzoja lumturinë time, por më shumë gëzoja lumturinë e ardhjes së tij. Më dukeshin të bukura. Më vinte të qeshja, të gëzoja, të shpërndaja britma pa fund...

- Ti mendon se ato britma...

Bora po e ngacmonte hapur fare.

- Je një dreq ti që!... - qeshi Sidita dhe i shkuli lehtë flokët.

Kishte harruar fare që po ia tregonte dikujt tjetër atë histori.

Qe ndjerë sikur fliste me vete...

10.12.2017

SHIJE LOTI

E zgjoi një rreze dielli hyrë vjedhurazi në hapësirat mes grilave. U shtriq në delir që nuk e ndjente në ditët e zakonshme të javës dhe u kujtua se ishte e shtunë, mund të flinte edhe pak. Pastaj u kujtua që...

Gjithnjë i përmendte fjalën "fund" dhe sot, si fundjavë e fundmuaji mund të vinte, mund t'i bënte një suprizë si herën e shkuar që e mori në telefon vetëm kur mbërriti në qytetin e saj.

U ngrit me nxitim, hapi dritaren dhe grilën. Ajri i freskët i majit i pushtoi gjoksin. Gjithfarë ngjyrash pa nga kati i lartë i godinës ku banonte dhe vuri buzën në gaz. Ashtu duhet të bëhej sot.

U la dhe nxitoi për te parukierja.

"Duhet të jem e bukur para tij". - mendoi duke nxituar.

- Ke nisur të vish shpesh... - i shkeli syrin Vjola. - Dhe je bërë shumë e bukur. Ke rënë në dashuri?

- Sipas mundësisë. Eh. ç'dashuri, aman! - i tha duke u ulur e shkujdesur në poltron.

Nuk thonë kot, njeriu bëhet i bukur kur dashuron.

"Dashuron? Është kjo një dashuri?".

Qeshi me vete e pasigurtë.

I ndjente duart e parukjeres të punonin në flokët

e saj shkathtësisht. Pastaj vuri re... Në qafë ndriçoi varësja sferike, me shumë gurë të vegjël. Ia kishte dhuruar Gerdi vjet për ditëlindje.

Diçka i trokiti në brendësi të shpirtit.

Ishin dashur shumë me Gerdin. Lanë takim te bari ku rrinin vazhdimisht dhe me të ardhur ai i zgjati atë kutizën e vogël, me një fjongo të vockël.

Ajo e hapi plot kërshëri dhe i ndriti fytyra nga gëzimi.

- Ti je i papërsëritshëm, je urimi më i bukur!

Dhe e puthi lehtë në faqe.

Pastaj nxori dhe pa me imtësi varësen.

- Do ma vësh ti në qafë... - i tha plot ngazëllim.

- Me kënaqësi.

U ngrit, ia mbërtheu, pastaj ajo i ndjeu buzët e prushta në qafë. Iu mbush trupi me mornica që pulsonin jetë. Dhe erdhi një kohë... Një kohë që Gerdi nuk ishte më në jetën e saj. Rrallë shkëmbenin ndonjë përshëndetje apo urim. I dukej pikërisht ashtu siç thoshte ai: "një dashuri në pritje".

Tani që iu kujtua...

Po fundja, kjo qe jeta e saj, për një moment harroi ku ishte dhe pëshpëriti:

- As unë nuk kam faj!

- Si the? - e pyeti Vjola.

- Jo, jo asgjë. Po thosha se kur kam kohë, do kujdesem pak për veten. - arriti të manovrojë.

Në pasqyrë nuk u ndje e bukur dhe mendoi se duhet t'u jepte mendimeve një drejtim.

Vjola i erdhi përballë duke e hetuar.

- Po ti ç'pate? Erdhe shend e verë. Tani sikur...

- Asgjë, asgjë... - tha ajo syulur.

Pastaj iu kujtua se vërtet sot mund të kishte një suprizë nga njeriu që së fundmi...

Po vërtet, ç'e kishte këtë njeri që priste? E donte?

Një komunikim i gjatë i dha idenë se ai u bë pjesë e jetës së saj. Premtoi të takoheshin dhe u takuan me emocion. Pastaj...

Gerdi kishte jetën e tij. Nuk mund të ishte pafundësisht një "dashuri në pritje".

Ndjente të ngazëllehej sërish nga një surprizë e bukur. Dhe ia impononte vetes të ndihej e gëzuar.

- Mirë? Sikur s'kam ç'bëj më. - ia nderpreu mendimet Vjola.

Ajo ktheu pak kokën në profil, rregulloi baluket siç i donte vetë dhe buzëqeshi.

- Po, shumë mirë, faleminderit! Jam që jam, bëjmë dhe thonjtë ?

Vjola buzëqeshi.

- Eeee, diçka ke ti, e thashë unë.

- Epo... Kujdesi për veten...

- Mirë, mirë ulu aty!

U ul dhe nisi të zgjidhte. Iu kujtua sërish Gerdi.

- Ufff... - pëshpëriti me mërzi teksa kujtonte kur bëhej "e bukur" për të dalë me të. - S'di ç'të zgjedh...

I dukej sikur sërish do t'i linte duart e saj në të tijat dhe ai do t'i prekte thonjtë si dikur.

"- Nuk di ç'po ndodh kështu. Përse më hyn prapë në mendime dhe kujtime, gjersa ka mbaruar? Apo nuk ka mbaruar akoma dhe...". - mërmëriti me vete.

Zgjodhi diçka ndryshe. Duart e Vjolës iu dukën si duart e tij dhe i tërhoqi e trembur.

- Ti nuk je e qetë, zemër, çfarë ke? - i tha Vjola me qortim dhe e pa në sy.

Ajo vuri buzën në gaz.

- Jo, jo mirë jam, po nuk e kisha mendjen dhe... Prandaj ndodhi.

"Gerd, ti je këtu? Me thuaj... Lëshomë, të lutem, lëshomë! Një njeri tjetër po hyn në jetën time. Ku je, Gerd, ku je? Nuk di as vetë ç'po bëj, ku jam, çfarë pres. Nuk e di kush është ky njeri për mua. Doja të flisja me ty tani. Po, po tani! Po vërtet në këtë moment nuk gjykoj dot as çfarë je ti për mua. Mbase vazhdon të më kujtosh se je e jam "një dashuri në pritje" për ty".

- Mbaroi! - tha Vjola.

- Po, po ka mbaruar! - tha dhe ajo.

- Ç'thua, mi? - qeshi Vjola.

- Asgjë, asgjë! - vuri buzën në gaz me sforcim dhe ajo për të justifikuar gjendjen që krijoi.

Nxitoi për në shtëpi.

"- Po unë ç'kam kështu, u zgjova bukur".

I ndjeu sytë të njomë dhe pa veten në mes të një pasarele varur në litarë që sikur po këputeshin. Nga cila anë t'ia mbante? Njeriu që priste mund të vinte nga çasti në çast, si herën e shkuar dhe ajo ende nuk kishte zgjedhur ç'të vishte.

Përpara pasqyrës si në një pasarelë.

Ah, prap pasarela! I dhembi një çast.

"- Jo këtë, jo! E vishja me Gerdin. Aty janë ende pëllëmbët e tij... Kjo s'më pëlqen, e errët. Po kjo bluzë, me pantallonat e verdha? Nc... nc... S'bën, nuk shkon".

Ndjente pasiguri në preferencën e saj.

"- Ah, po, fustani blu! I pëlqente aq shumë Gerdit. Gerdit, prap Gerdi?".

U ul e dëshpëruar në shtratin e parregulluar.

"- Po unë nuk do dal me ty, Gerd. Përsëri je këtu e më trazon mendimet?".

Herën e fundit priti të flisnin në telefon, por ai nuk e hapi. Fillimisht mendoi se ishte i zënë, ose nuk e dëgjoi. Por më vonë, kur nuk iu qe përgjigjur thirrjeve të saj, kuptoi se hendeku i hapur zor të mbyllej më. Atë hendek e hapën të dy, por i dhimbte pjesa e saj. Pastaj gjërat me kohë ishin fashitur. Ekuacion me të njohura e të panjohura që askush nuk u përpoq ta zgjidhte.

Priti gjithë ditën për një surprizë. Asnjë telefonatë. Mori makinën dhe shkoi në qytetin bregdetar. Një ditë fundjave e fundmuaji në pritje. Lagu dorën në valën e lehtë që iu afrua te këmbët dhe e vuri në buzë.

"Shije loti". - tha me zë, sikur donte ta dëgjonte njeri.

Ktheu kokën, buzëqeshi hidhur. U nis të kthehej në shtëpinë e saj.

Edhe aty nuk ndjeu të ishte më mbretëreshë...

10.03.2018

NË PARAJSË, TE FJORI

Diku në periferi të qytetit, në një park të jeshiluar, një lokal të madh, të rinjtë kanë zgjedhur të bëjnë mbrëmjen e maturës.

- Domethënë, sa bëhen? - pyeti administratori organizatorin e mbrëmjes.

- 186 vetë, 112 nga njëra shkollë dhe 74 nga tjetra. Të lutem, dua që gjithçka të kalojë mrekullisht. Ti e kupton, mund të kenë shkuar si të kenë shkuar gjatë këtyre viteve, mund edhe të jenë zënë e grindur, por kjo është mbrëmja e fundit që janë bashkë. Nëse ne bëjmë tonën që të kënaqen, këtë do mbajnë mend. Dua të jemi korrektë me ty e me ta, por edhe të mos i nxisim për teprime. Kemi hequr mënjanë një fond për dëmet që mund të bëhen. Po të jetë nevoja...

Administratori vuri buzën në gaz dhe i hodhi dorën në shpatulla.

- I di të gjitha këto që më thua, nuk është hera e parë që punojmë me maturat. Kemi pasur grupe edhe më të mëdhenj dhe ia kemi dalë mbanë për bukuri.

- E di, e di, prandaj erdhëm te ju...

- Por unë them të mos i lëmë të arrijnë gjer aty, se

rrëmuja po nisi, nuk frenohet dot më. - e ndërpreu administratori.

- Sigurisht. - buzëqeshi organizatori.

Dolën nga lokali ku po bisedonin dhe shkuan në lulishte.

Të rinjtë lëvizin grupe-grupe, takohen me të tjerë qç vijnë. Disa i sjellin prindërit me makina, disa shokët, disa vijnë vetë.

Vajzat janë bërë të bukura sot, për t'u mbajtur mend si zana. Aty, në mes të lulishtes është një shatërvan. Shumë djem janë ulur te bordura. Vajzat u vijnë qark si në një paradë elegante mode. Ngacmohen, qeshin, ndonjë nga djemtë ngrihet dhe e ndjek me shaka vajzën që iu përgjigj romuzeve të tyre.

Po vende-vende janë të tërë bashkë, vajza e djem.

Bëjnë shaka, qeshin, flasin me zë të lartë.

Dëgjohet një zhurmë motori. Shumë vetë kthejnë kokën të shohin kush po vjen.

Albi mërmërit sa të dëgjohet pak:

- Koli është, Koli. Kush do bast?

- Ku e di ti?

- Më tha vetë që do merrte motorin e vëllait. E di ti, po e tha ai, e bën.

Është vërtet Koli, me motor të madh e të bukur, me kaskë të zezë, veshur me mushama të errët. Hyn në oborr dhe parkon motorin. Të rinjtë heshtin, por në momentin që ai heq kaskën fillon zhurma. Shumë prej tyre i afrohen atij dhe motorit.

Rregullon flokët dhe përshëndetet me nga një përplasje shuplake ngritur në ajër.

- Është i vëllait, i vëllait. Mezi ia mbusha mendjen të ma jepte. E ka merak të madh. Ça bëhet këtej, akoma s'do fillojmë, ë?

- Sa shpejt do me ik, mor burrë. Çfarë ke, s'të durohet?

Si për t'u afruar, Koli nxjerr cigaret dhe u jep atyre që ka pranë.

Është djalë simpatik, me trup të bukur, veshur me mjaft elegancë.

Diku mes vajzave, Fjoralba, Fjori, vajza më e bukur e maturave të këtij viti, më e mira në mësime, më e shoqërueshmja, nuk ndihet mirë. Tinëzisht kthen kokën dhe sheh Kolin mes shokëve. Do edhe ajo të jetë pranë tij, por ja, nuk e di as vetë përse nuk ngrihet ta takojë. Kanë dy javë pa u takuar, që në provimin e fundit...

Koli ulet me shokët. Edhe ai e gjeti ku qe Fjori, i buzëqesh aq sa nuk dukej për kë qe buzëqeshja. Të rinjtë vazhdojnë pyesin për motorin; sa kubik është, sa kilometra ka bërë, sa i kap ti?... Koli jep ca sqarime të përcipta, disi i bezdisur.

- Hajde, më bëj një xhiro se vdes.... - i thotë Albi dhe i jep dikujt aparatin fotografik.

- Bëje gati dhe kur të hyjmë prapë, shkrepe. Ja, këtu! - dhe i tregon butonin që duhej shtypur.

Ngrihet edhe Koli, marrin motorin dhe dalin. Fjori sheh me habi së largu ku po iknin shokët. Koli kthehet nga djemtë dhe bërtet ta dëgjojë ajo:

- Erdhëm, erdhëm! Mos hajdeni pas, vetëm Albit po i bëj një xhiro...

Vajzat kthejnë kokën.

- Vetëm Albit, ë? Dua edhe unë! S'ka gjë, pas Albit. Ndryshe të mbys, more vesh? - thërret Ina çapkëne, i afrohet dhe bën ta kapë për flokësh.

Koli qesh, i shmanget dhe nxiton te motori. I kërcejnë të dy. Koli e ndez, shkëputet me zhurmë të fuqishme nga vendi dhe fluturon në rrugë. Sigurisht, askush nuk mund të rrijë pa kthyer kokën.

Eh, janë të rinj, u pëlqen kjo vëmendje.

Vazhdojnë bisedat e zhurmat derisa organizatori i fton të hyjnë brenda.

- Hyjmë tani! Vendosemi secili sipas klasave, nëse keni të tjera preferenca për vendet, ndërrojini me njëri-tjetrin.

Dëgjohet orkestra që i fton. Salla është sistemuar me finesë dhe buzeqeshjet e të rinjve tregojnë që janë të kënaqur, të paktën me pamjen e deritanishme.

Fjoralba kthen kokën për të parë nëse po vjen Koli. Ku do ulet ai? Sa u vonuan! Fundja është një mbrëmje e tërë dhe ata me shoku-shokun kushedi sa herë do t'i ndërrojnë vendet. Ulet me shoqet, por nuk ndihet e qetë. Kërkon me sy... Koli ende nuk po duket.

- Po ç'ke kështu, Fjor? Do vijë, mos u bëj kaq merak!

- Shshshsht, mjaft dhe ti tani! - thotë Fjori dhe i kap dorën Zanës.

- Ja, erdhën, se na plase! Ahahaha! - qesh Zana.

E ngacmon me zë të ulët dhe tregon me kokë nga dera ku duken dy djemtë.

- Epo mjaft dhe ti tani!

Fjori është më e qetë dhe heq sytë nga Koli.

Djemtë e sapoardhur zënë vend diku diagonal saj dhe shikohen nga larg duke buzëqeshur. Te Koli afrohet Ina, e kap sytë me duar, i pëshpërit te veshi me zë të lartë:

- Tani, taniiiii!...

Koli buzëqesh dhe ngrihet të bëjë një xhiro me Inën. Fjori nuk ndihet mirë. Duket sikur kjo mbrëmje do mbarojë pa Kolin, sepse ai nuk ia prish dot askujt.

- Po dal dy sekonda, - i thotë Zanës - do vish?

- Ku? Që tani u mërzite?

- Si të duash! Pak, fare pak! - sikur i lutet Fjori.

Zana ngre supet dhe e ndjek.

Në korridor Fjorit nuk i rrihet pa folur.

- Kam frikë se do mbajë mëri dhe po nuk u pajtuam sonte, aha! Fillojnë pushimet pastaj dhe harrohen gjërat.

- Më çmende ti! Sa paragjykon, Fjor! Nuk jeni nga ata që harroni kollaj ju. Edhe ti, edhe ti. Ashtu siç nuk harroni grindjet, nuk harroni edhe njëri-tjetrin.

Në holl kalojnë tek-tuk të rinj. Ja, tani po afrohen edhe pedagogët.

- Futemi, Fjor? Kush rri i takon një nga një këta tani! Uf...

- Ikim... - thotë Fjori.

Marrin për nga salla e hyjnë brenda. Teksa zënë vendet dëgjohen duartrokitjet e të rinjve që ngrihen në këmbë, sistemohen dhe presin profesorët dhe mësueset e tyre. Ata sot qeshin, qeshin të gjithë. Detyra ka mbaruar, diku shumë mirë, diku mirë e diku mjaftueshëm. Ish nxënësit nuk kanë më frikë se do ngrihen në mësim. Tani janë marrëdhënie shoqërore.

- Pse e fike cigaren, ke frikë akoma? Ahahahhaa! - ngacmon dikush shokun përbri

- Jo, mo jo, fundi ishte, ça frike....

Pedagogët i takojnë një për një, i përgëzojnë e pastaj sistemohen. Sot nxënësit e tyre u duken më të rritur. Dikush mban një fjalë në emër të trupit pedagogjik, por ka shumë zhurmë. Ai nuk e merr për keq, buzëqesh dhe bën "detyrën", ndërsa orkestra nis një melodi dhe të rinjtë ngrihen me vrap të kërcejnë.

Ka gëzim, ka ngacmime, ka gallatë.

Koli me Inën hyjnë dhe ulen në vendet e tyre. Koli kërkon me sy në sallë dhe ndesh vështrimin e Fjorit. Ajo është ngritur e vallëzon me Gentin. Ngryset një çast. Se si i duket. Sa afër e mbante Genti!

Albi, aty afër me Kolin nxjerr pak fshehur një shishe të vogël me pije të fortë dhe ngrenë nga një teke me fund. Fjori e sheh si e trembur, teksa Koli shtrembëron fytyrën.

- Do ngrihemi të kërcejmë? - i thotë Albi.

- Prit, or burrë, se shpejt është. Unë sa i zbrita motorit. Ama, qejf është, ë!

- E me e, po edhe pak i frikshëm. Unë shyqyr u mbështeta tek ty dhe i mbylla sytë fare. Në djall vaftë, thashë me mendje. Vetëm se më vinte zor të të thosha. Ahahahaha...

Koli qesh dhe e shtyn me bërryl duke i treguar një vajzë të vetme, diku larg në tavolinë.

- Ëhë, ika pra... - thotë Albi dhe nxiton për te vajza.

Koli ndez edhe një cigare dhe shikon Fjorin.

"Eh, Fjor, Fjor, sa zemërake që je... Çudi si janë fe-
mrat, i gëzohen një vogëlime dhe fyhen për hiçgjë.
Nejse, nejse...".

- Po ti pse s'kërcen? - dëgjoi t'i thonë pas vetes.

- Ja, ashtu... Tani sa erdha zysh. - i përgjigjet më-
suese Vjollcës që shkon diku të marrë për të kërcyer
një nxënës ca të plogësht.

Përballë, një vajzë e klasës i bën shenjë të vallë-
zojnë, por ai bën sikur nuk e sheh dhe ngrihet e drej-
tohet nga veranda.

- Aaa, tek unë ishe nisur, ë? - i afrohet Ina duke qe-
shur dhe i zgjat krahët.

- Ah, jo do dal pak në verandë. Sikur m'u mor
fryma këtu...

- Po ti pse s'kërcen?

- Më vonë, Ina, më vonë...

- Ke nevojë për ndihmë. - e ngacmon çapkënia du-
ke e parë në sy.

- Ahuu dhe ti! Më lër rehat, të lutem! - i thotë Koli
indiferent dhe vazhdon për në verandë.

- U, ky! Mua më lusin, mo! Pff.. - bën ajo të kalojë
e pafyer situatën ku u gjend.

Në verandë Koli ndez cigare dhe kujton grindjen
e fundit me Fjorin.

...Ishin takuar nën një pemë për t'iu shmangur
diellit përvëlues dhe qëndronin përballë njëri-tjetrit
pa folur. Dukej qysh larg që Fjoralba qe e mërzitur,
ndërsa Koli përpiqej ta merrte me të mirë.

- Të prita gjithë ditën dje, vetë më the që do vije.

Koli bëri t'i rregullonte flokët, por ajo iu largua.

- Epo, nuk më la mami, praaaaa! - qe tallur Koli.

- Ashtu, ë? Epo merri leje më parë, praaa! - e imitoi Fjori. - Për të bërë xhiro me motor, të dha leje mami, ama?

- Epo mjaft, hajde ecim! - tha Koli dhe e kapi nga krahu.

- Jo, jo... Më duhet të iki tani. - u mërzit Fjori duke e parë në sy.

Koli në një farë mënyre vazhdoi justifikimin dhe kur pa që vajza nuk donte të dilte, u mërzit, i ra lehtë shpatullave dhe iku pa kthyer kokë. Nxitoi të kapte një autobus, ndërsa Fjori e penduar e ndoqi me sy të përlotur dhe nuk diti ç'rrugë të merrte. U kthye kokëulur duke ia besuar ecjen një hapi të zvargur e të lodhur.

Koli e pa nga xhami i pasëm i autobusit dhe tundi kokën pakënaqësisht...

"- Ja, kaq ishte!". - i thotë vetes aty në verandë dhe sheh nga rruga.

- Po ti, akoma këtu, pse s'kërcen si shokët?

Koli qesh dhe bën të hyjë në sallë. I duket se ky zë e ndjek gjithandej.

Të rinjtë zhurmojnë, hanë, pinë, ngacmohen, ndërrojnë vendet...

Fjori është bashkuar me shokë e shoqe, bisedon, qesh aq bukur... Kolit as që i shkon në mend të bashkohet me ta. Fillon përsëri muzika. Fjori nuk ndalon së kërcyeri me shokët e klasës. Një nënqeshje rrëshqet në buzët e Kolit. Hapin e mban te vajzat e shkollës tjetër. Ia vë syrin njërës dhe e kërkon në vallëzim...

Sa e bukur edhe ajo! E gjatë, elegante. Tërheqin njëri-tjetrin në vallëzim, afrohen nga zona e shkollës së tij. Do të ngacmojë xhelozinë e Fjorit. Dhe ia arrin qëllimit. Fjori e sheh ashpër...

Por Koli ndjen prekje në sup.

Kthen kokën dhe sheh djalin e shkollës tjetër.

- Mund ta marr tani shoqen time?

- Urdhëro? - thërret Koli që të mposhtë zhurmën e sallës.

Djali është i bëshëm, i fortë.

- Mund të na e kthesh shoqen aty ku e more? - ngre zërin edhe ai.

- Po, pasi të mbarojë muzika. Pa merak, është në duar të sigurta... - mundohet të bëjë shaka Koli.

Ndjen që shumë koka janë kthyer drejt tyre.

- Mbaruan shoqet tuaja? - këmbëngul tjetri.

- Ç'ia fut kot! Ja, ku kemi plot! Nëse ta var ndonjëra, merre! - thotë Koli.

Djali nxihet në fytyrë dhe kthehet te shokët. Vajza që kërcen me Kolin nuk është më e qeshur si pak minuta më parë. Gjithsesi nuk e bën veten dhe vallzon sikur nuk ka ndodhur gjë.

Pas pak Koli sheh që çiftet rreth tij nuk i njeh më. E kanë rrethuar maturantë të shkollës tjetër, që pa kuptuar e shtyjnë për nga zona e tyre.

Të mençur pedagogët. Me një shenjë të vockël muzika mbaron. Koli qetësisht shkon në vendin e tij, ata u ulën me shoqen e tyre. Grupet tashmë të qetësuara shiheshin e ngacmoheshin së largu pa të keq. Koli nuk ndihej mirë në qendër të vëmendjes për çarë ndodhi.

- Në këtë vallëzim fuqinë e kanë vajzat! - thotë
me mikrofon një nga pedagogët duke qeshur.

Fillon muzika. Koli kërkon Fjorin me sy. Ka siguri
që do vijë ta marrë, por nuk po e sheh gjëkundi.

"Fjor... ku ike, Fjor?".

Nuk e përmban dot habinë dhe kureshtjen për të.
E gjen mes turmës tek vallëzon me një djalë të shkol-
lës tjetër. Qeshin, flasin duke u parë sy më sy... Ajo
e godet lehtë me dorë në gjoks dhe qeshin prapë...

"Sa e lumtur duket". - mendon me qesëndi dhe i
hypën gjaku në kokë.

Ngrihet pa mendje, me vrull, a thua se...

- Ku po shkon kështu, ore? - dëgjon Albin që kup-
toi çdo ndodhte.

- Do vish të dalim në ballkon, pimë një cigare?...

Albi ngrihet, tymosin dhe diç bisedojnë. Qeshin
hidhur dhe nisen të hyjnë në sallë.

Koli merr Inën në vallëzim dhe afrohen te Fjori
që po kërcen me djalin e shkollës tjetër.

- Tani ndërrohemi... - i thotë Inës.

Ajo e sheh në sy e pakënaqur.

- Ndërrohu ti! - i thotë ajo.

- Ti, se fuqinë e kanë gocat. E mos u tremb se pa-
lluqe duket. - i pëshpërit Koli.

- Unë, ë? - bën Ina dhe duke kapur duart e djalit
tjetër e hedh Fjorin tek Albi.

Koli duket fitimtar, por edhe Fjori duket se është
mirë. Kthen kokën nga Ina dhe përshëndet djalin du-
ke qeshur. Zënë tërhiqen pak nga pak te zona e tyre.

- Zer miq të rinj, zer, po të vjetrit mos i harro! - thotë me ironi duke parë pa përcaktim pas supeve të saj.

Ajo qesh. Edhe qeshja është ironike.

- Nuk e njohe? - i thotë e kënaqur që e kishte bërë xheloz. - Është çuni i teta Jolsës, tezes. Ishim bashkë në plazh.

- Ehë, e njoha, e njoha... - bën kot Koli.

Muzika mbaron, por pa e pasur mendjen ata vazhdojnë vallzimin. Koli e afron gati ta puthë, diç do t'i thotë e shkojnë ulen në vendet e tyre. Por me aq sa kërcyen, nuk arritën dot të thonë më shumë.

"Do dal në verandë, duhet të vijë aty". - mendoi Koli dhe u ngrit.

Fjori e pa, e pyeti me sy. Eh, si flasin sytë e saj! Edhe të tijtë...

Dalin, zbresin edhe ca shkallë e shëtisin qetë. Koli e kap vrulltas dhe e puth... Fjori i bie në krahë, e përqafon edhe ajo. Jo gjatë, se kanë ca gjëra për të thënë.

- Atë ditë... gabove, Kol. Ike ashtu si...

- Mbase... - thotë ai për të pranuar shpejt e shpejt e për ta puthur prapë.

Dhe e tërheq. Fjori zmbrapset pak, pastaj pushtohen sërisht. Ai e puth, e përqafon, i kalon duart në bel, në vithet e bukura. Gjokset iu ulen e iu ngrihen...

- Mjaft, Kol... Mjaft, se ka njerëz!

- E pastaj? Puthja është dashuri, jo urrejtje... - qesh ai dhe e tërheq përsëri.

- Po mjaft, pra mjaaaft! - kërkon të shkëputet ajo me ledhatim - Ke pirë ca si shumë më duket... Kthehemi më mirë.

- Jo, jo nuk kam pirë. Ja, rrimë pak te ky stoli këtu...

Dhe ulen në një stol të lulishtes. Pak më larg janë edhe dy-tre çifte të tjera që u dëgjohen fjalët dhe u duken hijet në dritat e zbehta. Pak më tej faqja e një pishine që pasqyron hënën...

Zhurma nga salla sikur shtohet. Një grumbull i madh nxënësish vijnë drejt tyre. Ngacmohen, shtyhen, ndiqen. Afrohen te pishina, vënë baste dhe dikush guxon të hidhet me gjithë rroba. Edhe një, edhe një tjetër... Bërtasin. Dikush këndon brenda në pishinë. Ah! Ja ku po vjen edhe çapkënia Inë! Hidhet edhe ajo. Qeshin e qeshin të gjithë.

Një djalë vjen me vrap e thërret:

- Ej, të marrëëë! Të pangopuuur! Erdhi torta e madhe! Orkestra lajmëroi se është vallëzimi i fundit... Dëgjoni apo jooo?

Ca dalin, ca vazhdojnë të rrinë në pishinë. Ina del pak fshehur se fustani i rri ngjitur pas trupit.

- I fundit... - thotë Koli dhe sheh në sy Fjorin.

- Edhe për ne? - ngacmon Fjori.

- Si gjimnazistë po!

Fjori niset para, Koli bashkohet me djemtë për në sallë. Ka gallatë në grupin e djemve. Diku më tutje çirren edhe vajzat.

"I fundit...". - mërmërit prap Koli me natyrën e tij nostalgjike.

I kujtoheshin të gjitha "të fundit" dhe "të parat".

- Po ti pse s'kërcen? - dëgjoi që pas.

- Ahahaa! Ja, tani! Tani do marr Fjorin tim e do kërcej sa të lodhem!

Dhe kërcyen e kërcyen, gjersa orkestra mblodhi

veglat. Sigurisht qe vonë. Apo ishte mëngjes herët?

- Kaq shpejt do ikim? - tha dikush.

- Joo, tani do këndojmë vetë.

Grupe-grupe këndojnë. Por salla është rralluar. Prindërit kanë ardhur t'i marrin me makina.

Ndarje, puthje përqafime.

Edhe lotë tek-tuk, takime që lihen...

- Ikim?

Koli iu afrua Fjorit.

- Ku?

- Në shtëpi. Kthehemi bashkë...

Ajo e sheh me mosbesim dhe vë buzën në gaz.

- Me çfarë? Mua më solli babi i Junës me Junën. Po ata paskan ikur tani...

- Hëm, kanë ikur! - ngre supet Koli - Të çoj unë me motor...

- Joo, kam frikë! - thotë Fjori e trembur - Brrrr...

- Nga kush, nga unë?

- Jooo, nga motori.

- Ahahaha! Nuk do t'i jap shpejt, Fjor. Ikim...

- Jo, joo! Është edhe ftohtë tani.

- Kam mushamanë time, të mbron goxha, pa merak.

- Lermë, Kol, lermë... Ja, do vijë ndonjë tjetër me makinë. - thotë vajza mëdyshas.

- Eja, eja! - insiston djali dhe bën para i vendosur.

Fjori bindet... Takohen me shokët dhe shkëputen ashtu ngadalë. Te parkimi Koli sheh djalin që i mori shoqen në vallëzim. Ata janë katër djem që po hyjnë me zhurmë në makinë. Kolit s'i pëlqen si e vështrojnë.

Ndez motorin dhe i jep shumë herë gaz me zhurmë, si të dojë të trembi edhe atë pak natë që po fle.

Edhe djemtë mbyllin dyert e makinës, e ndezin dhe i japin gaz.

Fjori, pak e trembur nga motori, vesh xhupin e Kolit dhe hypën duke iu ngjeshur në shpinë.

- Vure edhe kaskën! - thotë Koli.

- Jo, jo! Vure ti. Ja, unë kam xhupin.

- Ta vë unëëë? Asnjëri! Po ramë, le të jemi të dy njësoj. Ahahahaa!

- Mos e thuaj atë fjalë, Koli se zbrita, ë!

- Dhe do më lësh mua vetëm?

Motori fluturron... Por edhe dritat e makinës së djemve nuk mbeten shumë pas.

- Koliiiii, ç'bën kështu? Ku po shkojmë?

- Në parajsë, shpiiirt! - bërtet ai që të dëgjohet.

- Kam frikëëë!

- Nga kush, nga unëëë?

- Jo nga ty, jooo! Nga parajsaaa...

- Ahahahahahha...

- Ahahahahahaa...

Dhe fluturojnë. Kolit i duket sikur herë pas here e pyesin: "Po ti, pse nuk vallëzon?".

Dhe ai përgjigjet me zë:

- Po vallëzojmë, Fjooor, po vallëzojmë! A ka vallëzim më të bukur se ky? Ne jemi engjëjt dhe ky është vallëzimi i engjëjve! Ahahahahah...

Ngjeshur pas tij, ajo thërret përsëri:

- Je i marrë, Koliiiii!

- Unëë?...

- Ti, Koli tiiii... - qeshte, ledhatohej Fjori, ekzaltohej nga shpejtësia e motorit dhe fresku i ndajmëngjesit të pazbardhur ende.

Por dritat e makinës qe i ndjek së largu ndriçojnë herë-herë nëpër kthesa dhe kryqëzohen me dritat e motorit.

Në një kthesë duken drita të një tjetër makine...

Një fluturim i pazhurmë, pastaj një bubullimë, thyerje e rrapullimë xhamash, një nxehtësi që Kolit i pushtoi kokën dhe... Një heshtje si e varrit.

Pas pak, figura të çrregullta në errësirë.

Koli bën të lëvizë, po nuk mundet. Nëpër duar ndjen lagështirën e baltës qe ka rreth e rrotull... Kërkon ta prekë, të freskohet...

Tri silueta nuk i percepton dot çfarë janë. Do të thërrasë, të pyesë kush janë, ku është... Po nuk mundet. Mundet vetëm të dëgjojë.

- Qenka vajzë. Ueeee, sa e bukur! Shiko, shiko si është bërë...

- Hajde ikim! Ikim shpejt...

- Të ikim? Prit, ore... Këtu do ta lëmë?

- Ç'e duam? Shiko si është bërë... Ç'na hyn në punë kështu?

Koli i sheh që prekin Fjorin. Do të bërtasë, rënkon.

- Ohhhh...

Ata kthehen të trembur. Nisen të ikin, por kthehen përsëri, kontrollojnë për diçka te Fjori, pastaj vijnë edhe te xhepat e tij...

- Ikim! Ikim sa pa ardhur njeri...

- Po këtë? Edhe këtë këtu ta lëmë?

- Po ku ta çojmë, mor idjot, Ku ta çojmë? Makina, aksidenti... Kush do dëshmojë për mirë? Kush do na e dijë nderin? Burgu na pret... Ikiiim! Lëri për ku i ka nisur fati i tyre...

Dhe pas pak kur nuk po kuptonte se ç'bëhej, dëgjoi përsëri:

- Unë po iki, s'ju pres më!

Pastaj zhurmë makine që largohej, gërvishtje llamarinash që fërkoheshin nëpër gurë dhe...

Humbi në kllapi...

* * *

Duket një bardhësi aq e bukur. Por jo e qartë. Lëvizje të turbullta qeniesh. Gjithçka turbull...

Duket se janë njerëz. Po ku, ç'ne?

- Ka lëvizur pak, po akoma nuk është përmendur. - dëgjon zërin e nënës.

- Ja, do ta shohim! Shkoi ca gjatë, por shenjat i ka më të mira. - thotë një zë tjetër, i butë edhe ai.

Me vështirësi hap pak sytë. Pamja i kthjellohet.

- Ku jemi këtu, Sano? - mërmërit me vështirësi, thua qe në ëndërr.

Bëri të shtriqej, por ndjeu t'i therte gjithë trupi. Sikur nuk qe trupi i tij. Dhimbjet i ndjente veç e veç. Po kjo turbullirë, i vinte nga ëndërra e keqe apo i kishte sytë të përlotur?

- Shshshtttt, mos lëviz, shpirt i mamit! Në spital, në spital jemi...

- Pse?

- Do rrimë edhe ca ditë. Duro, të lutem, duro!...

Pa më qartë të ëmën dhe gruan tjetër me të bardha që po i rregullonte diçka në krahun e zhveshur.

- Pse? Ç'ka ndodhur? Më thuaj, Sanooo! Ohhh....
Nëna që shihej sy më sy me doktoreshën.
Ai humbi në kllapi...

* * *

U zgjua përsëri, por tani iu duk vetja në vend tjetër. Nga jashtë dritares dallohej maja e lartë e një katedraleje.

"Ëndërr prapë? Po ku të jem vallë?". - mendoi duke parë dhomën e spitalit dhe veten si ishte mbuluar e ku ndodhej.

Pak më tutje dikush lëvizi me zhurmë. Ngriti kokën lehtë dhe pa nënën.

- Sano!...

- Koli, shpirt i mamit! - mrekulloi ajo dhe erdhi menjëherë pranë.

I përkëdheli flokët, i puthi sytë, i fërkoi faqet...

- Sano... Ç'ke kështu? Ku jam?

- Mos lëviz, mos lëviz se t'i tregoj unë të gjitha, shpirt. Shyqyr, shyqyr!

Dhe ngrinte kokën nga qielli e falënderone diku pa përcaktim.

* * *

...Pas disa ditësh Koli mundi të ngrihej. Fliste pak, mundohej të mos bënte shumë pyetje, por të kuptonte shumë për gjendjen ku ndodhej.

Me të ëmën për krahu doli në kopështin e spitalit dhe u ulën në një stol.

- Ke ftohtë? - e pyeti Sanua.

- Jo, jo ç'është ky i ftohtë në mes të beharit, moj Sano!...

Pa që e ëma u përlot.

- Është vjeshtë, bir, është vjeshtë...

Sanua i kapi krahun, e pa në sy dhe nisi t'i tregojë...

* * *

Atë natë burrë e grua ishin në merak. Bënin sikur flinin, po një e dy shkonin në dhomë dhe shihnin nëse kishte ardhur. Flori... Si për dreq ishte në plazh, nuk u gjend aty atë natë.

- Akoma s'ka ardhur? - pyeti Bujari.

- Nc... nc... - bëri ajo e trishtuar - E teproi tani. Ka mbyllur edhe telefonin, pa le!

- S'është hera e parë që e bën. S'do ta ngacmojmë edhe kur del me shokët.

- E, e... po zemra ime ç'thotë, pa mirë e ke ti...

- Hajde, shtrihu! Të rinj janë, natë vere është...

Por edhe Bujarin s'e mbante vendi. U ngrit, vuri xhezven në zjarr dhe bëri kafe. Tymoste duhan. U ngrit edhe Sanua dhe shkoi në kuzhinë.

- Sikur të marim në telefon Albin? E kam numrin.

- Ja, presim dhe pak, pastaj. Pimë kafenë një herë.

Te dy pinin kafetë në heshtje. S'ndiheshin mirë.

- Nuk e duroj dot më këtë ankth...

Sanua mori telefonin dhe formoi një numër.

Bujari rrinte në ankth, ndonëse...

- Alo? Po hë, more bir, ku jeni se na çmendët... Si? Ka ikur para teje? Sa ka, me kë iku? Me kë, më kë? Aha! Nuk tha ku? Mos kishte pirë shumë, more bir... Mirë, mirë faleminderit! Me fal që të zgjova...

Sanua u duk tepër e shqetësuar.

U kthye nga Bujari pa mbaruar kafenë.

- Kanë një orë e gjysmë që janë ndarë. Koli ka marrë një shoqe klase në motor dhe ka ikur me të parët. Tani duhet të ishte në shtëpi. Bujar, kupton? Për njëzet minuta duhet të mbërrinte në shtëpi... Të pyesim në polici. Në polici më mirë...

Bujari u buzëgaz pa e pasur mendjen.

- Epo, e ka zgjatur pak rrugën... Ka qenë me shoqe. Si thua ti, të vinte me vrap në shtëpi?

Ajo e pa mëdyshas, pa ditur ç'të bënte.

- Fillojmë të kërkojmë, burrë! U zbardh. Nuk jam hiç mirë... Se ç'kam, nuk ndjej për mirë. - insistoi Sanua duke ngritur zërin.

Bujari u ngrit, e kapi nga supet ta qetësonte, por ajo i ra në gjoks dhe qau e shqetësuar.

- Ç'ke? Mos bëj kështu, se bie ters...

- Jo, nuk e sjell unë tersin. Do vishem e do dal, nuk më rrihet më. - u shkëput dhe shkoi të vishej.

I pasigurtë, me një farë pavendosmërie, u vesh dhe vetë e dolën nga shtëpia.

- Mirëmëngjes! - përshëndetën policin e shërbimit.

- Mirëmëngjes! - u përgjigj ai pasi hap sportelin dhe shikoi herë Sanon, herë Bujarin që rrinte pak më mbrapa.

- Mbrëmë ka pasur festën e maturës djali. Po... nuk është kthyer akoma. Kemi merak dhe... erdhëm. Shokët janë kthyer. Ai...

- Ja, të pyes sallën operative. Prisni pak...

Oficeri mori telefonin.

Sanua diç foli me Bujarin, rrinte si mbi gjemba e nuk ia hiqte sytë oficerit që fliste në telefon. Po dëgjonte e po dëgjonte....

- Ç'thonë? - pyeti Sanua e paduruar.

Ai i bëri shenjë të presë. Vazhdonte të ngrysej.

- Ç'thonë, more? - gati bërtiti Sanua që s'e mbante vendi.

Oficeri uli receptorin dhe bëri të dalë jashtë e t'iu afrohet.

- Me motor ka qenë?

- Po. - tha Sanua me të qarën në grykë.

Ndjeu gjëmë...

- Ju keni djalin apo vajzën?

- Djalin, djalin, po hëëë, më thuaj!...

- Ka... bërë aksident. Diku në hyrje të Tiranës, në orën 03.10.

- Si... është, më thuaaaj! - bërtiti Sanua mes të qarash, ndërsa Bujari duket i bërë meit.

- Rëndë, po gjallë. Vajza... nuk dihet në do ta përballojë dot... Ka shumë hemoragji...

- Ku janë, të lutem? - ndërhyri Bujari.

- Në urgjencën e spitalit ushtarak. Më lini t'ju çoj me një nga makinat tona. - sikur u lut oficeri dhe thirri një shofer që nga korridori.

Burrë e grua ishin gati të nisenshin me vrap. Bujari u përmbajt dhe mori në gjoks Sanon që e kishte humbur fare. Shoferi ndezi sirenënë e policisë dhe u nis me shpejtësi.

Qyteti zhurmonte. Kishte zbardhur mirë dhe secili nxitonte në punët e veta. E diel, njerëzit niseshin për pushim në periferi e në det.

Sanua pëshpëriti me sy të përlotur:

- Ah, more Koli, more Koli! Do shkoje në plazh sot. O zot, ndihmona!...

Arritën. Nxituan në reanimacion ku i priste një mjek që iu shpjegoi gjendjen. Sanua deshi të shihte të birin, por mjeku e qetësoi.

- Është në operacion, zonjë. Ndoshta pas një ore mundet, nëse operaconi... del mirë. Hemoragji nuk ka, vetëm shembje dhe fraktura, por në këto raste duhet kujdes. Ka edhe goditje në qafë e në kokë. Më e mira u bëftë! - tha mjeku dhe u largua.

Bujari u veçua pak nga Sanua që nuk kishte më fuqi as të qante dhe bëri disa telefonata njëra pas tjetrës...

* * *

- Ja, ky ishte tmerri i atij mëngjesi, bir! - thotë Sanua mes lotësh që nuk i ndahen nga sytë që prej asaj dite.

Kap duart e djalit dhe sa nuk e përpin me vështrim. Koli mundohet të kujtohet, por vetëm fiksohet diku dhe nuk arrin.

- Je përmendur shumë herë gjatë kohës që ndenjëm në spital, në Tiranë. Zgjoheshe e bije përsëri në këtë dreq gjumi. Menduam se kurimi jashtë do të të shëronte më shpejt. Kujton gjë si ka ndodhur, o Koli?

- Ah, po... po! Duhet të kujtohem. Duhet... - përmendet ai. - Sano, po... Fjori, ç'u bë? - dhe zvarg zërin.

Ajo u mor me diçka dhe... nuk e dëgjoi.

- Fjori, të pyeta Sanooo, ç'u bë Fjori?

Ajo prapë rregullon flokët.

- Ëhë... ajo vajza? Kanë emigruar familjarisht ata.

- Emigrantë?

- Po, Koli. Nuk i kemi parë më që nga spitali...

- S'kishin ndonjë plan, me sa mbaj mend unë. - bën të kujtohet djali.

Pastaj kthehet prapë nga nëna dhe thotë i habitur:

- Nuk erdhi asnjëherë në spital? Kështu si jam bërë unë...

- Mbase edhe ka ardhur kur s'ishim. Po... ne s'e kemi parë. I ka ardhur zor me sigur. Hë, shpirt i mamit, mos vrit mendjen, se nuk të bën mirë. Shërohu një herë, pa të gjitha do rregullohen.

Kolit i mbushen sytë.

- Ikim, hyjmë në dhomë më mirë?

- Po rrimë edhe pak, shpirt. Ajër i pastër. Ti shyqyr që dole... Të bën mirë...

- Nuk mundem, Sano, po ngrihu të ikim! - thotë djali dhe mezi lëviz duke u mbajtur te krahu i së ëmës.

Diçka ka, por nuk e thotë dhe gëlltit lotët...

* * *

Në shtëpi Kolin e vizitojnë miq, shokë e të afërm. Flet pak dhe ngathtësisht. Më shumë sqarojnë Sanua, Bujari dhe Flori. Vijnë edhe shokë të klasës. Albi druhet t'i thotë diçka edhe kur Koli e mban më gjatë se të tjerët.

- Shpirt i mamit! Kështu na tha edhe mjeku, duhet të aktivizohesh gradualisht, jo të sforcohesh e të rrish qetë. Të hysh në ndonjë punë të përshtatshme. Çdo gjë do kalojë për bukuri. Do ta shohësh!

* * *

- Është mirë që kur të ngrohet edhe pak koha, të ikim ca javë andej nga fshati. Kështu më tha mjeku. Herë unë, herë mami, po mbase ca kohë edhe Flori, do rrimë me ty. E ke të domosdoshme...

Kolit i mbushen sytë me lot.

Bujari e përqafon dhe i bën shenjë së shoqes ta ndryshojë ca situatën.

- Do shkojë mirë gjithçka, mos u bëj merak fare!

Sanua shtron darkën.

Pas kaq kohësh po ndihen të gjithë bashkë.

* * *

Sapo treni u shkëput nga vendi, Koli ndjeu tronditje dhe thuajse ra në një gjendje vetëdijeje që nisi t'i kujtonte ngjarjen e tmerrshme. Sytë iu mbushën me lot, teksa mendoi pse po shkonte në fshat. Të lëvizte, të kishte qetësi. Mushkëritë e dëmtuara duheshin ushqyer me ajër të pastër.

Po edhe atje... gjersa lëvizte me shkop për t'u mbajtur, gjersa nuk mendonte kthjellët, nuk fliste normalisht, i dukej vetja sakat që s'do bëhej më kurrë si më parë. Edhe në mendime nuk ndiqte dot me shkathtësinë e mëparshme, binte në një qetësi molisëse dhe gjërat i ngatërroheshin në tru... Nuk kujtonte dot asgjë me detaje. Edhe pse përpiqej, ua humbte fillin.

Ja, edhe një ditë... Diçka thuajse e la pa frymë. Një grup turistësh po kalonin një vijë uji me kërcim të lehtë, por ai po hezitonte.

- Po ti pse s'kërcen?

Ktheu kokën dhe pa një vajzë të vogël.

- Të të ndihmoj unë...

Atij iu ngjeth trupi, e mbuluan djersë të ftohta. Kapi vëllain për dore.

- Kthehemi në dhomë, Flor, nuk jam mirë...

Si piu ilaçet, ra në gjumë gjithë pasditen.

- Koli... Koli! Ngrihu, ore ngrihu të dalim pak! - dëgjonte zërin e vëllait.

Hapi pak sytë dhe pa Florin.

- Ah... Lërmë! Isha në parajsë...

- Më ço dhe mua një herë ta shoh si është. Haha!

Ngrihu, o ngrihu tani të dalim pak. Të bën mirë fresku i mbrëmjes.

Koli u ngrit ndenjur.

- Mos u bëj edhe ti si ata, të bën mirë kjo, të bën mirë ajo. Lërmë të qetë, kam nevojë të rri edhe me veten. Kupton?

- Jo, Koli, nuk duhet të rrish me veten, do rrish me ne e me njerëz të tjerë, po çohu!

Dhe dolën. Koli merr një birrë. Pastaj kërkon edhe një tjetër.

- Mjaft kaq! - ndërhyn Flori - Nuk ta lejoj, një herë tjetër dy.

Koli fyhet, mbyllet në vete. Vëllai i flet, ai nuk përgjigjet.

- Hë, kjo qe parajsa ku do më çoje! Të më mërzitësh edhe mua? - thotë Flori.

Koli e sheh në sy. Diçka i kujtojnë këto fjalë.

Nuk është në gjendje t'i lidhë me çfarë...

* * *

Pasi kthehen në shtëpi, duket më i gjallë, por sa herë sheh shokët që dalin, lozin futboll mbështillet përsëri në vetminë e tij dhe mezi arrin të riorganizojë veten. Ndodh që përgjigjet kuturu. Pastaj e kupton dhe kërkon ndjesë. Dikush që nuk ia di hallin edhe qesh, por shoku përbri i bie me bërryl dhe tjetri nuk ndihet më.

- Koli, si thua, mund të punosh tani? - e pyeti babai një ditë ulur pranë tij në divan.

Tha "po" me kokë duke hetuar të atin nëse e kishte

294

seriozisht. Po ç'punë mund të bënte një sakat si ai?

- Të duhet edhe puna. Tani... Do ishte mirë.

Sanua lë enët që po lan dhe shikon nga Koli.

- U sa mirë, Bujar! Do bëhet ajo që kemi folur.

- Po, Sano! Ndihmësmagazinier në një dyqan me pjesë mobilerie.

Koli shikon me dyshim.

- Ta provoj një herë, mbase e bëj. - thotë kokëulur.

- Ç'do të thotë kjo "ta provoj"? Sigurisht që e bën!

Koli shikon nga babai dhe vë buzën në gaz me ironi. Gjithësesi i vjen mirë që po i besojnë një punë.

- Kur filloj?

- Po ja, për 3-4 ditë. Do jesh me magazinierin afër sa t'i marrësh dorën punës, të njohësh artikujt, t'u dish vendin... Më pas duke parë, duke bërë. Magazinieri për pak del në pension...

Koli bën me kokë një lëvizje që nuk përcjell asgjë.

* * *

Çdo ditë ikën në punë në këmbë, me çantën e bukës në dorë. Ka nisur të ndihet mirë.

- Një biçikletë...

Babai me nënën u panë në sy.

- Mundem, mundem! Jam shumë mirë...

Bujari iu ul pranë.

- Është shpejt, Kol...

- Jam mirë të thashë, mos kini merak!

Dhe vërtet, pas disa ditësh e provon dhe ndihet mirë. Kënaqet me veten, por e ndjen që Sanua dhe Bujari kanë merak.

Dita-ditës më mirë, hyn në rrugën që kalojnë gjithë njerëzit, në oraret e punës, të shëtitjeve të detyruara. Por... ilaçet vazhdojnë. Edhe kontrollet te mjeku.

Në kujtimet e tij Fjori nuk ka humbur.

"Sa e doja dhe sa më donte! Më ka harruar me siguri. Kush e di ku është... Do më ketë marrë inat. Por gjithësesi, një lajm duhet të më dërgonte".

Dhe i kujtohen pritje e përcjelljet me të, mbrëmjet rreth pallatit të saj...

"Po atë natë... Ç'të ketë ndodhur, Fjor? Kam rrështqitur apo jam përplasur? Kush e di si do jesh bërë... Kaskën sikur ta dhashë... Ajo të ka shpëtuar, Fjor".

E kishte peng atë që kishte ndodhur, sidomos mjegulla me të cilën ndjente se po ia mbulonin. Një ditë pyet babain. Bujari ndihet i bezdisur. Koli po pret përgjigje, ai hesht. Koli këmbëngul.

- Mjaft tani me të, s'ke punë me të! Ajo ka... vdekur për ty, hiqe mendjen!

Koli fyhet, ndez te;evizorin dhe përqendrohet aty. Kjo ashpërsi e babait e nxit të pyesë më shumë. Por i gëlltiti të gjitha. Si nuk e kuptojnë këta që ai e do Fjoralbën, që ka ndenjur shumë kohë me të, që kanë bërë plane aq të bukura për të ardhmen e tyre?

Një ditë tek kthehet nga puna, shikon një dyqan që po hapet i ri. Po e rregullojnë. Dy djem mbajnë një reklamë të bukur ku shkruhet "FJORI".

Koli ndalon dhe shikon... Fjori!

Nxiton në shtëpi si i trembur. Nuk është i qetë. Ajo?...

Zbret përsëri dhe...

- Ku po shkon, Koli? - dëgjon ta pyesë Sanua.

- Këtu jam, këtu...

Merr rrugën për nga shtëpia e Fjorit.

Dritat janë ndezur.

"Të jenë ata apo... e kanë shitur shtëpinë e kanë ikur një herë e mirë?".

Nuk guxon të ngjitet e të pyesë. Kthehet në shtëpi. Rri i heshtur.

- Ti seç ke, Kol! - tha nëna dhe iu ul pranë.

- Asgjë, Sano, asgjë. U lodhëm ca sot, se bëmë një iventar. Edhe koka më dhemb...

- Koka?...

- Asgjë me rëndësi. Mos u bëj merak.

Edhe të nesërmen shikon vajza të bukura që merren me sistemimin e dyqanit. Po Fjori?

Fjori pse nuk po dukej?

Pas disa ditësh dyqani merr pamje. Ja, edhe Fjori! Lëviz tej xhamave, udhëzon, vë lule në vitrinë, i rregullon...

- Fjori!... - mërmërit po nuk i bëhet të afrohet.

Dhe dita-ditës kalon andej, sheh Fjorin e tij. Kishte lyer edhe flokët. Sa e bukur dukej! Pastaj e shikon tek rri pas xhamit, lexon një libër ulur.

Pastaj, pastaj...

Një ditë shikon vitrinën plot e përplot me lule dhe Fiorin pas tyre. Afrohet, lë biçikletën dhe hyn në dyqan.

Një vajzë e gjatë, e bukur i afrohet.

- Çiao! - përshëndet.

- Më falni... Fjori...

- Fjori? - habitet ajo.

- Po, po... Fjorin dua.

Ajo ngre supet me habi dhe tregon dyqanin plot e përplot me lule.

- Ku është Fjori?

Vajza bën sikur kupton dhe i qesh.

- Aaaa! Fjori non e qui...*

Koli stepet një çast, kthen kokën nga vitrina i fyer. Del.

"Mbase u fsheh. Pse duhet ta bëjë? Jemi dashur aq shumë...Më ka harruar".

Ndjen që vajza e përcjell me vështrim kur merr biçikletën dhe largohet i vrarë, i fyer.

Përse i fshihej kjo Fjori xhanëm?

Në shtëpi nëna e ndjen gjendjen e tij. I vjen qark, e pyet. Koli ka fiksuar sytë në ekranin e televizorit dhe përgjigjet shkurt; "po", ose "jo".

Në mbrëmje qyteti ndriçohet. Ai ngrihet ngadalë për të mos i tërhequr vëmendjen së ëmës dhe del.

Merr rrugën për nga shtëpia e Fjoralbës. Ecën dhe mendohet çdo thotë. Po sikur edhe këtu të qenë njerëzit e saj dhe ajo të mos i dilte?

"Tani dyqanet janë mbyllur dhe ajo duhet të jetë kthyer në shtëpi. Dilmë, të lutem, Fjor! Të të them vetëm dy gjëra. Të të them se të dua akoma. Pastaj...".

Një mishmash i bëhet në kokë. I duket se nuk do mundë t'iu bëjë ballë mbeturinave të sëmundjes.

* nuk është këtu

Arrin te dera. Nguron. Zgjat dorën. I bie ziles.
Përsëri. Përsëri...
"As këtu nuk do më dalë?".
Mezi po duron. Dëgjohen gërvishtje pas derës.
"Thua të dalë ajo?".
Sa të gjatë ata çaste!
Dera hapet dhe shfaqet...
Mamaja e Fjorit.
- Mirëmbrëma!... - thotë Koli më shumë për vete
- Unë jam... Dua pak... Fjoralbën!
Ajo e shikon me habi dhe zgurdullohet.
- Fjoriiin?...
- Po, po... Fjorin! Unë e dua Fjorin, jam Koli, shoku
më i mirë i saj. Duhet t'ju ketë folur dikur për mua.
Ajo... Ajo nuk duhet të më ketë harruar, nuk duhet të
më fshihet, kam nevojë për të, më ka dashur... Unë e
dua Fjorin!..
Sytë i mbushen me lot, tek sheh nënën e Fjorit të
heshtë dhe të zverdhet...
- Ti... Ti je... Koli? Je Ko...li i motorit?
Gruaja te dera nis të qajë me dënesë.
- Po! - thotë i dëshpëruar që po prezantohet ash-
tu, por edhe i lehtësuar që ajo e njihte.
Mbase gjërat merrnin për mirë.
Gruaja mbledh veten, kthehet, do të mbyllë derën.
- Fjori... nuk është më...
- Mos ikni kështu, ju lutem! - përgjërohet Koli -
Ajo është, unë e pashë... Pse më fshihet Fjori?
- E pe? Ik, mor djalë! Fjori bëri vitin në dhe, ti... Ti
e vrave, e le mbytur në gjak, apo harrove...

- Fjorin? Vrarë? Unëëë?...

Kthehet të iki. Zbret shkallët rrëmbyeshëm, i kërcen si një i marrë biçikletës dhe nxiton për te dyqani "FIORE". Shpreson ta gjejë hapur. Rrugën ia pret një makinë. Shmanget mrekullisht, por një djalë nxjerr kokën nga xhami dhe nisi të shajë me zë të lartë.

Sa gjëra po i kujtoheshin... Makina, djemtë.

"Shiko sa e bukur është... Po ti pse s'kërcen?".

O zot, Fjori nuk është më! Nxiton dhe ja! Fiori është akoma te xhamat e vitrinës. Janë dy, por njëra me siguri është... pasqyrë. Ai nxiton, i jep biçikletës, nuk guxon të ndalojë se Fjori mund të iki përsëri.

- Fjori im! Fjori im! Mos ik, të lutem! Do jemi bashkë, të dy... Ja, arritaaa!

Dëgjon një rrapëllimë xhamash që thyhen dhe dy trupa të akullt allçie që i bien sipër. Shtrëngon njërin si për herë të fundit duke pëshpëritur:

- Fjor... Nuk do ndahemi më... Do jemi bashkë...

Pastaj dëgjon zëra si nëpër tym:

"- Do kërcejmë bashkë?

- Po ti pse s'kërcen?

- Në parajsë...

- Kam frikë, Koli...".

* * *

E zgjojnë dy pika lot të nxehtë...

- Ku jam? - belbëzon.

- Me ne bir... Këtu...

Dëgjon ngashërimën e nënës.

- Ç'bëre kështu, bir...

Koli vë buzën në gaz ashtu siç është.

- Po shkoj në... parajsë, Sa...no... Te Fjori... Te Fjori im...

Mbyll sytë. Pamja i erret. Ndihet tek ecën a tek fluturon nëpër një rrugë ku mund të kalohet vetëm symbullur.

Dhe fiket ngadalë. Lë në flakërim të venitur vetëm një buzëqeshje në fytyrën që në aq pak sekonda nuk ngjan më me tokësorët...

LËNDA